크로스 파이어
집착 ❷

A Crossfire Novel

Entwined with you

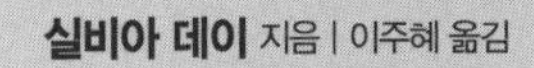

크로스 파이어

집착 2

19.0

13

메구미에게서 그 신호를 발견한 것은 어쩌면 내가 막 섹스를 하고 난 뒤였기 때문일 것이다. 캐리의 표현에 의하면, 내 섹스 레이더가 더 이상 냉장고에 처박혀 있지 않아서 일 수도 있다. 이유가 뭐든 나는 메구미가 헤어질 생각을 하고 만난 그 남자와 섹스를 했다는 것을, 그리고 그녀가 그 사실을 찜찜해하고 있다는 것을 눈치챘다.

"끝냈어요, 진행 중이에요?"

나는 안내데스크 책상에 몸을 기댄 채 물었다.

"나는 끝냈어요."

그녀가 침울하게 대답했다.

"일단 그랑 다시 섹스를 나눈 다음에요. 그러면 자유로워질 거라고 생각했거든요. 게다가 다음 불황기가 얼마나 오래갈지 모르는 일이니까."

"끝내겠다는 결심을 바꿀 생각인가요?"

"아니요. 그 남자, 마치 내가 섹스 때문에 자기를 이용하기라도 한 것처럼 완전히 상처받은 듯이 굴더라고요. 사실은 자기가 임자 없는 남자처럼 굴어놓고서. 그러니 임자 없는 사람끼리 점심에 만나 잠깐 섹스를 나눈다고 해서 그가 크게 문제 삼지 않을 거라고 생각했죠."

"그래서 지금 머릿속이 뒤죽박죽이겠네요."

나는 메구미를 향해 동정 어린 미소를 보냈다.

"명심해요. 그 남자, 금요일 이후로 전화 한 통 없었던 남자예요. 그랬던 남자가 아름다운 여자와 점심을 먹고 오르가슴까지 느꼈어요. 그리 손해 본 거래는 아니에요."

그녀가 고개를 갸우뚱했다.

"그래요?"

"그렇다니까요."

그녀의 기분이 눈에 띄게 좋아졌다.

"오늘 저녁에 운동하러 가요, 에바?"

"그래야죠. 하지만 아빠가 뉴욕에 오셔서 아빠 일정에 맞춰야 해요. 원한다면 아빠랑 같이 운동하러 가는 데 같이 가요. 정확한 건 퇴근 후에야 알 수 있지만요."

"괜히 방해하고 싶지 않아요."

"그게 예전에 말한 핑계예요?"

메구미가 수줍게 웃었다.

"약한 핑계랄까?"

"괜찮으면 퇴근 후에 나랑 같이 우리 집에 가요. 아빠도 만나고, 아빠가 운동하러 간다고 하면 내 옷을 빌려서 같이 가요. 아니면 다른 일을 해도 좋고요."

"그게 좋겠어요."

"좋아요. 그럼, 약속한 거예요."

둘 다에게 좋은 기회였다. 나는 아빠에게 내 삶의 평범한 면모를 보여줄 수 있고, 메구미는 마이클과의 일로 자책하지 않아도 될 것이다.

"5시에 출발해요."

"여기 살아요?"

메구미가 고개를 들어 아파트 건물을 살펴보며 말했다.

"멋지다."

3차선 도로에 있는 다른 건물들처럼 이 아파트 건물에도 역사가 있었고, 현대 건축가들이 더는 적용하지 않는 세부적인 건축 양식을 과시하고 있었다. 재건축한 건물은 입구에 현대식 유리 구조물을 드리우고 있었는데 전통적인 건물 외관과 놀라울 정도로 잘 어울렸다.

"환영해요."

폴이 우리를 위해 출입문을 열어주었다.

엘리베이터에서 내릴 때 기데온의 집 문을 쳐다보지 않으려고 애썼다. 기데온과 함께 사는 집에 친구를 데려온다면 어떤 기분이 들까?

그렇게 해보고 싶었다. 기데온과 함께 그런 공간을 짓고 싶었다.

아파트 문을 열고 들어가며 메구미의 핸드백을 받아들었다.

"편히 쉬고 있어요. 아빠에게 왔다고 알릴게요."

그녀가 휘둥그레진 눈으로 널찍한 거실과 주방을 둘러보았다.

"정말 넓다."

"사실 모든 공간이 필요한 건 아니에요."

그녀가 씩 웃었다.

"그래도 불만은 없겠죠?"

"맞아요."

손님방 쪽으로 향하려는데, 거실 맞은편에 있는 내 침실과 캐리의 방으로 가는 복도에서 엄마가 나타났다. 블라우스와 치마 차림의 엄마를 보고 깜짝 놀라 걸음을 멈추었다.

"엄마? 여기서 뭐 해요?"

빨갛게 충혈된 엄마의 눈이 내 허리 어딘가에 머물렀고, 엄마의 창백한 피부에는 색조 화장이 지나쳐 보였다. 순간, 엄마가 내 화장품을 썼다는 것을 깨달았다. 사람들은 가끔씩 나와 엄마를 자매 사이로 오해하지만, 나는 아빠를 닮은 회색 눈과 부드러운 올리브색 피부 때문에 엄마가 사용하는 파스텔 색조와는 다른 색감의 화장품이 필요했다.

메스꺼운 감각이 뱃속 가득 번졌다.

“엄마?”

“엄마, 갈게.”

엄마는 내 눈을 쳐다보지도 않았다.

“너무 늦어버렸구나.”

“엄마, 왜 내 옷을 입고 있어요?”

나는 알면서 물었다.

“원피스에 뭘 흘렸어. 나중에 돌려주마.”

엄마가 재빨리 나를 스쳐 지나갔다가 메구미를 보고 돌연 멈추었다.

카펫에 발이 뿌리를 내린 것처럼 꼼짝도 할 수가 없었다. 양옆으로 주먹을 꼭 쥐었다. 엄마의 걸음걸이에 부끄러움이 묻어 있다는 것을 알았다. 분노와 실망감으로 가슴이 죄었다.

“안녕하세요.”

메구미가 앞으로 나와 엄마를 가볍게 끌어안았다.

“잘 지내셨어요?”

“메구미, 안녕.”

엄마가 무슨 말인가 하려고 마구 허둥거렸다.

“만나서 반갑구나. 더 있고 싶은데 바쁜 일이 있어서.”

“클랜시도 왔어요?”

아파트 앞에 도착했을 때 거리에 다른 차가 있는지 관심을 갖고 보지 않았다.

"아니, 택시를 탈 거야."

엄마는 여전히 나를 똑바로 바라보지 못했다. 고개만 살짝 내 쪽을 향하고 있었다.

"메구미, 정말 미안한데, 엄마랑 같이 택시를 타고 돌아갈래요? 약속 못 지켜서 미안해요. 갑자기 몸이 좋지 않아서요."

"아, 그래요."

그녀가 내 얼굴을 살피다가 내 기분의 변화를 알아챘다.

"난 괜찮아요."

그때 엄마가 나를 보았지만, 나는 엄마에게 할 말이 전혀 떠오르지 않았다. 엄마가 스탠튼 아저씨를 속였다고 생각하니, 엄마의 얼굴에 떠오른 죄책감에도 구역질이 날 정도였다. 바람을 피울 생각이었다면 적어도 고백해야 하는 게 아닌가.

하필 그때 아빠가 거실로 걸어나왔다. 아빠는 청바지에 티셔츠 차림으로, 샤워를 했는지 아직 젖은 머리와 맨발이었다.

늘 그렇듯이 내 행운은 완벽할 정도로 최악이었다.

"아빠, 여긴 내 친구 메구미예요. 메구미, 우리 아빠 빅터 레이스예요."

아빠가 메구미에게 다가가 악수를 하는 동안 엄마와 아빠는 멀찌감치 떨어져 있었다. 그렇게 조심스러워해도 둘 사이에 오가는 전류까지 막지는 못했다.

"메구미와 함께 어울리려고 했는데."

거북스러운 침묵을 깨며 내가 말했다.

"갑자기 제가 몸이 좋지 않아서요."

"난 그만 갈게."

엄마가 핸드백을 챙겨 들고 말했다.

"메구미, 나랑 같이 택시 타고 가겠니?"

"예, 그래요."

메구미가 나를 끌어안고 작별 인사를 했다.

"나중에 안부 전화 할게요."

"고마워요."

나는 메구미의 손을 꼭 쥐었다.

현관문이 닫히자마자 내 방으로 향했다.

아빠가 내 뒤를 따라왔다.

"에바, 잠깐만."

"지금은 아빠랑 아무 말도 하고 싶지 않아요."

"어린애처럼 굴지 마라."

"뭐라고요?"

아빠를 향해 몸을 돌렸다.

"이 아파트를 구해준 건 새아빠예요. 나단으로부터 날 지키려고 최고의 보안이 보장되는 집에서 살기를 원했으니까요. 새아빠의 아내와 놀아날 때 그런 걸 생각하기는 했어요?"

"말조심해라. 난 그래도 네 아빠야."

"맞아요. 그런데 그거 알아요?"

나는 다시 복도를 향해 물러났다.

"지금껏 그 사실이 이토록 부끄러웠던 적이 없었어요."

침대에 누워 천장을 바라보았다. 기데온과 함께 있으면 얼마나 좋을까 싶었지만, 그는 지금 피터센 박사와 상담 중이었다.

대신 캐리에게 문자를 보냈다.

'네가 필요해. 빨리 집으로 와줘.'

7시가 다 되어갈 무렵, 누군가 방문을 두드렸다.

"자기야, 나야. 들어가도 돼?"

나는 얼른 달려가 문을 열고 캐리에게 달려들었다. 캐리가 내 발이 바닥에서 들릴 만큼 번쩍 안아 올려 등 뒤로 문을 닫고 방 안으로 들어왔다.

캐리가 나를 침대 위에 앉히고 내 옆에 앉아 어깨에 팔을 둘렀다. 익숙한 향수 냄새가 풍겼다. 나는 무조건적인 우정에 감사하며 그의 어깨에 머리를 기댔다.

몇 분 후, 내가 먼저 입을 열었다.

"엄마 아빠가 같이 잤어."

"응, 나도 알아."

나는 고개를 기울여 그를 올려다보았다.

그가 얼굴을 찡그렸다.

"오후 촬영하러 나가는 길에 소리를 들었어."

"윽."

뱃속이 울렁거렸다.

"그래, 나도 별로 좋지는 않았어."

그가 중얼거렸다. 캐리가 손가락으로 내 머리카락을 쓸어내렸다.

"아저씨는 지금 초췌한 얼굴로 소파에 앉아 계셔. 네가 뭐라고 했어?"

"응, 내가 못되게 굴었어. 지금은 나도 후회하고 있어. 아빠하고 풀긴 해야 하는데, 기분이 이상해. 솔직히 난 스탠튼 아저씨를 별로 좋아하지는 않지만, 이 순간 가장 마음이 쓰이는 사람이 아저씨거든."

"스탠튼 아저씨는 너한테도, 너희 엄마한테도 잘해주셨으니까. 그리고 어쨌든 남편을 두고 바람을 피우는 건 좋은 일이 아니지."

나는 신음했다.

"다른 장소에서 그랬다면 이렇게까지 기분이 고약하지는 않았을 거야. 다른 장소라도 잘못은 잘못이지만, 그래도 여긴 스탠튼 아저씨가 마련해준 집이잖아. 그게 훨씬 받아들이기 어려워."

"그래."

캐리가 동의했다.

"우리 이사 갈래?"

그가 눈썹을 추켜세웠다.

"너희 부모님이 이 집에서 함께 잤다고?"

"아니야."

나는 자리에서 일어나서 걷기 시작했다.

"우리가 이 집에 들어온 건 보안 때문이었잖아. 나단이 위협했고, 안전이 무엇보다 우선이었을 때는 스탠튼 아저씨의 도움을 받을 수도 있었지만, 지금은……."

나는 캐리를 보았다.

"지금은 상황이 달라졌잖아. 이곳에 살 명분이 없어."

"어디로 이사 가? 우리가 감당할 만한 집을 찾아서? 아니면 뉴욕을 완전히 벗어나야 하나?"

"뉴욕을 떠나고 싶지는 않아."

나는 캐리를 안심시켰다.

"네 일터도 여기고, 내 직장도 여기야."

그리고 기데온도 이곳에 있었다.

캐리가 어깨를 으쓱했다.

"그래, 어쨌든. 나도 동의해."

그가 앉아 있는 침대 쪽으로 걸어가 그를 끌어안았다.

"아빠랑 이야기 좀 할게. 그사이 저녁을 주문해주겠어?"

"특별히 먹고 싶은 거 있어?"

"아니. 깜짝 놀랄 만한 걸로 시켜봐."

소파로 가서 아빠 옆에 앉았다. 아빠는 태블릿 PC로 인터넷 검색을 하다가, 내가 앉자 내려놓았다.

"아까 버릇없이 말해서 죄송해요."

내가 먼저 입을 열었다.

"진심은 아니었어요."

"아니, 진심이었을 거야."

아빠가 힘없이 목 뒤를 주물렀다.

"그래도 네 탓은 아니다. 난 지금 나 자신에게도 떳떳하지 못하니까. 변명하지는 않겠다. 난 어리석은 짓을 하지는 않았어. 네 엄마도 어리석지 않았고."

나는 옆으로 돌아앉아 다리를 앞으로 끌어당기고 소파에 기대서 아빠를 보았다.

"엄마 아빠는 서로를 원하는 마음이 아주 커요. 그게 뭔지는 저도 알아요."

아빠가 살피는 눈빛으로 나를 보았다. 아빠의 회색 눈동자는 진지하고도 울적했다.

"너도 크로스와 그렇겠지. 그가 저녁을 먹으러 왔던 날, 알 수 있었단다. 그 사람과 다시 잘해볼 생각이니?"

"그러고 싶어요. 그러면 안 되는 문제라도 있어요?"

"그 사람도 너를 사랑하니?"

"네."

나는 빙그레 미소 지었다.

"하지만 무엇보다 제가……, 그 사람에게 필요해요. 그는 저를 위해서라면 못할 일이 없어요."

"그런데 왜 헤어진 거냐?"

"그건……, 복잡해요."

"원래 그런 거 아니냐?"

아빠가 쓸쓸하게 웃었다.

"에바, 이걸 알아야 해. 나는 네 엄마를 처음 본 순간부터 줄곧 사랑해왔다. 오늘 일은 일어나서는 안 되는 일이었지만, 내게는 의미가 커."

"이해해요."

나는 아빠의 손을 잡았다.

"그럼 이제 어떻게 해요?"

"내일 돌아갈 생각이다. 정신을 좀 차려야지."

"캐리랑 저랑 다음다음 주말에 샌디에이고에 갈까 생각 중이에요. 그냥 놀러 가려고요. 아빠도 보고, 트래비스 박사님도 보고."

"트래비스 박사에게는 네가 겪은 일을 말했니?"

"예, 아빠는 트래비스 박사님을 통해 제 목숨을 구했어요."

나는 솔직히 말했다.

"그 점에 대해서는 어떻게 감사드려야 할지 모를 정도예요. 엄마도 수많은 정신과 의사들을 소개했지만, 그들에게는 전혀 마음을 열 수가 없었어요. 무슨 실험 대상이 된 기분이었으니까요. 그런데 트래비스 박사님은 제가 정상이라고 느낄 수 있게 해주셨죠. 게다가 캐리도 만날 수 있었고요."

"지금 내 이야기 하는 거야?"

때마침 캐리가 메뉴판을 흔들며 거실로 나왔다.

"뭐, 나도 내가 매력이 뚝뚝 떨어진다는 건 알지만, 곧 먹게 될 태국 요리를 위해 입을 아껴둬야 할걸요. 엄청나게 많이 주문했으니까."

아빠는 뉴욕발 11시 비행기를 타야 했기 때문에 아빠의 배웅은 캐리에게 맡겼다. 출근 전에 작별 인사를 나누고, 다음에 통화할 때 샌디에이고 여행 계획을 세우자고 약속했다.

출근길 택시 안에서 브렛에게 전화가 왔다. 음성사서함으로 돌릴까 잠시 망설이다가 그냥 받았다.

"안녕, 브렛."

"안녕, 예쁜이."

그의 목소리가 따스한 초콜릿처럼 온몸에 감겨 왔다.

"내일 준비됐어?"

"예, 시사회가 몇 시죠? 타임스퀘어에 몇 시까지 가면 돼요?"

"우리 밴드는 6시에 도착할 예정이야."

"알았어요. 옷을 어떻게 입어야 할지 모르겠어요."

"넌 뭘 입어도 예뻐 보일 거야."

"그랬으면 좋겠네요. 투어는 어때요?"

"내 인생 최고의 전성기지."

그가 웃음을 터뜨렸다. 허스키하고 섹시한 그 소리에 옛 기억이 떠올랐다.

"페테 술집 시절을 생각하면 엄청난 발전이지."

"아, 페테 술집."

그 술집을 잊을 수가 없었다. 비록 그곳에서 보낸 어떤 밤들은 너무 취해서 기억이 흐릿하지만.

"시사회 때문에 떨려요?"

"그럼, 널 보게 되니까. 빨리 만나고 싶어."

"그 말이 아니잖아요. 알면서 그래요."

"물론 뮤직비디오 발표도 떨려."

그가 다시 웃었다.

"밤늦게까지 너랑 같이 있고 싶지만, 야간 비행기를 타러 JFK 공항에 가야 해. 그래도 저녁은 같이 먹고 싶어."

"캐리도 가도 돼요? 시사회 행사에는 벌써 캐리를 초대했어요. 두 사람은 서로 아는 사이고, 당신이 별로 신경 쓰지 않을 것 같아서요."

그가 코웃음을 쳤다.

"경호원은 필요 없어, 에바. 나도 자제력은 있는 남자야."

기사가 크로스파이어 빌딩 앞에 택시를 세우고 미터기를 껐다. 요금 지급기에 현금을 밀어 넣고 택시에서 내린 다음, 택시를 타러 달려오는 남자를 위해 문을 열어두었다.

"캐리를 좋아하지 않아요?"

"좋아하지. 하지만 너랑 단둘이 있는 것만큼 좋아하지는 않

아. 그럼 캐리는 시사회까지만 있고 저녁은 너랑 단둘이 먹는 걸로 타협을 보는 게 어때?"

"좋아요."

기데온 소유의 레스토랑에서 저녁을 먹으면 기데온도 이 상황을 조금 더 쉽게 받아들일 거라는 생각이 들었다.

"예약은 내가 해도 돼요?"

"물론."

"이만 출근해야 해요. 회사 앞에 도착했거든요."

"집 주소를 문자로 보내줘. 데리러 갈게."

"알겠어요."

회전문을 지나 게이트로 향했다.

"그럼 내일 만나요."

"정말 기대된다. 5시쯤 보자고."

휴대폰을 집어넣고 가장 가까운 엘리베이터에 탔다. 위층으로 올라가자 유리 보안문 너머로 메구미가 손을 흔들며 인사를 건넸다. 그녀가 자신의 휴대폰을 내 얼굴에 들이밀며 말했다.

"이게 믿어져요?"

나는 뒤로 물러나며 휴대폰 화면에 초점을 맞추었다.

"마이클에게 전화가 세 통이나 왔는데 일부러 안 받았군요."

"이런 남자 정말 우웩이야."

그녀가 불평했다.

"이랬다저랬다. 남 주긴 아깝고 자기 가지긴 싫다 이거죠."

"그럼 그대로 말해줘요."

"정말요?"

"솔직히 말해요. 전화야 피하면 되지만 그래도 신경에 거슬릴 거예요. 절대로 다시 만나지 마요. 다시 섹스를 한다면 기분이 고약해질 거예요."

"맞아요."

메구미가 고개를 끄덕였다.

"섹스는 나빠요. 아무리 황홀한 섹스라도."

나는 웃음을 터뜨리며 내 자리로 향했다. 다른 사람의 애정생활을 심판하는 것 말고도 할 일이 산더미였다. 마크는 동시에 여러 가지 작업을 진행 중이었고, 그 중 세 건이 막바지 단계를 향해 가고 있었다. 크리에이티브들이 작업한 모형을 조심스레 마크의 책상으로 가져갔다. 모든 전략이 종합되어가는 모습을 지켜보는 일, 내가 가장 좋아하는 단계였다.

10시 무렵 마크와 나는 이혼 전문 변호사의 광고 일에 매달려 다양한 접근 방법을 고려하는 작업에 몰두하고 있었다. 개인적으로 삶의 어려운 시기에 봉착한 의뢰인을 향한 동정심과 변호사의 가장 우수한 특성인 교묘하고도 가차 없는 능력을 적절히 섞을 광고를 찾으려고 골몰했다.

"난 이런 일 따위 절대로 필요하지 않을 거야."

마크가 불쑥 말했다.

"그럼요."

이혼 전문 변호사 이야기라는 걸 알아채고 즉시 대답했다.

"절대로 그럴 일은 없을 거예요. 빨리 점심시간이 돼서 스티븐을 만나고 싶어요. 두 분 일을 생각하면 제가 다 흥분된다니까요."

마크가 씩 웃자 살짝 굽은 치아가 드러났다. 그 모습이 귀여워 보였다.

"평생 이렇게 행복했던 적이 없어."

11시가 가까워지자, 기타 제조사의 광고로 넘어갔다. 그때 내 책상 위의 전화가 울렸다. 얼른 가서 수화기를 들고 평소처럼 업무용 응답을 하려는데 건너편에서 꺅 하는 비명 소리가 들렸다.

"맙소사! 에바 언니! 내일 식스나인스 행사장에 가게 됐어요!"

"아일랜드?"

기데온의 여동생 아일랜드는 무척 흥분해 있어서, 목소리가 열일곱 살인 제 나이보다 더 어리게 들렸다.

"식스나인스 정말 좋아요. 브렛 클라인이 대박 섹시해요. 대린 럼스필드도 끝내주죠. 드러머 말이에요. 미치게 좋아요."

나는 웃음을 터뜨렸다.

"밴드 음악을 좋아하기는 하는 거야?"

"칫, 당연하죠. 있잖아요."

그녀의 목소리가 진지하게 바뀌었다.

"내일 기데온 오빠랑 이야기를 해봐요. 그러니까 그냥 우연히 만나 인사하는 것처럼요. 언니가 먼저 다가가면 우리 오빠는 완전히 빨려 들어갈걸요. 오빤 언니를 미친 듯이 그리워하고 있단 말이에요."

의자 뒤로 몸을 기대고 아일랜드에게 장단을 맞춰주었다.

"정말 그렇게 생각해?"

"틀림없어요."

"정말? 왜?"

"몰라요. 오빠가 언니 이야기를 할 때는 목소리부터 달라져요. 설명할 수는 없지만, 오빠는 지금 언니에게 돌아가고 싶어서 죽을 지경일걸요. 내일 행사장에 나를 데려가라고 말한 사람도 언니죠?"

"아닐걸."

"하! 난 알아요. 오빠는 언제나 언니가 시키는 대로 하잖아요."

아일랜드가 웃었다.

"아무튼 고마워요."

"오빠에게 고마워해야지. 나는 그냥 널 다시 보고 싶을 뿐이야."

아일랜드는 기데온의 가족 중에서 기데온이 유일하게 어그러지지 않은 애정을 느끼는 아이였다. 겉으로는 티를 내지 않으려고 무진 애를 썼지만, 그건 아마도 기데온이 그 애정을 망가뜨릴까 봐 두려워하기 때문일 것이다. 무엇 때문인지는 정확히 알 수 없었지만, 아일랜드는 제 오빠를 영웅처럼 숭배했고 기데온은 거리를 유지하면서도 아일랜드의 사랑을 몹시 필요로 했다.

"오빠한테 먼저 말을 걸겠다고 약속해요."

아일랜드가 압력을 넣었다.

"언니도 아직 우리 오빠를 사랑하죠?"

"그럼, 그 어느 때보다 열렬히 사랑해."

나는 열심히 대답했다.

아일랜드가 잠시 침묵하다가 말했다.

"오빠는 언니를 만난 후로 변했어요."

"나도 그렇게 생각해. 나도 변했어."

마크가 사무실에서 나오자 자세를 반듯이 했다.

"이제 그만 일하러 가야겠다. 내일 만나자. 그리고 언젠가 이야기한 여자들끼리의 날도 잡고."

"좋아요. 내일 봐요."

나는 전화를 끊었다. 기데온이 일을 순조롭게 진행하고 있고 아일랜드와의 약속도 잡았다는 사실이 흐뭇했다. 우리는 지금 발전하고 있었다. 둘이 함께도, 각자 개인도.

"걸음마 같은 거야."

나는 혼잣말을 속삭이고는 다시 업무로 돌아갔다.

정오에 마크와 함께 스티븐을 만나러 프랑스 레스토랑으로 갔다. 식당 규모가 크고 손님 수는 많았지만, 안에서 마크의

파트너를 찾기란 어렵지 않았다.

스티븐 엘리슨은 거구로 키가 크고 어깨가 넓고 엄청난 근육질이었다. 자신의 건설 업체를 소유하고 있었고 직원들과 함께 현장에서 일하는 것을 즐겼다. 그러나 정말로 눈길을 끄는 것은 매혹적인 빨강 머리였다. 누이동생 쇼나도 그와 머리색이 같았고, 유쾌한 성격도 닮았다.

"안녕하세요!"

나는 스티븐의 뺨에 입을 맞추며 인사를 했다. 직장 상사인 마크보다 스티븐과의 사이가 더 친밀했다.

"축하해요."

"고마워요. 마크가 드디어 솔직해지기로 했다지 뭐예요."

"그러려면 결혼보다 더한 게 필요해."

마크가 내 몫의 의자를 뒤로 당겨주며 맞받아쳤다.

"뭐야, 내가 자기한테 솔직하지 않았던 때가 있었어?"

스티븐이 저항했다.

"음, 한번 볼까."

마크가 내 옆에 자리를 잡고 앉았다.

"결혼이 나한테 맞지 않네, 어쩌네 했을 때?"

"난 나한테 맞지 않는다고 말한 적 없어."

스티븐이 내게 눈을 찡긋했다. 파란 눈동자에 장난기가 가득했다.

"대다수 사람에게 맞지 않다는 말이었지."

"청혼 문제로 얼마나 몸을 뒤틀며 괴로워했는지 몰라요."

나는 스티븐에게 말했다.

"불쌍해서 죽는 줄 알았다고요."

"맞아."

마크가 메뉴를 넘기며 말했다.

"자기가 얼마나 잔인하고 이상한 벌을 주었는지, 에바가 증인이야."

"나도 좀 불쌍하게 생각해줘요."

스티븐이 말했다.

"와인과 장미와 바이올린 연주자까지 동원해서 청혼했단 말이에요. 며칠이 걸린 대작이었죠. 지금도 그때 생각을 하면 총 맞은 것처럼 가슴이 아파요."

스티븐은 눈알을 굴리며 장난스럽게 말했지만, 아직도 치유되지 않은 상처가 남았다는 걸 알 수 있었다. 마크가 스티븐의 손을 꼭 잡는 걸 보니 내 생각은 틀리지 않았다.

"청혼 날 마크는 어땠어요?"

마크에게 이미 들었으면서도 물어보았다.

이때 웨이트리스가 끼어들어 물을 마실 거냐고 물어보았다. 우리는 잠시 그녀를 세워두고 음식을 주문했다. 스티븐이 기념일 밤에 어떤 일이 있었는지 자세히 들려주기 시작했다.

"미친 듯이 땀을 흘리더라고요. 일 분에 한 번씩은 얼굴을 닦아댔어요."

"여름이잖아."

마크가 중얼거렸다.

"식당 안도, 극장 안도 에어컨을 틀었잖아."

스티븐이 맞받아쳤다.

"밤새 그 모양으로 있다가 결국 집에 갈 시간이 되었죠. 아무래도 이 남자, 청혼은 물 건너갔구나 싶었어요. 밤이 끝나가고 있었고 이 남자는 아직 말도 꺼내지 않은 상태였으니까. 그러고 나서 집에 가는 길에, 오늘 밤도 또 내가 청혼을 해야 하나 망설였어요. 그런데 또 거절당하면……."

"처음에도 거절하지는 않았어."

마크가 끼어들었다.

"또 거절하면 때려눕히려고 했죠. 아니면 엉덩이를 걷어차고 비행기에 던져 태운 다음 라스베이거스로 데려가거나. 여기 있다간 점점 나이만 먹을 테니까."

"나이를 먹는다고 철드는 건 아니야."

마크가 불퉁거렸다.

스티븐이 마크를 보았다.

"그렇게 우리는 리무진에서 내렸고, 나는 예전에 준비해두었던 완전 죽여주는 프로포즈를 기억해내려고 애썼죠. 그런데 이 친구가 갑자기 내 팔을 붙잡고는 불쑥 한다는 말이 '스티브, 제기랄. 너 나랑 결혼하자' 이러는 거예요."

웨이트리스가 내 앞에 샐러드 접시를 내려놓는 사이, 나는 몸을 뒤로 젖히고 웃음을 터뜨렸다.

"정말 그렇게 말했어요?"

"정말 그렇게 말했어요."

스티븐이 열정적으로 고개를 끄덕이며 말했다.

"아주 감동적인데요."

나는 마크를 향해 엄지손가락을 추켜세웠다.

"잘했어요."

"봤지? 내가 해냈다고."

마크가 말했다.

"결혼 서약서는 직접 쓰실 거예요? 그러면 정말로 재미있을 것 같아요."

스티븐이 다른 사람들의 눈길을 끌 만큼 요란하게 웃었다.

나는 씹고 있던 방울토마토를 삼키며 물었다.

"두 분의 결혼식 파일, 정말 보고 싶어요."

"아, 그건 그냥 어쩌다 보니……."

"거짓말."

마크가 고개를 젓자, 스티븐이 손을 아래로 뻗어 의자 옆 바닥에 놓아둔 가방에서 불룩한 파일을 꺼냈다.

파일 안은 어마어마하게 빽빽이 채워져 있었고, 위아래, 옆으로 종이들이 마구 삐져나와 있었다.

"잠깐, 내가 찾아낸 웨딩케이크 보여줄게."

스티븐이 빵 바구니를 옆으로 밀어내고 그 자리에 파일을 펼쳤다.

목차와 분류표를 보니 나도 모르게 웃음이 나왔다.

"난 크레인과 광고판까지 있는 빌딩 숲 모양 웨딩케이크는 반대야."

마크가 단호하게 말했다.

"정말요?"

나는 호기심을 느끼며 물었다.

"어디 좀 봐요."

그날 저녁, 집으로 돌아와 핸드백과 가방을 평소 자리에 놓고 신발을 벗어 던진 다음 곧바로 소파로 갔다. 소파 위에 드러누워 천장을 올려다보았다. 메구미와 6시 30분에 크로스 트레이너에서 만나기로 했기 때문에 시간이 많지는 않았지만, 잠시라도 쉬고 싶었다. 오후에 생리가 시작되면서 신경질과 짜증이 솟구쳤고, 피로감 때문에 자잘한 재미와 즐거움도 느껴지지 않았다.

언젠가는 엄마와의 문제를 해결해야 한다는 생각에 한숨이 터져 나왔다. 우리 사이에 해결할 일이 산더미 같은데 그 일을 미뤄두려니 신경이 쓰였다. 아빠처럼 엄마와의 일도 쉽게 해결되면 참 좋겠지만, 그렇다고 엄마 문제를 미루고 회피할 만한 구실은 못 되었다. 어쨌든 내 엄마였고, 나는 엄마를 사랑했다. 사이가 좋지 않으면 나도 역시 힘들었다.

생각이 코린에게로 흘러갔다. 남편을 남겨두고 한 남자를 쫓아 파리에서 뉴욕까지 날아온 여자가 쉽게 그를 포기할 리가 없었다. 하지만 코린은 기데온 뒤를 쫓아다니며 몰아붙여 봐야 별 효과가 없으리라는 것도 알아야 했다. 그런데 브렛은……, 브렛은 어떻게 하지?

인터폰이 울렸다. 얼굴을 찌푸리며 자리에서 일어나 인터폰으로 갔다. 메구미가 집에서 만나기로 한 줄 알고 온 건가? 그래도 상관은 없지만…….

"여보세요."

"안녕하세요, 에바."

프런트데스크의 남자 직원이 쾌활한 목소리로 인사를 건넸다.

"뉴욕 경찰국에서 미크나 형사와 그레이브스 형사가 찾아왔어요."

오, 하느님. 그 순간 다른 모든 일이 의미를 잃어버렸다. 공포가 얼음으로 깎은 손가락처럼 차갑게 온몸을 휘어 감았다.

변호사가 필요했다. 많은 일이 위태로웠다.

하지만 뭔가를 숨기는 것처럼 보이고 싶지도 않았다.

힘겹게 침을 두 번 삼키고 대답했다.

"고마워요. 올려 보내주세요."

14

서둘러 핸드백을 놔둔 곳으로 가서 선불 핸드폰 전원을 끄고 지퍼 달린 주머니 속에 집어넣는 사이, 심장이 마구 방망이질 쳤다. 돌아서서 모든 게 제자리에 있는지, 또 숨길 것은 없는지 살펴보았다. 침실에 꽃다발과 카드가 떠올랐다.

형사들에게 수색영장이 없다면 보이는 것들만 볼 수 있을 것이다.

달려가서 내 방문을 닫고 캐리의 방문도 닫았다. 현관 벨이 울릴 때쯤에는 거친 숨을 몰아쉬고 있었다. 가까스로 흥분을 달래고 차분하게 거실로 나갔다. 깊고 침착하게 숨을 한 번 더 몰아쉬고 현관문을 향해 손을 뻗어 문을 열어주었다.

"안녕하세요, 형사님들."

진지한 얼굴에 여우 같은 파란 눈을 한 깡마른 그레이브스 형사가 앞장섰다. 그녀의 파트너인 미크나 형사는 조금 더 과

묵했고 머리가 희끗희끗하고 배도 불룩한 중년 남자였다. 두 사람 사이에는 일정한 방식이 있었다. 그레이브스는 사건의 주제에 집중하고 균형은 신경 쓰지 않는 쪽이었다. 미크나는 종종 뒷짐을 지고 서서 매의 눈으로 전반적인 상황을 살피며 세세한 것들을 놓치지 않는데 능숙한 편이었다. 두 사람의 성공률은 꽤 높을 것이다.

"들어가도 될까요, 트라멜 양?"

그레이브스가 부탁보다는 요구처럼 들리는 말투로 말했다. 그녀는 갈색 곱슬머리를 뒤로 묶고 재킷으로 가슴에 찬 권총을 가리고 있었다. 손에는 작은 가방이 들려 있었다.

"그럼요."

나는 문을 더 활짝 열었다.

"뭐 좀 드릴까요? 커피? 물?"

"물이면 좋겠습니다."

미크나가 말했다.

나는 그들을 주방으로 안내하고 냉장고에서 물병을 꺼냈다. 형사들은 간이 식탁에서 기다렸다. 미크나는 주변을 살폈고, 그레이브스는 나만 보았다.

"방금 퇴근하셨습니까?"

미크나가 물었다.

알고 물어본다는 것을 알았지만 대답했다.

"몇 분 전에요. 거실에 가서 앉으시겠어요?"

"그러죠."

그레이브스가 거실 탁자에 낡은 가죽 가방을 올려놓으며 간단명료하게 말했다.

"괜찮다면 몇 가지 물어볼 게 있어서 왔습니다. 사진도 몇 장 보여드리고요."

나도 모르게 흠칫 멈춰 섰다. 나단이 찍은 사진을 보여주려는 걸까? 순간, 형사들이 범죄 현장 사진이나 자신들이 직접 찍은 사진을 보여주려 한다는 생각이 들었다. 하지만 그런 사진들도 보기 싫은 것은 마찬가지였다.

"무슨 일이죠?"

"나단 베이커의 죽음과 관련해서 몇 가지 새로운 정황이 드러났어요."

미크나가 말했다.

"가능한 한 모든 단서를 쫓고 있는데, 트라멜 양에게도 도움이 필요해서요."

나는 떨리는 숨을 깊이 들이마셨다.

"도움이 된다면 기쁘겠어요. 하지만 어떻게 해야 도움이 될지는 잘 모르겠네요."

"안드레이 예렘스키를 아나요?"

그레이브스가 물었다.

나는 얼굴을 살짝 찌푸렸다.

"아뇨. 그게 누구죠?"

그녀가 가방에서 8×10 크기의 사진 한 장을 꺼내 내 앞에 내려놓았다.

"이 남자예요. 본 적 있어요?"

떨리는 손으로 사진을 잡아당겼다. 대기 중인 차 뒷좌석에 올라타는 어떤 남자에게 말을 거는 트렌치코트 차림의 남자였다. 매력적이고 눈에 띄는 금발 머리에 가무잡잡한 피부를 하고 있었다.

"아뇨, 만난 적도 없어요."

나는 그레이브스 형사를 올려다보았다.

"이 남자를 알아야 하나요?"

"이자 집에서 당신 사진이 발견되었어요. 거리를 오가는 사진이요. 나단 베이커도 같은 사진을 갖고 있었죠."

"무슨 말인지 모르겠어요. 왜 이 남자가 제 사진을 갖고 있죠?"

"베이커에게 받은 것으로 추정됩니다."

미크나가 말했다.

"예렘스키라는 남자가 그렇게 말했어요? 나단은 왜 제 사진을 주었을까요?"

"예렘스키는 아무 말도 하지 않았습니다."

그레이브스가 말했다.

"죽었어요. 살해당했습니다."

두통이 몰려오는 게 느껴졌다.

"이해가 안 돼요. 저는 이 남자에 대해 아는 게 전혀 없어요. 이 사람이 왜 나에 대해 알아야 했는지도 짐작이 안 가요."

"안드레이 예뎀스키는 러시아 폭력 조직의 유명한 조직원입니다."

미크나가 설명했다.

"주류와 살인 무기 밀수에 손을 대고 있고, 여성들을 뒷거래한 혐의도 받고 있어요. 베이커가 그런 목적으로 당신을 거래하겠다고 약속했을 가능성이 있어요."

나는 고개를 저으며 거실 탁자에서 뒤로 물러났다. 형사들이 무슨 말을 하는지 도무지 이해할 수가 없었다. 나단이 내 뒤를 쫓아다녔다는 사실은 믿을 수 있었다. 그는 처음부터 나를 미워했다. 자기 아버지가 죽은 엄마를 애도하지 않고 곧바로 재혼한 것을 증오했다. 또 나 때문에 정신병원에 갇혔다고 생각했고, 내가 받은 500만 달러의 보상금도 자신에게 돌아올 유산이었다고 생각했기 때문에 나를 미워했다. 하지만 러시아 폭력 집단이라니? 성매매라니? 전혀 이해가 되지 않았다.

그레이브스가 사진들을 넘기다가 사파이어 백금 팔찌 사진을 찾아냈다. L자 모양의 자가 놓인 걸 보면 과학 수사관이 찍은 사진임이 틀림없었다.

"이거 알아보겠어요?"

"예, 나단의 어머니 것이었는데 나단이 자기 손목에 맞게 고쳤어요. 어딜 가든지 항상 이 팔찌를 차고 다녔죠."

"예뎀스키가 죽을 때 이걸 차고 있었어요."

그레이브스가 음조의 변화 없이 말했다.

"아마도 기념품이었겠죠."

"무슨 기념이요?"

"베이커 살인에 대한 기념이요."

나는 그레이브스 형사를 물끄러미 쳐다보았다.

"그러니까 지금 예뎀스키가 나단을 죽였다, 이 말인가요? 그럼 예뎀스키는 누가 죽였죠?"

그녀가 내 질문 뒤에 숨은 동기를 이해하고 내 눈을 똑바로 쳐다보았다.

"조직원들에게 제거당했어요."

"확실한가요?"

형사들은 이 사건에 기데온이 연루되지 않았다고 알고 있다는 것을 생각하고 말해야 했다. 그렇다. 그는 나를 지키기 위해 사람을 죽였지만, 감옥에 가지 않으려고 살인을 저지르지는 않았다.

미크나가 내 질문에 얼굴을 찌푸렸다. 대답은 그레이브스가 했다.

"의심의 여지가 없어요. 감시용 동영상에서 확인했으니까요. 조직원 하나가 예뎀스키가 자신의 미성년자 딸을 건드렸다는 이유로 앙심을 품고 있었어요."

희망이 솟구쳤다가 이내 차가운 공포심이 몰려왔다.

"그래서 지금은 어떻게 되었는데요? 이 일이 대체 무슨 의미가 있는 거죠?"

"혹시 러시아 폭력단과 관련된 사람을 압니까?"

미크나가 물었다.

"오, 맙소사. 아니오."

나는 힘껏 대답했다.

"그건……, 전혀 다른 세상이에요. 나단이 그런 사람들과 관계가 있었다는 사실도 믿기지가 않아요. 하지만 나단을 못 본 지 몇 년이나 흘렀으니까……."

나는 옥죄어오는 가슴을 문지르며 그레이브스를 보았다.

"이 일을 잊어버리고 싶어요. 더는 내 삶을 망가뜨리지 않기를 바라요. 그럴 수 있을까요? 나단은 죽은 후에도 계속해서 내 뒤를 쫓아다닐까요?"

그녀가 무표정한 얼굴로 재빨리, 그리고 효율적으로 사진을 간추렸다.

"우리는 할 수 있는 모든 일을 했어요. 이제 앞으로 어떻게 할지는 당신 몫이죠."

6시 15분에 크로스 트레이너 헬스클럽으로 갔다. 메구미와 약속을 한 데다가 이미 한 번 약속을 어긴 적이 있기 때문에 가야 했다. 또 불안감이 부풀어 올라 미쳐버리기 전에 지쳐 떨어지는 편이 나을 것 같아서 몸을 움직여야 한다는 생각이 들었다. 형사들이 가자마자 기데온에게 밤에 만나자는 문자메시지를 보냈지만, 헬스클럽 탈의실 라커에 핸드백을 집어넣을 때까지 답장이 오지 않았다.

기데온의 모든 것이 그렇듯이, 전국 수백 곳에 지점이 있는 크로스 트레이너 역시 규모와 쾌적한 설비 면에서 모두 인상적이었다. 3층의 헬스클럽에 운동 추종자들이 원하는 모든 기구가 갖춰져 있었고, 스파 서비스와 스무디 바도 딸려 있었다.

메구미는 분위기에 약간 압도당했고, 몇 가지 첨단 장비는 직원의 도움을 받아야 했다. 덕분에 신입 회원으로서 트레이너를 독점하는 혜택을 누렸다. 나는 러닝머신을 이용했다. 빨리 걷기로 시작해 점점 속도를 붙여서 결국에는 달리기로 넘어갔다. 일단 움직이기 시작하자 생각도 마구 내달리기 시작했다.

기데온과 나는 삶의 조각을 다시 주워 모아 자유롭게 살아갈 수 있을까? 그러려면 어떻게 해야 할까? 마음속에 기데온에게 묻고 싶은 질문이 차고 넘쳤다. 하지만 그 역시 나만큼이나 모르기를 바랐다. 그가 예덤스키의 죽음에 관여했을 리가 없었다. 그랬다고 해도 믿기지 않을 것이다.

허벅지와 종아리가 타오르는 느낌이 들 때까지 마구 달렸다. 온몸에 땀이 흘러내렸고 호흡이 가빠지면서 폐가 타는 것 같았다.

결국 나를 멈추게 한 사람은 메구미였다. 메구미가 내 러닝머신 앞으로 와서 내 눈에 대고 손을 흔들었다.

"대단해요! 무슨 기계 같아요."

속도를 줄여 천천히 달리다가 다시 걸으면서 완전히 멈추었다. 수건과 물병을 집어들고 러닝머신에서 내려왔다. 힘들게 자신을 밀어붙인 결과가 온몸으로 느껴졌다.

"사실 달리는 거 싫어해요."

나는 헐떡거리며 고백했다.

"그나저나 자기는 어때요? 운동 잘했어요?"

운동복 차림의 메구미는 세련되어 보였다. 연두색 민소매탑에 밝은 파란색으로 꿰맨 자국이 있는 스판덱스 레깅스를 입고 있었다. 상의와 하의가 여름철에 어울리게 밝고 산뜻해 보였다.

그녀가 내 어깨에 어깨를 부딪쳤다.

"자꾸 기죽이지 마요. 난 그냥 섹시한 남자들 구경 왔단 말이에요. 아까 도와준 트레이너도 멋지지만, 저 남자가 내 이상형이에요."

메구미가 가리킨 쪽을 쳐다보았다.

"다니엘이에요. 만나볼래요?"

"나야 고맙죠!"

나는 메구미와 함께 탁 트인 공간 한가운데에 있는 매트 쪽으로 갔다. 다니엘을 향해 손을 흔들었더니 그가 고개를 들어 우리를 보았다. 메구미가 재빨리 뒤로 묶은 머리를 풀었지만 그녀는 머리를 묶고 있어도 예뻐 보였다. 피부색이 아름다웠고, 특히 입이 부러울 정도로 예뻤다.

"에바, 반가워요."

다니엘이 손을 내밀며 악수를 청했다.

"함께 오신 분은 누구죠?"

"친구 메구미예요. 오늘 처음 왔어요."

"아까 타라와 운동하신 분이죠?"

그가 메구미를 향해 메가와트급 미소를 날렸다.

"다니엘입니다. 도움이 필요하면 말씀하세요."

"그럼 당신을 독점해야 할걸요?"

메구미가 악수를 나누며 경고했다.

"얼마든지요. 운동을 하려는 특별한 목적이라도 있으세요?"

두 사람이 깊이 있는 대화를 나누기 시작하자 나는 주위를 둘러보았다. 두 사람이 친해지는 사이 잠시 운동할 수 있는 쉬운 기구가 없을까 살펴보았다. 그러나 대신 익숙한 얼굴을 하나 발견했다.

나는 어깨에 수건을 걸치고 바닥에서 운동 중인, 내가 별로 좋아하지 않는 기자를 바라보았다. 디아나가 10파운드 아령을 들고 운동하는 모습을 바라보며 심호흡을 한번 하고 걸음을 옮겼다. 그녀는 진한 갈색 머리를 생선 꼬리 모양으로 땋고 딱 달라붙는 반바지 아래로 긴 다리를 드러내고 있었으며 배는 단단하고 납작했다. 한마디로 끝내줬다.

"안녕, 디아나."

"어머, 여기 자주 오냐고 물어보려고 했는데."

그녀가 아령을 내려놓고 바닥에서 일어나며 말했다.

"너무 빤한 질문이죠? 잘 지내요, 에바?"

"잘 지내요. 당신은요?"

그녀의 미소를 보면 저절로 허리가 반듯이 펴졌다.

"기데온 크로스가 죄악을 돈으로 덮고 있다는 사실이 역겹지 않나요?"

돈을 받고 종적을 감춰버린 이안 하거에 대해서는 기데온의 말이 옳았다.

"당신이 정말로 진실을 좇는다면, 나도 당신에게 진실을 알려줬을 거예요."

"모두 사실이에요, 에바. 코린 지로하고도 이야기를 나눴어요."

"아, 그래요? 그 여자 남편은 잘 있대요?"

디아나가 웃음을 터뜨렸다.

"기데온은 당신을 공식 이미지 관리 요원으로 고용하는 것이 좋겠군요."

그 말이 이상하게 정곡을 찌른다는 생각이 들었다.

"차라리 기데온의 사무실에 찾아가 욕이나 퍼부어주고 오는 게 어때요? 그 앞에서 욕을 해요. 얼굴에 음료수를 뿌리든지, 뺨을 치든지."

"그래봤자 그 남자, 눈 하나 깜짝하지 않을걸요. 신경도 쓰지 않을 거예요."

관자놀이를 흐르는 땀을 닦으며 디아나의 말이 옳다고 생각했다. 나도 기데온이 냉정하기 짝이 없는 인간이 될 수 있다는 것을 잘 알았다.

"어느 쪽이든 당신 기분이 훨씬 나아질 거예요."

디아나가 벤치에서 수건을 낚아챘다.

"어떻게 해야 내 기분이 풀리는지는 누구보다 내가 더 잘 알아요. 운동 재밌게 해요, 에바. 또 만나게 될 거예요."

그녀가 총총걸음으로 사라졌다. 그녀가 무슨 일인가를 터뜨리려고 한다는 느낌을 떨쳐낼 수 없었다. 그게 뭔지 모르니 애가 탔다.

"운동 끝났어요."

메구미가 옆으로 다가오며 말했다.

"누구예요?"

"별로 중요한 사람은 아니에요."

순간 뱃속에서 꼬르륵 소리가 크게 들렸다. 점심으로 먹은 뵈프 부르기뇽(쇠고기 와인 볶음—옮긴이)이 다 연소했다는 신호였다.

"나도 운동하고 나면 항상 배가 고프더라고요. 저녁 먹으러 갈래요?"

"좋아요."

우리는 샤워를 하러 운동기구와 다른 회원들을 에둘러 지나갔다.

"캐리에게 전화해서 저녁 같이 먹을지 물어봐야겠어요."

"좋아요."

메구미가 입술을 핥으며 말했다.

"그 사람, 맛있어 보인다고 내가 말했던가요?"

"한 번 이상은 했을걸요."

헬스장을 떠나기 전, 다니엘을 향해 손을 흔들었다.

탈의실에 도착해 메구미가 입구 바로 안쪽에 있는 수거통에 수건을 던졌다. 내 수건을 던지기 전에 자수로 새긴 크로스 트레이너 로고를 엄지로 잠시 쓸어보았다. 똑같은 수건이 기데온의 화장실에 걸려 있을 거라고 생각하면서.

어쩌면 다음에 기데온과 통화할 때는 친구들과 함께 저녁식사 하는 자리에 나올 거냐고 물어볼 수 있을지 모른다.

아마 최악의 상황은 끝이 났을 것이다.

헬스클럽 근처에서 인도 음식점을 발견했고, 곧이어 캐리가 트레이와 함께 저녁을 먹으러 나타났다. 두 사람은 서로 꼭 붙어서 손을 잡고 걸어왔다. 우리 테이블은 거리를 볼 수 있는 입구 옆 창문 앞이어서, 저녁을 먹는 내내 거리의 활기를 고스란히 즐길 수 있었다. 바닥의 방석에 앉아 와인을 많이 마셨고, 그사이 캐리가 지나가는 사람들을 논평했다. 내 최고의 친구를 바라보는 트레이의 눈에 작은 하트들이 마구 떠 있는 게 보였다. 캐리도 그 보답으로 드러내놓고 애정을 표현하는 걸 보니 내 마음도 흐뭇했다. 캐리는 누군가에게 정말로 빠져들면 그 사람을 만지지 않으려고 참는 버릇이 있었다. 하지만 캐리가 트레이와 더 자주 편안하게 접촉하는 것은 흥미를 잃은 징후라기보다 두 사람이 점점 더 가까워지고 있다는 신호로 받아들이기로 했다.

저녁을 먹는 동안 메구미에게 마이클이 또 한 번 전화를 걸어 왔지만, 메구미는 받지 않았다. 캐리가 밀당 중이냐고 묻자 그녀는 사연을 들려주었다.

"그 남자가 또 전화하면 내가 받을게요."

캐리가 말했다.

"오, 맙소사. 안 돼."

내가 말렸다.

"왜?"

캐리가 순진한 척 눈을 깜박였다.

"내가 '메구미는 지금 너무 바빠서 전화를 받을 수가 없어요'라고 말하면 트레이가 멀리서 큰 소리로 섹스하는 소리를 내는 거야."

"심술궂다!"

메구미가 양손을 비비며 말했다.

"마이클한테는 그런 거 안 통할걸요. 나중에 질투 요법이 필요한 남자를 만나면 그때 부탁할게요."

나는 고개를 절레절레 흔들며 몰래 핸드백에 손을 넣고 선불 핸드폰을 확인했지만, 기데온에게서 아직 답장이 없었다.

캐리가 테이블 너머로 나를 흘낏 보고 말했다.

"애인한테 은밀한 전화라도 오기를 기다리는 기야?"

"뭐라고요?"

메구미가 입을 떡 벌리며 물었다.

"다른 사람을 만나고 있으면서 나한테 아무 말도 안 했단 말이에요?"

나는 눈을 갸름하게 뜨고 캐리를 노려보며 말했다.

"설명하자면 좀 복잡해요."

"복잡과는 정반대지."

캐리가 등받이 쿠션에 몸을 기대며 느릿느릿 말했다.

"순수 백 퍼센트 욕정이니까."

"크로스는 어쩌고요?"

그녀가 물었다.

"누구요?"

캐리가 되물었다.

메구미가 열렬히 말했다.

"그 남자, 에바랑 다시 시작하고 싶어 한단 말이에요."

이번에는 캐리가 나를 노려보았다.

"그 자식 만났어?"

나는 고개를 저었다.

"기데온이 엄마에게 전화했어. 그리고 다시 시작하고 싶다는 말을 한 건 아니야."

캐리가 교묘하게 웃었다.

"설마 마라톤 맨인 크로스와의 재회를 위해 새 애인을 버릴 생각이야?"

메구미가 내 다리를 쿡 찌르며 말했다.

"기데온 크로스가 침대에서 마라톤 맨이에요? 오, 맙소사……. 하긴, 그렇게 생겼어요. 대박이다."

그녀가 손으로 부채질했다.

"저기요, 내 성생활 이야기는 그만하면 안 될까요?"

나는 트레이에게 도와달라는 눈빛을 던지며 중얼거렸다.

트레이가 곧바로 뛰어들었다.

"캐리가 그러는데, 내일 두 사람은 뮤직비디오 시사회에 간다면서요? 요즘도 뮤직비디오에 그렇게 공을 들이나 봐요?"

나는 고마워하며 구명줄을 덥석 잡았다.

"그렇죠? 나도 놀랐다니까요."

"게다가 그 자리에 오랜 친구 브렛까지 온다는군요."

캐리가 비밀을 나누는 것처럼 메구미 쪽으로 몸을 숙이며 말했다.

"우린 그 친구를 무대 뒤 남자 혹은 자동차 뒷좌석 남자라고 부른답니다."

유리잔에 손가락을 집어넣었다가 캐리를 향해 물을 튀겼다.

"와, 에바. 너 때문에 축축해졌어."

"그 입 다물지?"

내가 경고했다.

"비 맞은 생쥐 꼴이 되고 싶지 않으면."

9시 45분, 집에 도착할 때까지 기데온은 답장을 보내지 않았다. 메구미는 지하철을 타고 집으로 돌아갔고, 캐리와 트레이 그리고 나는 택시를 타고 아파트로 왔다. 남자 둘은 곧장 캐리의 방으로 갔지만, 나는 옆집으로 달려가 기데온이 있는지 확인할까 망설이며 주방을 서성였다.

핸드백에서 열쇠를 꺼내려는 찰나, 캐리가 셔츠를 벗은 채 맨발로 주방에 들어왔다.

캐리가 냉장고에서 휘핑크림을 꺼내 제 방으로 가려다 멈춰 섰다.

"괜찮아?"

"응, 좋아."

"아직 엄마랑 안 풀었어?"

"응. 하지만 풀 생각이야."

그가 조리대에 엉덩이를 기대고 섰다.

"아니면 신경 쓰이는 다른 일이 있는 거야?"

나는 그를 몰아냈다.

"얼른 가서 놀아. 나는 괜찮으니까. 우리 이야기는 내일 하자."

"알았어. 그런데 내일 몇 시까지 준비해야 하는 거야?"

"브렛이 5시에 데리러 온대. 넌 나하고 크로스파이어 빌딩 앞에서 만날래?"

"좋아."

그가 몸을 숙여 내 머리끝에 입을 맞추었다.

"잘 자, 자기야."

캐리의 방문이 닫히는 소리가 들릴 때까지 기다렸다가 열쇠를 들고 옆집으로 갔다. 어둡고 조용한 아파트 안으로 들어서자마자 기데온이 없다는 것을 알았지만, 그래도 방마다 찾아보았다. 뭔가 어긋났다는 느낌을 떨쳐버릴 수가 없었다.

그는 어디에 있는 걸까?

앙구스에게 전화를 해야겠다고 생각하고, 내 아파트로 돌아가 선불 핸드폰을 들고 내 방으로 갔다.

그런데 그곳에 기데온이 악몽을 꾸고 있었다.

깜짝 놀라 방문을 잠갔다. 그는 내 침대에 누워서 고통스럽게 신음하고 등을 활처럼 젖히며 몸부림치고 있었다. 청바지와 티셔츠 차림으로 이불 위에 누워 있는 걸 보면 나를 기다리다가 잠이 든 것 같았다. 노트북이 열린 채 바닥에 떨어져 있었고 종이 서류가 그의 격렬한 몸짓에 구겨지고 있었다.

나는 다치지 않고 그를 깨울 수 있는 방법을 골몰하며 곁으로 달려갔다. 우연이라도 기데온이 나를 다치게 한다면, 그는 몹시 괴로워할 것이다.

그가 마구 신음을 토해냈다. 마치 공격적인 야생동물이 낮게 으르렁거리는 것처럼 신음했다.

"안 돼."

그가 외쳤다.

"다신 그녀를 건드리지 마."

나는 흠칫 얼어붙었다.

그의 몸이 격하게 움직였다가 신음했고 후드득 떨며 옆으로 웅크렸다.

그가 고통스러워하는 소리를 들으니 온몸에 전기 충격이 지나간 것처럼 아팠다. 침대 위로 올라가 그의 어깨에 손을 올렸다. 내가 반듯이 눕자, 그가 곧장 내 몸 위로 올라와 초점 없는 눈동자로 나를 내려다보았다. 나는 겁에 질려 온몸이 굳어버렸다.

"이게 어떤 기분인지 알지?"

그가 음산하게 속삭였고, 내 몸을 향해 엉덩이를 마구 치받으며 우리가 나누었던 사랑의 장면을 흉내 냈다.

나는 고개를 돌려 그의 팔뚝을 물었다. 내 이가 단단한 근육에 박혔다.

"제길!"

그가 내게서 떨어지자마자 파커에게 배운 대로 그를 밀쳐내고 침대 밖으로 뛰쳐나왔다.

"에바!"

나는 몸을 돌려 그를 향해 방어 자세를 취했다.

그가 침대에서 내려오며 무릎이 꺾일 듯하다가 겨우 균형을 잡고 일어났다.

"미안해. 깜박 잠이 들었어……. 맙소사, 정말 미안해."

나는 애써 침착함을 유지하며 말했다.

"난 괜찮아요. 긴장 풀어요."

그가 머리카락을 쓸어 올리며 가슴이 부풀도록 숨을 들이마셨다. 얼굴은 땀으로 번들거렸고, 눈은 빨갛게 충혈되어 있었다.

"제기랄."

나는 오락가락하는 공포심과 싸우며 그의 곁으로 다가갔다. 그의 악몽은 우리 삶의 일부분이었다. 우리 둘 다 맞서 싸워야 했다.

"어떤 꿈이었는지 기억나요?"

기데온은 어렵게 침을 삼키며 고개를 가로저었다.

"거짓말."

"제기랄. 당신은 나를 믿어야……."

"나단 꿈을 꾸고 있었어요. 그 꿈을 얼마나 자주 꾸죠?"

나는 손을 뻗어 그의 손을 잡았다.

"몰라."

"거짓말하지 마요."

"거짓말 아니야!"

그가 벌컥 화를 내며 말했다.

"난 꿈을 거의 기억하지 못해."

나는 그를 화장실 쪽으로 이끌었다. 정신적으로나 육체적으로나 그를 계속 움직이게 만들 필요가 있었다.

"오늘 형사가 찾아왔어요."

"알아."

걱정이 될 정도로 그의 목소리는 거칠게 갈라져 있었다. 대체 얼마나 오래 꿈을 꾸고 있었던 걸까? 자신의 마음에 의해 외롭고 힘들게 고문당한다고 생각하니 내 마음이 저렸다.

"당신에게도 찾아갔어요?"

"아니. 하지만 조사는 했어."

불을 켜자 그가 흠칫 걸음을 멈추고 내 손을 꽉 쥐었다.

"에바."

"얼른 가서 샤워해요, 에이스. 샤워하고 나서 이야기해요."

그가 양손으로 내 얼굴을 감싸고 엄지손가락으로 내 뺨을 어루만졌다.

"당신, 너무 빨리 움직이고 있어. 천천히."

"악몽을 꿀 때마다 주저앉아서 걱정만 할 수는 없어요."

"잠깐만."

그가 내 몸에 이마를 기대고 중얼거렸다.

"내가 당신을 겁주었어. 나도 겁이 나. 잠깐 마음을 진정시키게 해줘."

나는 걸음을 멈추고 날뛰는 그의 심장에 손을 올렸다.

그가 내 머리카락에 얼굴을 묻었다.

"당신 냄새를 맡고 싶어, 앤젤. 당신을 느끼고 싶어. 미안해."

"난 괜찮아요."

"괜찮지 않아."

그가 여전히 낮고 유혹적인 목소리로 말했다.

"당신이 올 때까지 우리 집에서 기다릴걸 그랬어."

나는 그의 가슴에 얼굴을 기댔다. '우리' 집이라는 말이 좋았다.

"저녁 내내 당신 답장을 기다리면서 휴대폰을 확인했어요."

"늦게까지 일했어."

그가 내 셔츠 밑으로 손을 밀어 넣어 내 등을 어루만졌다.

"곧바로 여기로 왔어. 당신을 깜짝 놀라게 해주고 싶었거든. 당신과 사랑을 나누고……."

"우리, 자유로워질 것 같아요."

나는 그의 셔츠를 움켜쥐며 속삭였다.

"형사들이 그러는데……, 우리 괜찮을 것 같아요."

"설명해봐."

"나단이 항상 차고 다니는 팔찌가 있어요."

"아주 여성스러운 사파이어 팔찌."

나는 그를 올려다보았다.

"맞아요."

"계속해봐."

"그 팔찌가 죽은 폭력배 남자의 팔에서 발견되었대요. 러시아 마피아요. 경찰은 조직 내 갈등으로 인한 살인 사건이라고 생각하는 것 같아요."

기데온이 미동도 없이 눈을 갸름하게 떴다.

"흥미롭군."

"이상해요. 경찰이 내 사진과 인신매매 이야기를 했는데, 아무리 생각해도 이해가 안 돼요."

그가 손가락으로 내 입을 눌러 막았다.

"흥미롭다는 건 내가 나단 곁을 떠났을 때 그 팔찌를 찬 걸 분명히 봤기 때문이야."

기데온이 샤워하는 동안 나는 양치질을 하며 지켜보았다. 그는 비누를 칠한 손으로 효율적이고도 무심하게 몸을 문질렀다. 재빠르고도 거친 동작이었다. 내 몸을 애무할 때의 내밀한 찬탄과 애정 같은 것은 전혀 엿볼 수가 없었다. 그는 빨리 샤워를 마치고 벌거벗은 몸으로 나와 수건으로 물기를 닦아냈다.

그가 내 뒤로 다가와 내 엉덩이를 움켜쥐고 내 목덜미에 입을 맞추었다.

“나는 지하조직과는 어떠한 연관도 없어.”

그가 중얼거렸다.

나는 입을 헹구고 거울을 통해 그를 보았다.

“그 말을 해야 할 만큼 신경이 쓰여요?”

“당신이 묻기 전에 내가 말하는 편이 낫잖아.”

“그렇다면 누군가가 당신을 지키기 위해 엄청난 수고를 했다는 말이군요.”

고개를 돌려 그를 바라보았다.

“혹시 앙구스 아닐까요?”

“아니야. 그 폭력배라는 남자가 어떻게 죽었는지 말해봐.”

나는 그의 복근을 손끝으로 쓰다듬었다. 내 접촉에 그의 근육이 움찔거리며 반응하는 게 좋았다.

“조직원 하나가 그 사람을 제거했대요. 보복 살인이요. 그레이브스 형사 말로는 감시용 영상이 있어서 증거가 충분하대요.”

“그렇다면 누군가 관련이 있다는 말이군. 폭력배들과 관련이 있거나, 경찰 당국과 관련이 있거나, 둘 다 관련이 있거나. 누구든 그 사람은 죄를 뒤집어쓰고도 대가를 치르지 않아도 되는 희생양을 선택한 거야.”

“그게 누군지 상관없어요. 당신만 무사하면 돼요.”

그가 내 이마에 입을 맞추었다.

"상관이 있어."

그가 부드럽게 말했다.

"날 지키려고 그런 짓을 벌였다면, 그 사람은 내가 한 짓을 알고 있다는 뜻이거든."

15

새벽 5시가 막 지났을 무렵, 무의식 상태에서 순식간에 현실로 빠져나왔다. 아직 꿈의 찌꺼기가 들러붙어 있었다. 기데온과 내가 여전히 헤어진 꿈이었다. 외로움과 괴로움에 짓눌려 한동안 침대에 누워서 꼼짝도 하지 못했다. 기데온이 옆에 있다면 얼마나 좋을까. 몸을 돌려 그의 몸에 닿을 수 있다면 얼마나 좋을까?

지난밤 우리는 생리 때문에 섹스를 하지 않았다. 대신 함께 있을 때의 단순한 편안함을 즐기기로 했다. 함께 침대에 누워 텔레비전을 보다가 러닝머신을 열심히 밟은 대가로 곯아떨어졌다.

나는 그와 끌어안고 있을 때의 고요한 순간이 정말로 좋았다. 수면 밑으로 성적인 끌림이 부글부글 끓어올랐다. 내 살갗에 닿는 그의 숨결도, 그의 단단한 몸매와 내 몸의 굴곡이 서로를 위해 만들어진 것처럼 꼭 맞아떨어지는 것도 정말로 좋았다.

무엇이 나를 이토록 불안하게 하는지 깨닫고 한숨을 내쉬었다. 오늘은 목요일이었고 브렛이 뉴욕에 오는 날이었다.

기데온과 겨우 새로운 리듬을 찾기 시작한 시점에 브렛이 내 삶에 끼어든다면, 최악이 될 수도 있었다. 뭔가 잘못될까 봐 불안했다. 어떤 몸짓이나 눈빛이나 표정 때문에 기데온과 나의 앞길에 새로운 문제나 오해가 불거질까 봐 겁이 났다.

오늘은 기데온과 내가 '결별' 후 다시 공개적인 장소에 함께 모습을 드러내는 첫날이었다. 고문과도 같은 순간일 것이다. 내 마음은 기데온과 함께 있지만, 내 몸은 브렛 옆에 서게 될 것이다.

침대에서 빠져나와 화장실에 가서 세수를 하고 반바지와 탱크톱으로 갈아입었다. 기데온과 함께 있고 싶었다. 힘들고 괴로운 하루가 시작되기 전에 둘만의 시간을 보내야 했다.

조용히 내 아파트에서 빠져나와 그의 아파트로 갔다. '우리'의 현관문으로 달려갈 때는 장난꾸러기 꼬마가 된 것 같은 기분이 들었다.

일단 안으로 들어가 간이 식탁에 열쇠를 내려놓고 복도를 지나 손님용 방으로 갔다. 기데온이 없어서 잠시 심장이 덜컥 내려앉았지만, 그의 존재를 느낄 수 있었기에 계속 그를 찾아다녔다. 그가 가까이 있을 때만 느낄 수 있는 설렘이 있었다.

그는 안방에 있었다. 두 팔로 내 베개를 끌어안고 반쯤 엎드린 채였다. 엉덩이에 시트가 감겨 있고 강한 등과 조각 같은 팔은 고스란히 드러나 있었으며 경이로운 엉덩이는 위쪽의 굴곡만 살짝 드러나 있었다.

에로틱한 판타지가 현실로 나타난 듯한 모습이었다. 게다가 그는 내 것이었다.

나는 그를 몹시도 사랑했다.

적어도 한 번쯤은 나로 인해 그가 깨어나기를 원했다. 공포와 슬픔과 자책 대신 기쁨의 마음을 안고.

내 남자를 만족시킬 온갖 방법들을 떠올리며 새벽녘의 희붐한 빛 속에서 조용히 옷을 벗었다. 입과 양손으로 그의 몸 전체를 공격해 그를 깜짝 놀라게 만든 다음, 뜨겁게 달아오른 그의 몸을 느끼고 싶었다. 우리 앞에 놓인 혹독한 현실을 만나기 전에 우리의 결속력을, 그를 향한 완전하고 확고한 나의 충성심을 확인하고 싶었다.

무릎으로 매트리스를 딛고 올라서자 그가 뒤척였다. 나는 그를 끌어안고 그의 허리에 입술을 대고 천천히 위로 올라갔다.

"음……, 에바."

그가 내 밑에서 가볍게 기지개를 켜며 갈라진 목소리로 말했다.

"에바가 아니면 어쩌려고 그래요?"

나는 그의 어깨 위를 살짝 깨물었다.

"잘못했다간 큰 봉변을 당할걸요."

나는 그의 몸 위에 고스란히 내 몸을 포갰다. 나는 잠시 거룩한 그의 온기를 음미했다.

"일찍 일어났네."

그가 편안하게 몸을 누이며 중얼거렸다. 서로를 만질 때처럼 흡족한 말투였다.

"그럼요."

내가 말했다.

"내 베개를 끌어안고 있네요."

"당신 냄새가 나거든. 그러면 잠이 잘 와."

나는 그의 머리카락을 옆으로 쓸어내리며 그의 목에 입을 맞추었다.

"당신은 말도 참 예쁘게 하는군요. 하루 종일 이렇게 당신과 누워 있으면 얼마나 좋을까요."

"이번 주말에 당신을 데리고 멀리 간다고 했잖아."

"그래요."

나는 그의 팔뚝 위를 쓰다듬으며 단단한 근육을 느꼈다.

"빨리 가고 싶어요."

"금요일 퇴근길에 곧바로 출발해서 월요일 출근 시간에 맞춰 돌아올 거야. 여권 말고는 아무것도 필요 없어."

"당신도 가져가야죠."

나는 그의 어깨에 입을 맞추며 재빨리 덧붙였다.

"난 당신을 원해요. 당신을 가질 마음으로 왔어요. 그런데 엉망이 될 수도 있어요. 생리가 끝 무렵이기는 한데, 어쩌면 아닐 수도 있고요. 당신이 생리 중에 섹스를 원하지 않는다고 해도 난 충분히 이해할 수 있어요. 사실 나도 생리 중 섹스는 한 번도 원한 적이 없거든요."

"나는 당신을 원하지. 당신을 얻을 수만 있다면 뭐든 할 수 있어."

그가 움찔거리며 자세를 바꿀 준비를 했다. 나는 옆으로 비켜서 그가 근육을 움직이며 유연하게 몸을 돌리는 모습을 지켜보았다.

"윗몸을 일으켜요."

내가 생각했던 것보다 그는 훨씬 더 대단한 사람이라고 생각하며 말했다. 혹은 훨씬 더 화끈한 사람이라는 생각이 들었는데, 어느 쪽이든 나로선 환영이었다.

"침대 머리에 등을 기대요."

그는 졸리고 섹시한 눈을 하고서도 내 지시대로 몸을 움직였다. 면도를 하지 않아서 턱 밑이 살짝 거뭇했다. 나는 그의 무릎 위로 올라가 우리 사이에 피어오르는 끌림을 천천히 음미했다. 그는 편히 쉬고 있을 때조차도 맛있고 도발적인 위험한 기운을 뿜어냈다. 그건 기데온이 결코 길들일 수 없는 존재이기 때문이었다. 마치 우리에 들어가 있을 때에도 발톱을 세우는 검은 표범 같았다.

그것이 내 즐거움 중 하나였다. 그는 나를 위해 한껏 부드러워져 있지만, 동시에 자신에게 충실했다. 그는 여전히 내가 사랑에 빠져버린, 다듬어지지 않은 단단한 남자였지만 날 위해 변할 수도 있는 남자였다. 그는 내게 모든 것이었다. 불완전한 한 인간인 내가 원하고 필요로 하는 모든 것.

그의 얼굴에 붙은 머리카락을 뒤로 넘기며 혀끝으로 그의 아랫입술을 따라 핥았다. 따뜻하고 강한 그의 손이 내 엉덩이를 움켜쥐었다. 그의 입이 벌어지며 혀가 내 혀에 닿았다.

"사랑해요."

내가 속삭였다.

"에바."

그가 고개를 숙여 키스를 주도하며 더욱 깊숙이 들어왔다. 단단하면서도 부드러운 그의 엉덩이가 내 살에 닿았다. 그의 혀가 내 안으로 깊숙이 들어와 내 혀를 감질나게 핥았다. 입 안의 연한 살에 그의 혀가 부드럽게 닿자, 온몸에 소름이 퍼졌다. 그의 페니스가 단단하게 굵어지기 시작하면서 내 아랫배에 부드럽고도 뜨겁게 닿았다.

젖꼭지가 단단해지면서 찌릿한 아픔이 찾아왔다. 나는 가슴을 그의 가슴에 대고 문지르며 몸을 움직였다.

그가 한 손으로 내 목덜미를 감싸 쥐고 열정적으로 키스했다. 그의 입이 내 입을 덮치더니 내 입술과 혀를 탐욕스럽게 빨아댔다. 나는 신음하며 그의 검은 머리카락을 움켜쥐었다.

"맙소사, 당신 날 미치게 하는군."

그가 무릎으로 딛고 일어서며 으르렁거렸다. 그는 내 몸을 뒤로 젖히며 자신의 몸으로 나를 지탱했다. 양손으로 내 가슴을 움켜쥐고 꼿꼿해진 젖꼭지를 엄지로 동그랗게 문질렀다.

"당신을 좀 봐. 미치도록 아름다워."

온몸에 온기가 퍼져 나갔다.

"기데온……."

"당신은 때때로 손을 댈 수 없을 만큼 차가운 금발 머리지."

그가 턱을 꽉 다물고 내 다리 사이로 손을 뻗어 갈라진 틈 사이로 손가락을 밀어 넣었다.

"그러다가 어느 순간에는 너무 뜨겁고 탐욕스러워져. 온몸으로 내 손길을 원하지. 내 물건이 당신 안에 들어가길 간절히 원해."

"그야 당신 때문이죠. 당신이 날 그렇게 만드니까. 당신은 처음 만난 순간부터 줄곧 나를 그렇게 만들어왔어요."

기데온의 시선이 내 몸을 훑더니 이내 손이 내 몸을 훑었다. 그의 손끝이 가슴 바깥 굴곡을 쓰다듬고는 동시에 내 클리토리스를 문질렀다. 나는 몸을 떨었다.

"당신을 원해."

그가 무뚝뚝하게 말했다.

"그래서 왔잖아요. 발가벗은 채로."

그의 입이 천천히 섹시하게 벌어졌다.

"기회를 놓칠 수야 없지."

그의 손끝이 내 그곳의 입구를 동그랗게 문질렀다. 나는 그가 더 잘 들어올 수 있도록 몸을 살짝 들고 그의 어깨를 어루만졌다.

"꼭 섹스만 말하는 게 아니야."

그가 중얼거렸다.

"물론 섹스도 원하기는 하지만."

"나와 함께 있고 싶은 거죠?"

"오직 당신하고만."

그가 엄지로 젖꼭지 위를 깃털처럼 부드럽게 쓰다듬었다.

"언제나 영원히."

나는 신음하며 그의 남성을 향해 손을 뻗어 양손으로 그의 페니스를 움켜쥐고 뿌리부터 머리까지 주물렀다.

"이렇게 당신을 보고 있어, 앤젤. 당신을 몹시 원해. 당신과 함께 있고 싶고, 당신의 말을 듣고 싶고, 당신과 이야기를 나누고 싶어. 당신이 웃는 걸 듣고 싶고, 당신이 울면 안아주고 싶어. 당신 옆에 나란히 앉아 같은 공기를 들이마시고 같은 삶을 나누고 싶어. 이렇게 매일 당신과 함께 잠에서 깨어나고 싶어. 영원히. 나는 당신을 원해."

"기데온."

고개를 숙여 그의 입에 부드럽게 입맞추었다.

"나도 당신을 원해요."

그가 손가락 사이에 단단해진 젖꼭지를 끼우고 놀리듯이 감질나게 잡아당겼다 비틀었다 했다. 그가 내 클리토리스를 문지르자 내 안에서 부드러운 신음이 새어나왔다. 커지는 내 욕망에 비례해 그의 몸이 반응하며 내 손 안에서 기데온의 페니스가 점점 단단하게 부풀어 올랐다.

해가 높이 떠오르면서 방 안도 밝아졌지만, 바깥세상이 우리 곁에서 멀어지는 것만 같았다. 뜨겁고도 달콤한 순간의 영원성이 내 안을 기쁨으로 가득 채웠다.

잔뜩 발기한 그의 페니스를 부드럽게 어루만졌다. 내가 얼마나 그를 사랑하는지 보여주고 싶었고, 그를 만족하게 해주고 싶었다. 그 역시 나를 같은 방식으로 어루만졌다. 그의 눈은 내가 필요한 만큼, 나를 필요로 하는 상처받은 한 영혼을 고스란히 보여주는 창과 같았다.

"당신과 함께 있어서 행복해, 에바. 당신은 날 행복하게 해."

"평생 행복하게 해줄게요."

나는 약속했다. 욕망이 뜨겁고 굵게 핏줄 속을 돌아다니는 것을 느끼며 엉덩이를 돌려댔다.

"더 이상 바랄 게 없어요."

기데온이 고개를 숙여 혀끝으로 내 젖꼭지를 핥았다. 빠른 놀림에 가슴 전체에 날카로운 통증이 느껴졌다.

"난 당신 젖꼭지가 좋아. 알고 있어?"

"아, 그래서 당신은 수박만 한 가슴만 보면 정신을 못 차리는

군요."

"그렇게 계속 놀려대, 앤젤. 그래야 당신 엉덩이를 때려줄 수 있지. 난 당신 엉덩이도 좋아하거든."

그가 내 등에 손을 대고 내 가슴을 자신의 입 쪽으로 밀었다. 뜨겁고 축축한 감각이 민감한 가슴 봉우리를 감쌌다. 그는 볼이 홀쭉해지도록 내 가슴을 깊이 빨아댔고, 나의 그곳도 그의 입처럼 간절히 그의 페니스를 갈구했다.

내 안에서, 그리고 온몸에서 그를 느꼈다. 그의 열기와 온기를 느꼈다. 그의 열정을 느꼈다. 내 손 안에서 그의 페니스가 단단하게 고동쳤고 귀두 끝은 정액으로 매끄러웠다.

"날 사랑한다고 말해요."

내가 애원했다.

기데온의 입이 내 입을 찾았다.

"알잖아."

"처음인 것처럼 말해봐요. 한 번도 들어본 적이 없는 것처럼 말해봐요."

그가 가슴을 부풀리며 깊은숨을 들이켰다.

"크로스파이어."

내 손이 멈췄다.

그가 목울대를 움직이며 마른침을 삼켰다.

"이건 상황이 걷잡을 수 없을 정도로 과해졌을 때 당신이 방패 삼아 하는 말이지. 이건 내 말이기도 해. 당신이 날 그렇게 느끼게 하니까. 언제나."

"기데온, 나는……."

그의 말에 할 말을 잃었다.

"당신이 이 말을 하면 멈추라는 뜻이야."

그가 내 가슴에서 손끝을 거두어 내 뺨으로 가져갔다.

"하지만 내가 하면 절대 멈추지 말라는 뜻이야. 당신이 내게 하는 일을 계속 해주길 바란다는 말이지."

나는 그의 몸 위로 몸을 일으켰다.

"하게 해줘요."

"응."

그가 내 그곳에서 손가락을 빼고 순식간에 페니스로 가득 채웠다. 불끈 성이 난 페니스 끝 부분이 민감한 속살을 늘리며 들어왔다.

"천천히."

그가 부드럽게 명령하고는 눈을 게슴츠레 감고 길고도 감각적인 혀로 자신의 손가락을 핥았다. 그 모습이 사악할 만큼 음탕해 보였다.

"도와줘요."

오직 중력과 내 몸무게만으로 그와 사랑을 나누는 체위가 내게는 늘 어려웠다. 그는 나를 절박하게 만들었지만, 여전히 내 몸에는 너무 꽉 끼었다.

그가 내 엉덩이를 잡고 내 몸을 천천히 위아래로 움직이며 굵직한 페니스에 내 몸을 맞춰나갔다.

"낱낱이 느껴봐, 앤젤."

그가 노래하듯이 읊조렸다.

"당신이 날 얼마나 딱딱하게 만들었는지 느껴봐."

그의 페니스가 내 안 깊은 속살에 마찰을 일으키자 허벅지가 마구 떨렸다. 내 여성이 물결치듯 움찔거리자, 그가 내 손목을 붙잡았다.

"아직은 절정에 이르면 안 돼."

그가 경고했다. 그의 권위적인 말투는 꼭 따라야 할 것만 같았다.

"날 완전히 삼킬 때까지는 안 돼."

"기데온."

그가 조심스럽게 페니스를 삽입하며 꾸준하고 느린 마찰을 가할수록 나는 아득히 정신을 잃어갔다.

"당신 안에 들어가 있을 때 내 기분이 얼마나 황홀할지 상상해봐. 탐욕스러운 당신의 그곳은 절정에 이를 때 바짝 조이는 지점이 있거든."

그 말투에 유혹당해서 나도 모르게 바짝 조였다.

"서둘러요."

"당신이 입장을 허락해줘야지."

그가 장난기로 눈을 빛냈다. 그가 내 몸을 뒤로 젖혀서 각도를 바꾸었다.

단 한 번 부드럽고 매끄럽게 하강하며 그의 것을 뿌리 끝까지 삼켰다.

"아!"

"제길."

그의 머리가 뒤로 젖혀지며 숨이 빠르고 가빠졌다.

"당신은 정말 대단해. 마치 주먹처럼 나를 쥐어짜고 있어."

"기데온."

내 목소리에 애원이 고스란히 드러났다. 그의 페니스가 너무 단단하고 굵고 깊어서 숨을 제대로 쉴 수가 없을 정도였다.

그가 매서운 눈초리로 나를 보았다.

"내가 원한 게 이거야. 당신과 나, 우리 사이에는 아무것도 없어."

"아무것도 없어요."

나는 숨을 헐떡이며 열렬히 말했다. 몸을 뒤틀며, 아득히 정신을 잃어가며, 정말 간절하게 절정을 원했다.

"쉿. 당신은 내게 사로잡혀버렸어."

기데온이 엄지 안쪽을 입으로 핥더니 우리 사이에 손을 밀어 넣어 노련한 압력으로 클리토리스를 문질렀다. 땀에 젖은 살갗 전체에 열기가 피어올랐고, 뜨거움을 느낄 만큼 홍조가 번져갔다.

뜨거운 쾌락이 몰려오는 것을 느끼며 절정에 이르렀다. 내 여성이 열렬하고도 절박하게 경련을 일으켰다. 그는 순수한 짐승처럼 선정적으로 신음을 뱉어냈고, 탐욕스럽게 그의 페니스를 쥐어짜는 내 동작에 반응해 남성을 잔뜩 부풀렸다.

그러나 그는 사정하지 않고 나의 오르가슴을 한층 더 은밀하고 가깝게 만들었다. 나는 활짝 열려 있었고, 상처에 고스란히 노출되어 있었으며, 욕망으로 온몸을 비틀었다. 그는 신들린 듯한 파란 눈빛으로 절대적인 통제력을 발휘하며 산산히 흩어지는 내 모습을 지켜보았다. 그가 움직이지 않고 그저 자신의 성기를 내 안 깊은 곳에 밀어 넣고 있다는 사실이 둘 사이의 결합력을 더했다.

눈물이 뺨을 타고 흘러내렸다. 오르가슴이 내 감정을 벼랑 끝까지 밀어붙였다.

"이리 와."

그가 갈라진 목소리로 말하며 내 등에 손을 얹고 나를 끌어당겼다. 그는 내 눈물을 혀로 핥아주고 코끝으로 다정하게 내 뺨을 비볐다. 나는 가슴과 가슴을 맞대고 두 팔로 그의 등을 꼭 끌어안았다. 오르가슴 후의 충격으로 온몸이 후드득 떨렸다.

"당신은 정말 아름다워."

그가 중얼거렸다.

"정말 부드럽고 달콤해. 키스해줘, 앤젤."

고개를 기울여 그에게 입을 내주었다. 우리의 입맞춤은 뜨겁고 축축했다. 만족을 모르는 그의 욕망과 압도적인 내 사랑이 관능적으로 섞인 키스였다.

나는 그의 머리카락을 쓸어 올리며 그의 뒤통수를 꼭 붙들어 얼굴을 고정했다. 그 역시 나와 똑같이 했다. 우리는 아무 말 없이 의사소통을 했다. 그의 성기가 내 안에 가만히 들어와 있었고, 그의 입술이 내 입술을 덮으며 그의 혀가 내 입을 공략했다.

그의 입맞춤과 손길에 긴장감이 낮게 도사리고 있는 것이 느껴졌는데, 그 역시 오늘의 시사회에 대해 신경 쓰고 있다는 것을 알 수 있었다. 나는 두 사람이 서로 떨어질 수 없는 존재가 되기를 희망하며 허리를 굽혀 그의 품으로 파고들었다. 그가 내 아랫입술을 깨물며 부풀어 오른 곡선을 부드럽게 삼켰다. 나는 훌쩍거리며 신음을 뱉어냈고, 그는 혀로 나를 리드미컬하게 위로했다.

"움직이지 마."

그가 갈라진 목소리로 말하며 내 목덜미를 붙잡았다.

"당신을 느끼며 사정할 거야."

"그렇게 해요."

나는 헐떡거렸다.

"내 안에 사정해요. 나도 당신을 느끼고 싶어요."

우리는 서로 끌어안으며 완전히 얽혀들었다. 그의 성기가 단단히 내 속에 뿌리를 박았고, 우리의 손은 서로의 머리카락을 붙잡았으며 입술과 혀가 미친 듯이 엉켰다.

기데온은 내 것이었다. 완전한 내 것. 그러나 마음 한편으로는 내가 이런 식으로 그를 소유하고 있다는 사실이 믿을 수 없을 만큼 놀라웠다. 우리가 공유하는 아파트에서 우리가 공유하는 침대에 벌거벗은 채로 있었고, 그가 내 안에 들어와 내 일부가 되어 내 사랑과 열정을 낱낱이 집어삼키고는 그 이상을 돌려주고 있었다.

"사랑해요."

나는 중심부 깊은 곳을 단단히 조여 그를 쥐어짜면서 신음했다.

"당신을 정말로 사랑해요."

"에바, 맙소사."

그가 후드득 떨면서 사정했다. 내 머릿속을 마구 어루만지며 내 입술에 거친 숨을 토해냈다.

나는 그가 강력하게 정액을 분출하며 내 안을 가득 채우는 것을 느끼며 또다시 오르가슴에 도달했다. 온몸에 쾌락이 부드럽게 물결쳤다.

그의 손이 정처 없이 떠돌며 내 등을 위아래로 쓰다듬었다. 그의 키스는 사랑과 욕망의 완벽한 혼합물이었다. 나도 같은 느낌이었기 때문에 그의 감사와 욕구를 고스란히 느낄 수 있었다.

그를 발견한 것이, 그와 이런 식의 감정을 나눌 수 있게 된 것이, 과거의 상처를 끌어안고 지내던 내가 한 남자를 이토록 깊고도 완전하게 성적으로 사랑할 수 있게 된 것이 모두 기적이었다. 나 역시 그에게 똑같은 안식처를 제공할 수 있게 된 것도 기적이었다.

그의 뺨에 내 뺨을 포개며 그의 심장 박동에 귀를 기울였다. 그의 땀이 내 땀에 섞여들었다.

"에바."

그가 날카롭게 숨을 내쉬었다.

"당신이 내게 묻고 싶어 한 것들……, 지금 물어봐줘."

나는 오래도록 그를 끌어안은 채 육체의 흥분이 가라앉고, 내 두려움이 잦아들기를 기다렸다. 그는 여전히 내 안에 들어와 있었다. 더는 다가갈 수 없을 만큼 가까웠지만, 그는 그것만으로는 충분하지 않았다. 그는 언제나 그 이상을 원했다. 내 모든 면을 소유하고 내 삶의 모든 면에 스며들기 전에는 그 욕망을 결코 멈추지 않을 것이다.

고개를 젖히고 그를 보았다.

"난 아무 데도 가지 않아요, 기데온. 아직 준비되지 않았다면 애써 밀어붙일 필요는 없어요."

"준비됐어."

그가 힘과 결단력이 이글거리는 눈빛으로 내 눈을 똑바로 쳐다보았다.

"당신도 준비되었으면 해. 머지않아 나도 당신에게 질문을 던질 테니까. 그때가 되면 당신도 내게 올바른 답을 주었으면 좋겠어.”

“너무 일러요.”

꽉 잠긴 목으로 속삭였다. 몸을 조금 들어 올려 약간의 거리를 두려고 했지만, 그가 다시 나를 잡아당겼다.

“내가 그럴 수 있을지 모르겠어요.”

“아무 데도 가지 않겠다면서?”

그가 완강한 턱으로 내 말을 상기시켰다.

“나도 가지 않을 거야. 피할 수 없는 일을 미룰 이유가 뭐지?”

“그런 식으로 생각할 필요는 없어요. 우리에겐 도화선이 될 만한 일이 너무 많아요. 조심하지 않으면 어느 한 사람이, 아니면 두 사람 모두 마음의 문을 닫고 상대방을 밀어낼지도…….”

“물어봐, 에바.”

그가 지시했다.

“기데온.”

“어서.”

그의 완강함에 좌절감을 느끼며 잠시 마음을 졸이다가, 어쨌든 대답을 들을 질문이 있다는 결론을 내렸다.

“루카스 박사에 대해 물어볼게요. 그 사람은 왜 당신 어머니에게 거짓말을 한 거죠?”

그가 턱이 움찔거릴 만큼 이를 악물었다. 눈빛이 차갑고 단단하게 변했다.

"자기 처남을 보호하려고 그런 거야."

"뭐라고요?"

깜짝 놀라 되물었다. 머릿속이 빙글빙글 도는 것 같았다.

"앤의 오빠 말이에요? 당신과 잤다는 여자?"

"그냥 성관계였지."

그가 모진 말투로 바로잡았다.

"앤의 가족은 모두 정신의학계에서 일해. 한두 명이 아니야. 앤도 정신과 의사이고. 구글 검색에서 그런 건 안 가르쳐 줬나 봐?"

나는 멍하니 고개를 끄덕였다. 기데온보다 '정신과 의사'라는 말을 내뱉을 때의 그 독기 어린 말투가 더 신경이 쓰였다. 그래서 예전에는 정신과에 가지 않았던 걸까? 그렇게 정신과를 싫어하면서도 굳이 피터센 박사를 찾아가는 수고를 했다면, 이 남자는 나를 얼마나 사랑하는 걸까?

"처음에는 나도 몰랐어."

그가 계속 말을 이어갔다.

"루카스가 왜 거짓말을 하는지 이해할 수가 없었지. 어쨌든 그는 소아과 의사잖아. 그럼 아이들 편을 드는 게 당연한 거 아냐?"

"정말 어이가 없군요. 그 사람, 의사보다 먼저 인간부터 되어야했어요!"

분노가 가득 차올랐다. 당장 루카스를 찾아가서 한 대 치고 싶은 욕망이 부글부글 끓었다.

"그렇게 순진한 눈빛을 하고 내게 온갖 헛소리를 늘어놓았다니, 정말 믿기지가 않아요."

모든 일을 기데온 탓으로 돌려놓고서……. 나와 기데온 사이를 갈라놓으려 했으면서…….

"그러다가 당신을 만나면서 그 작자가 왜 그랬는지 이해할 수 있었어."

그가 내 허리를 단단히 끌어안으며 말했다.

"그는 앤을 사랑했던 거야. 아마 내가 당신을 사랑하는 만큼은 사랑할 거야. 아내가 바람을 피웠는데도 눈감아주고, 또 아내 오빠의 죄를 덮어주기 위해 진실을 감출 정도로 사랑한 거지. 진실이 드러나면 아내가 몹시 당혹스러워할까 봐 겁이 났던 거야."

"그런 사람은 당장 의사 일을 그만둬야 하는 거 아닌가요?"

"나도 그렇게 생각해."

"그런데 왜 그 사람 병원이 당신 건물에 입주해 있는 거죠?"

"그의 병원이 입주해 있어서 그 건물을 사들였어. 그가 잘 사는지, 혹은 제대로 못사는지 계속 살펴볼 수 있으니까."

'못사는지'라고 말할 때의 독특한 말투 탓에 다른 의문들이 생겼다. 기데온이 루카스의 어려운 시절과 관계가 있는 걸까? 캐리가 병원에 실려갔을 때 기데온 덕분에 병원 측의 특별 배

려를 받았던 일이 기억났다. 기데온이 병원의 막대한 후원자였기 때문이었다. 그는 과연 어느 정도까지 영향력을 끼칠 수 있을까?

만약 루카스를 궁지에 몰아넣을 방법이 존재한다면, 기데온은 분명히 그 모든 방법을 알고 있을 것이다.

"그러면 그 처남이라는 사람은요? 그 사람은 어떻게 되었죠?"

기데온이 턱을 들고 눈을 갸름하게 떴다.

"공소시효는 끝났지만 나는 그에게 맞섰어. 다시 진료를 하거나 다른 아이에게 손을 댔다간 그 피해자들을 위해 민사상으로나 형사상으로 그를 기소하는 데 쏟아 부을 무한 기금을 설립하겠다고 했지. 얼마 지나지 않아 그는 자살했어."

마지막 말을 할 때는 어떠한 억양의 변화도 없었다. 뒷덜미에서 솜털이 곤두섰다. 내 안에서 솟구치는 갑작스러운 냉기에 흠칫 몸을 떨었다.

그가 내 팔을 위아래로 쓰다듬으며 냉기를 쫓아주려고 했지만, 품에 안아주지는 않았다.

"휴는 결혼을 했었어. 아이도 하나 있었지. 아들이야. 몇 살 되지 않았어."

"기데온."

그의 마음을 이해하며 꼭 끌어안았다. 그 역시 자살로 아버지를 잃었다.

"휴의 선택은 당신 잘못이 아니에요. 그 사람이 내린 결정을 당신이 책임질 필요는 없어요."

"그럴까?"

그가 차가운 목소리로 말했다.

"그럼요."

긴장으로 굳어진 그의 몸에 내 사랑이 전달되기를 바라며 그를 꼭 끌어안았다.

"그리고 그 아이는……. 어쩌면 그 애는 아버지가 죽어서 당신이 겪은 일을 겪지 않게 되었을지도 몰라요. 그런 생각은 해봤어요?"

그의 가슴이 부풀어 올랐다가 거칠게 가라앉았다.

"응, 그런 생각도 했어. 그 아이는 자기 아버지가 누군지 몰라. 그저 아버지가 자기만 남겨놓고 스스로 죽음을 선택했다는 것만 알지. 아마 스스로를 충분히 사랑하지 않았기 때문에 계속 살아갈 마음도 없었다고 생각할 거야."

"기데온."

그의 머리를 잡아당겨 내 몸에 기대게 했다. 무슨 말을 해야 할지 알 수가 없었다. 제프리 크로스에 대해 변명을 할 수는 없었다. 기데온도 자신의 아버지와 한때 자신의 모습이었을 그 아이를 생각하고 있다는 것을 알 수 있었다.

"당신은 잘못한 게 없어요."

"당신이 늘 내 곁에 있어줬으면 좋겠어, 에바."

마침내 그가 양팔로 내 몸을 끌어안으며 속삭였다.

"하지만 당신은 계속 뒷걸음질을 쳐. 그래서 난 미칠 것만 같아."

나는 그를 안은 채 가만히 몸을 흔들었다.

"당신이 내게 정말 중요한 사람이라 신중하려는 거예요."

"내 곁에 있어달라는 말, 불공평하다는 거 알아."

그가 고개를 뒤로 젖히고 말했다.

"한 침대에서 잘 수도 없는데 말이야. 하지만 난 당신을 이 세상 누구보다도 사랑해줄 거야. 당신을 보살피고 행복하게 해줄 거야. 나는 할 수 있어."

"그래요. 당신은 할 수 있어요."

그의 관자놀이에 내려온 머리카락을 뒤로 쓸어주었다. 그의 얼굴에 떠오른 갈망의 표정을 보자 울고 싶어졌다.

"믿어줘요. 난 당신 곁에 있을 거예요."

"당신은 겁을 내고 있어."

"당신을 겁내는 게 아니에요."

납득할 수 있는 말들을 떠올려보려고 골몰하며 한숨을 쉬었다.

"내가……, 내가 당신의 연장선에 있어야 하는 건 아니잖아요."

"에바."

그의 자세가 부드러워졌다.

"난 나란 사람을 바꿀 수는 없어. 당신의 모습이 바뀌기를 원하는 것도 아니야. 그저 우리 두 사람이 지금 그대로의 모습으로 함께하길 바라는 거야."

그에게 입을 맞추었다. 할 말이 떠오르지 않았다. 나도 우리가 할 수 있는 모든 면에서 그와 함께하며 같은 삶을 살고 싶었다. 그러나 우리 두 사람 모두 그럴 준비가 되어 있지 않다고 생각했다.

"기데온."

다시 한 번 그의 입술에 내 입술을 포갰다.

"당신과 나는 아직 홀로 설 만큼 강하지 못해요. 점점 나아지고는 있지만 아직은 아니에요. 단지 당신의 악몽을 이야기하는 게 아니에요."

"그럼 무엇 때문인지 말해봐."

"전부요. 모르겠어요……. 이제 나단의 위협도 사라졌으니까 더는 스탠튼 아저씨가 마련한 집에 사는 건 옳지 않아요. 특히 엄마 아빠가 함께 잔 상황에서는 더욱더."

그가 눈썹을 추켜세웠다.

"뭐라고?"

"그래요."

그의 말을 확인해주었다.

"완전 엉망진창이에요."

"나랑 같이 살자."

그가 편안하게 내 등을 어루만지며 말했다.

"그럼 난 언제 내 힘으로 살아봐요? 늘 다른 사람의 힘으로 살아가야 하는 거예요?"

"제길."

그가 짜증스러운 소리를 냈다.

"월세를 공동으로 부담하면 괜찮겠어?"

"하! 내가 펜트하우스의 월세를 감당할 수 있을 것 같아요? 3분의 1도 못 낼걸요. 게다가 캐리는 또 어떻게 하고요?"

"그럼 이 집이나 옆집에서 살자. 당신이 원한다면 어디든 괜찮아. 아니면 임대를 할까? 어디든 상관없어, 에바."

그가 내게 제공할 것들이 욕심나기도 했지만, 동시에 우리 사이에 상처를 줄지도 모르는 커다란 함정에 빠지게 될까 봐 두려웠다.

"오늘 아침에도 일어나자마자 내게 왔잖아."

그가 지적했다.

"당신도 나랑 떨어져 있는 게 싫은 거지? 왜 그런 고통을 자처해야 하지? 같은 공간에 산다면 우리 사이의 문제는 최소한으로 줄어들 거야."

"일을 망치고 싶지 않아요."

손끝으로 그의 가슴을 쓸어내렸다.

"나도 우리가 잘되길 바라요, 기데온."

그가 내 손을 잡고 자기 가슴 위에 지그시 눌렀다.

"나도 잘되길 바라, 앤젤. 오늘 같은 아침과 어제 같은 밤을 맞고 싶어."

"아직 우리가 다시 만나는 걸 아무도 몰라요. 결별 상태에서 곧바로 동거를 시작할 수는 없잖아요."

"오늘부터 시작이야. 당신은 뮤직비디오 시사회에 캐리와 함께 가잖아. 나는 아일랜드를 데려갈 거야. 거기서 만나서 인사를……."

"아일랜드가 전화했어요."

내가 끼어들었다.

"당신에게 돌아가라더군요. 아일랜드는 우리 두 사람이 다시 잘되길 바라고 있어요."

"똑똑한 녀석이군."

기데온의 웃는 얼굴을 보니 아일랜드에게 마음을 열어가고 있다는 생각이 들어서 살짝 전율이 느껴졌다.

"누구든 먼저 다가가 인사를 하고 이야기를 나누는 거야. 난 캐리에게 인사를 할게. 당신과 내가 일부러 서로 끌리는 척 연기를 할 필요는 없잖아. 나는 내일 당신과 함께 점심을 먹을 거야. 브라이언트 파크 그릴 정도가 좋겠어. 사람들 눈에 확실히 띌 테니까."

훌륭하고도 쉬운 방법처럼 보였지만…….

"위험하지는 않을까요?"

"폭력배의 시신에서 나단의 팔찌가 발견되었으니, 이제 타당

한 의혹이 시작된 셈이지. 우리로선 그걸로 충분해."

어제만 해도 불확실하게 느껴졌던 미래를 향한 기대와 열망과 함께 희망을 느끼며 서로를 쳐다보았다.

그가 내 뺨을 어루만졌다.

"오늘 저녁 타블로 원에 예약을 했더군."

나는 고개를 끄덕였다.

"당신 이름을 이용해서 겨우 예약했어요. 브렛이 같이 저녁을 먹자고 하는데, 당신과 관계된 곳으로 가는 게 좋을 것 같았거든요."

"아일랜드와 나도 타블로 원에 예약했어. 당신과 합석할 거야."

그 말에 불안감이 느껴져서 거북하게 몸을 틀자, 내 깊은 곳에서 기데온의 남성이 굵어졌다.

"아……."

"걱정하지 마."

말은 그렇게 했지만, 그의 신경은 더 화끈한 생각 쪽으로 기울고 있었다.

"재미있을 거야."

"그래요."

기데온이 내 엉덩이와 어깨를 감싼 채 나를 번쩍 들어 올렸다가 침대 위에 반듯이 눕히고는 위에서 아래로 엉덩이를 움직이며 돌진했다.

"날 믿어."

뭐라고 대답하려 했지만, 그가 키스로 내 입을 틀어막고 정신이 아득해질 때까지 내 몸을 탐했다.

기데온의 집에서 샤워하고 옷을 입은 다음, 핸드백과 가방을 챙기려고 내 아파트로 돌아갔다. 몰래 들어가는 것처럼 보이지 않으려고 한껏 애를 썼다. 기데온은 내가 평소 사용하는 목욕용품과 화장품을 화장실에 갖춰두었고 옷장에도 옷과 속옷을 충분히 마련해두었기 때문에 그의 집에서 쉽게 출근 준비를 할 수 있었다.

너무 과한 감이 있었지만, 그게 그의 방식이었다.

서둘러 커피를 마시고 머그잔을 헹구고 있는데 트레이가 주방으로 들어왔다.

그가 수줍게 웃었다. 캐리의 운동복 바지와 어젯밤 입었던 셔츠를 입은 모습이 자기 집처럼 편안해 보였다.

"좋은 아침이에요."

"반사."

식기세척기에 머그잔을 넣고 트레이 쪽으로 돌아섰다.

"어제 저녁 식사 자리에 와줘서 고마워요."

"나도요. 즐거웠어요."

"커피 마실래요?"

나는 그에게 물었다.

"예, 출근 준비를 해야 하는데 몸이 영 늘어지네요."

"나도 요즘 그래요."

그에게 머그잔을 밀어주었다.

그는 감사의 인사를 하며 머그잔을 집어들었다.

"에바, 뭐 하나 물어봐도 돼요?"

"물론이죠."

"당신도 타티아나를 좋아해요? 둘 다 얼쩡거리는 게 거북하지 않아요?"

나는 어깨를 으쓱했다.

"솔직히 말하면 난 타티아나를 잘 몰라요. 당신처럼 나랑 같이 어울리지 않거든요."

"아."

그의 어깨를 한 번 쥐어주고 주방 밖으로 나갔다.

"좋은 하루 보내요."

"에바도요."

출근길에 택시를 타면서 휴대폰을 확인했다. 방향제 뿌리는 걸 싫어하는지 택시 기사가 앞쪽 유리창을 내려두었다. 순간, 차라리 걸어가는 편이 나았을 거라는 생각이 들었다. 그나마 유일한 위안은 걸어가는 것보다 택시가 빠르다는 점이었다.

아침 6시 무렵 브렛에게서 문자가 와 있었다.

'현장 도착. 빨리 널 보고 싶어!'

웃는 얼굴 이모티콘을 답장으로 보냈다.

출근 후 메구미는 다행히 기분이 좋아 보였지만, 윌은 왠지 뚱해 보였다. 서랍에 핸드백을 넣고 있는데 그가 내 자리로 찾아왔다.

"무슨 일이에요?"

의자에서 고개를 들어 그를 쳐다보았다.

"도와줘요. 탄수화물이 필요해요."

나는 웃음을 터뜨리며 고개를 절레절레 흔들었다.

"여자 친구를 위해 다이어트에 동참하는 다정한 남자 친구가 왜 그래요?"

"나도 불평은 못해요."

그가 말했다.

"그럴 생각도 아니었는데 여자 친구가 2킬로그램 넘게 살이 빠졌더라고요. 대단한 에너지를 지닌 친구예요. 그런데 맙소사……, 난 꼭 달팽이가 되어버린 기분이지 뭐예요? 아무래도 이 다이어트는 나랑 맞지 않아요."

"같이 점심 먹으러 가자는 말이에요?"

"제발요."

그가 기도하듯이 양손을 마주 잡았다.

"선배는 내가 아는 여자 중에서 진심으로 먹는 걸 즐길 줄 아는 사람이에요."

"내 엉덩이가 그걸 증명하죠."

나는 슬픈 얼굴로 말했다.

"하지만 뭐, 좋아요. 점심 같이 먹어요."

"선배 최고!"

그가 뒤로 물러나다가 마크와 부딪쳤다.

"이런, 죄송해요."

마크가 씩 웃었다.

"괜찮아."

윌이 자기 자리로 돌아가자 마크가 내게 미소를 지었다.

"9시 30분에 드리스델 팀과 회의가 있어요."

나는 마크에게 일정을 상기시켰다.

"알았어. 그 전에 자네와 전략을 검토하고 싶은 게 있어."

나는 태블릿 PC를 들고 일어섰다.

"아슬아슬한 모험을 즐기시는군요, 마크."

"그래야만 제대로 할 수 있지. 자, 가자고."

종일 전속력으로 달리는 사이, 불안한 기운으로 가득 찬 하루가 쏜살같이 흘러갔다. 평소보다 훨씬 일찍 일어났고 점심으로 피에로기(빵이나 파이 반죽으로 만든 껍질에 각종 고기로 소를 만들어 넣는 러시아의 대표적인 빵-옮긴이)까지 먹었지만 절대 늘어지지 않았다.

정확히 5시에 일을 마치고 화장실에서 블라우스와 치마를 벗고는 훨씬 편안한 연파랑색 저지 원피스로 갈아입었다. 샌들을 신고 다이아몬드 징 귀걸이를 고리 모양 은귀걸이로 바꿔 달고는 하나로 묶었던 머리 모양도 헝클어진 올림머리로 바꾸었다.

그리고 로비로 내려갔다.

회전문 쪽으로 향하는데 캐리가 건물 밖 인도에서 브렛과 이야기를 나누는 게 보였다. 잠시 속도를 늦추고 옛 연인의 모습을 지켜보았다.

원래 어두운 금발이었던 브렛의 짧은 머리는 끝 부분만 백금 색깔로 염색해서 가무잡잡한 피부, 아름다운 에메랄드빛 눈동자와 잘 어울렸다. 무대 위에서는 셔츠를 잘 입지 않았지만, 오늘은 검은색 카고 팬츠와 팔 근육의 꿈틀거리는 문신 위로 선홍색 티셔츠를 입었다.

그가 고개를 돌려 로비 안쪽을 바라보는 순간, 다시 걷기 시작했다. 잘생긴 얼굴이 미소로 부드러워지면서 살인적인 보조개가 드러나자 뱃속이 조금 퍼덕거리는 느낌이 들었다.

오, 맙소사. 그는 지옥처럼 섹시했다.

내 마음을 지나치게 드러냈다는 생각이 들어 선글라스를 꺼내 쓰고 깊은숨을 한 번 들이마시고 회전문을 통과했다. 내 시선이 브렛의 리무진 바로 뒤에 서 있는 벤틀리로 향했다.

브렛이 휘파람을 불었다.

"이런, 에바. 넌 볼 때마다 점점 예뻐지는구나."

나는 캐리를 향해 긴장된 미소를 보냈다. 맥박이 미친 듯이 뛰었다.

"안녕."

"자기야, 오늘 멋지다."

캐리가 내 손을 잡으며 말했다.

곁눈질로 앙구스가 벤틀리에서 내리는 모습이 보였다. 그쪽으로 한눈을 파는 사이에 브렛이 내게 다가왔다. 허리에 그의 손이 감겨 오는 것을 느끼자마자 내게 키스하려는 것을 눈치채고 얼른 고개를 돌렸다. 그의 입술이 내 입술 언저리에 닿았다. 따뜻하고 익숙한 느낌이었다. 비틀거리며 뒷걸음질을 치다가 캐리와 부딪치는 바람에 캐리가 내 어깨를 잡아주었다.

당혹감에 붉게 달아오른 얼굴로 브렛으로부터 시선을 돌렸다.

그 순간, 기데온의 차가운 파란 눈과 내 눈이 마주쳤다.

16

기데온은 크로스파이어 빌딩 회전문 바로 바깥쪽에 얼어붙은 듯 서 있었다. 그는 움찔거리는 것처럼 보일 만큼 강렬한 눈빛으로 나를 보고 있었다.

미안해요. 나는 입 모양으로만 말했다. 며칠 전 코린이 그에게 입술을 대는 걸 봤을 때 어떤 기분이었는지 기억하기에 더욱 끔찍했다.

"안녕."

브렛이 내게 인사를 건넸다. 그는 내게만 집중하느라 불과 몇 발자국 떨어진 곳에서 누군가가 주먹을 꼭 쥐고 턱을 꽉 다물고는 음험하게 서 있다는 건 전혀 알아채지 못했다.

"안녕."

기데온이 나를 보는 것이 느껴지는데 그에게 갈 수 없는 상황이 고통스러웠다.

"준비 다 됐죠?"

나는 남자들을 놔두고 먼저 리무진 문을 벌컥 열고 안으로 들어갔다. 좌석에 엉덩이를 붙이기도 전에 핸드백에서 선불 핸드폰을 꺼내 재빨리 기데온에게 문자를 보냈다.

'사랑해요.'

브렛이 들어와 내 옆자리에 앉았고, 다음으로 캐리가 탔다.

"곳곳에 네 사진으로 도배했더라."

브렛이 캐리에게 말했다.

"응."

캐리가 나를 향해 입을 비틀며 웃었다. 그는 찢어진 청바지에 디자이너 브랜드의 티셔츠를 입고 손목에는 부츠와 어울리는 가죽 팔찌를 두르고 있었다.

"멤버들과 같이 비행기를 탔어요?"

내가 물었다.

"응. 다들 여기 와 있어."

브렛이 또 보조개를 드러내며 활짝 웃었다.

"대린은 호텔에 도착하자마자 뻗었어."

"어떻게 드럼을 몇 시간이나 치는지 모르겠어요. 난 보기만 해도 지치던데."

"무대 위에서 내달릴 때는 제정신으로 하는 게 아니거든."

"에릭은 잘 지내?"

캐리의 안부 인사가 보통 수준을 넘는 것 같아 궁금증이 생겼다. 그런 적이 처음이 아니었기에 그가 밴드의 베이시스트인 에릭과 사귄 적이 있었던가 싶었다. 내가 알기로 에릭은 동성애자가 아니었지만, 그가 내 절친과 실험적인 관계를 시도해 본 적이 있었을 거라는 징후가 곳곳에서 발견되었다.

"에릭은 투어 중에 드러난 문제점들을 해결하느라 바빠."

브렛이 대답했다.

"그리고 랜스는 지난번 뉴욕에 왔을 때 만난 여자랑 사귀고 있어. 조금 있으면 다 만나게 될 거야."

"역시 록스타의 삶이란."

내가 놀리듯 말하자 브렛이 어깨를 으쓱하며 웃었다.

캐리를 데리고 온 것을 후회하며 시선을 돌렸다. 캐리를 데리고 온 탓에 브렛에게 다른 사람을 사랑하고 있으며 둘 사이에 희망은 없다는 이야기도 제대로 할 수가 없었다.

브렛과 사귄다면 지금과는 전혀 다른 모습으로 살아가게 될 것이다. 그가 투어 중일 때에는 내가 안정되기 전에 해야 한다고 믿었던 모든 일, 즉 내 힘으로 살면서 친구들에게 집착하지 않고 홀로 시간을 보내는 일을 할 수 있을 것이다. 남자 친구가 있되 개인 생활은 많이 즐길 수 있는 양쪽 세계의 좋은 점을 두루 갖추게 될 것이다.

대학을 졸업하자마자 곧바로 평생 충실해야 하는 관계에 뛰어드는 게 걱정이 되기는 했지만, 내가 원하는 남자가 기데온이라는 사실에는 추호의 의심도 없었다. 다만, 우리는 적절한 시기에 대해서만 살짝 어긋났을 뿐이다. 그는 기다릴 이유가 없다고 생각하는 반면, 나는 서두를 이유가 없다고 생각했다.

"다 왔네."

브렛이 창밖으로 군중을 바라보며 말했다.

후텁지근한 열기에도 타임스퀘어 광장은 평소처럼 사람들로 가득했다. 더피 광장의 루비색 유리 계단에는 사진을 찍는 사람들로 북적거렸고, 인도도 행인들의 흐름으로 분주했다. 모퉁이마다 경찰관들이 서서 날카로운 눈매로 거리를 지켜보고 있었다. 거리 공연자들이 서로를 향해 소리쳤고, 노점에서 풍기는 음식 냄새가 거리 자체가 풍기는 냄새와 경쟁하고 있었다.

빌딩 벽면에 붙은 거대한 전자 광고판이 서로 관심을 끌려고 경쟁하는 와중에 여자 모델이 뒤에서 안고 있는 캐리의 사진도 보였다. 야구장 외야석처럼 생긴 계단형 좌석 앞 무대에 거대한 스크린이 세워져 있고, 주변에 카메라와 붐 마이크가 부지런히 움직이고 있었다.

브렛이 먼저 리무진 밖으로 나오자 곧바로 흥분한 팬들의 열광적인 비명이 터져 나왔다. 대부분이 여성 팬이었다. 그가 살인 미소를 날리며 팬들을 향해 손을 흔들고는 곧장 내게 손을 내밀어 차에서 내리는 것을 도와주었다. 나를 향한 반응은 훨씬 덜 우호적이었는데, 특히 브렛이 내 허리에 팔을 두른 후로 더욱 그랬다. 그러나 캐리가 나타나자 다시 웅성거리기 시작했고 선글라스를 끼자 흥분한 고함과 휘파람이 터져 나왔다.

과도한 분위기에 짓눌려서 정신을 못 차리다가 연예 프로그램 진행자와 대화 중인 크리스토퍼 비달 주니어를 발견하고 곧바로 그쪽에 집중했다. 기데온의 동생은 셔츠와 넥타이, 감색 정장 바지 차림이었고 진한 다갈색 머리가 주변의 고층 건물이 드리운 초저녁 그늘 속에서도 눈길을 사로잡았다. 그가 나를 발견하고 손을 흔들자, 방송 진행자도 내게 시선을 돌렸다. 나도 답례로 손을 흔들었다.

식스나인스의 나머지 멤버들은 좌석 앞에서 팬들에게 사인을 하고 있었다. 사람들의 관심을 즐기는 표정이 역력했다. 나는 브렛을 보고 말했다.

"가서 일 봐요."

"응?"

그가 나만 혼자 놔두고 가도 괜찮은지 내 얼굴을 살폈다.

"난 괜찮아요."

나는 어서 가보라고 손짓했다.

"당신의 행사잖아요. 어서 즐겨요. 시사회가 시작되면 다시 만나요."

"알았어."

그가 웃으며 말했다.

"아무 데도 가지 마."

브렛이 앞으로 달려가자 나와 캐리는 비달 레코드 사 로고가 새겨진 천막 쪽으로 걸어갔다. 보안 요원들이 막고 서 있는 천막 속은 타임스퀘어 광장의 광란적인 분위기 속에서 작은 오아시스처럼 보였다.

“우리 자기, 브렛 때문에 엄청 바빠졌네. 너희 둘이 예전에 어땠는지 생각이 안 난다.”

“그래, ‘어땠는지’라고 말하는 게 딱 맞아떨어질 정도로 옛날 일이야.”

내가 지적했다.

“브렛이 좀 달라진 것 같지 않아? 뭐랄까, 좀 더……, 안정적이야.”

“잘된 일이야. 지금 잘나가는 모습을 봐.”

그가 나를 보았다.

“아직도 그 친구가 널 뿅 가게 해줄 수 있는지 아닌지, 정말로 관심이 손톱만큼도 없는 거야?”

나는 그를 노려보았다.

“끌림은 끌림일 뿐이야. 게다가 브렛은 틀림없이 그 환상적인 기술을 여러 번 써먹었을걸.”

“써먹었다고? 하! 이 아가씨 말솜씨 좀 봐.”

그가 나를 보고 이마를 찡긋거렸다.

“너, 진심이구나.”

“응. 그건 환상일 뿐이니까.”

"흐음, 저기 누가 왔는지 좀 봐."

캐리가 중얼거리며 저쪽을 가리켰다. 기데온이 아일랜드와 함께 다가오고 있었다.

"저 친구, 우리 쪽으로 오고 있잖아. 한판 싸울 생각이라면 난 물러서서 구경이나 할게."

나는 그를 밀쳤다.

"눈물나게 고맙다."

이렇게 더운 날, 기데온이 정장을 입고도 시원해 보이는 게 놀라웠다. 짧은 플레어스커트에 꼭 들러붙는 배꼽티를 입은 아일랜드도 환상적으로 보였다.

"에바 언니!"

아일랜드가 자기 오빠를 남겨두고 이쪽으로 달려와서 나를 끌어안고는 뒤로 물러나 내 모습을 살폈다.

"정말 예쁘다! 우리 오빠 제 발로 엉덩이를 걷어차야겠네."

고개를 돌려 기데온을 보았다. 브렛 일로 화가 나 있지는 않은지 안색을 살폈다. 아일랜드가 돌아서서 캐리를 끌어안는 바람에 그를 깜짝 놀라게 했다. 그사이 기데온이 곧장 내게 다가와 부드럽게 내 팔을 잡고 프랑스식으로 양쪽 뺨에 입을 맞추었다.

"안녕, 에바."

살짝 안달감이 묻어나는 그의 목소리에 발가락이 오그라들었다.

"만나서 반가워."

거짓 연기를 할 필요가 없이 정말로 놀라워서 그를 향해 눈을 깜박거렸다.

"아, 안녕, 기데온."

"에바 언니 오늘 정말 근사하죠?"

아일랜드가 별 의도 없이 순수하게 물었다.

기데온은 내 얼굴에서 눈을 떼지 않았다.

"에바는 언제나 근사하지. 우리 잠깐 이야기 좀 할 수 있을까, 에바?"

"그럼요."

캐리를 향해 '이게 웬일이야?' 하는 표정을 지어 보이고 기데온을 따라 천막 구석으로 갔다. 몇 발자국을 걷다가 내가 말했다.

"화났어요? 제발 화 풀어요."

"물론 화가 났지."

그가 침착하게 말했다.

"당신한테 화난 게 아니라 그 자식한테 화가 났지."

"아, 알았어요."

무슨 말인지 알 수가 없었다.

그가 걸음을 멈추고 나를 향해 돌아서더니, 그 아름다운 머리카락을 쓸어 넘겼다.

"이 상황을 견딜 수가 없어. 선택의 여지가 없다면 참겠지만 지금은…….”

그의 시선이 내 얼굴을 뚫을 기세였다.

“당신은 내 거라는 걸 온 세상에 알려야 해.”

“브렛에게 당신을 사랑한다고 말했어요. 캐리한테도요. 아빠한테도 말했어요. 메구미에게도요. 당신을 향한 내 감정에 대해서는 거짓말한 적 없어요.”

“에바!”

크리스토퍼가 다가와 나를 잡아당기며 내 뺨에 입을 맞추었다.

“브렛이 당신을 데려오다니, 정말 반가워요. 두 사람이 사귀는 걸 몰랐어요.”

나는 기데온의 시선을 예민하게 의식하며 애써 크리스토퍼를 향해 미소를 지었다.

“옛날 일이에요.”

“별로 옛날이 아니던데요.”

그가 씩 웃었다.

“오늘도 이렇게 같이 왔잖아요.”

“크리스토퍼.”

기데온이 인사 삼아 말했다.

“기데온.”

크리스토퍼의 미소는 흔들리지 않았지만, 눈에 띄게 차가워졌다.

"형이 올 필요는 없었을 텐데? 이 행사는 내 주관이야."

그들은 형제였지만 신체적으로 닮은 구석이 거의 없었다.

기데온이 키도, 몸집도 더 컸고 색깔이나 태도도 뚜렷하게 어두웠다. 크리스토퍼는 섹시한 미소를 지닌 미남이었지만 기데온이 지닌 이글거리는 자력 같은 것이 전혀 없었다.

"에바 때문에 왔어."

기데온이 부드럽게 말했다.

"행사 때문에 온 게 아니야."

"정말이야?"

크리스토퍼가 나를 봤다.

"브렛하고 사귀는 거 아니었어요?"

"브렛은 그냥 친구예요."

내가 대답했다.

"에바의 사생활은 네가 상관할 일이 아니야."

기데온이 말했다.

"형이 상관할 일도 아니지."

크리스토퍼가 적대적으로 기데온을 보자 마음이 불편해졌다.

"'골든Golden'의 실제 주인공인 브렛과 에바가 이 자리에 함께 온 것은 비달 레코드와 식스나인스에게 아주 훌륭한 홍보 전략이 될 수 있어."

"노래는 사연의 끝일 뿐이야."

크리스토퍼가 얼굴을 찌푸리며 주머니에서 휴대폰을 꺼냈다.

액정을 내려다보더니 매서운 눈빛으로 기데온을 노려보았다.

"당장 코린에게 전화해. 형하고 연락이 안 되니까 미친 듯이 여기저기 전화질이잖아."

"한 시간 전에 통화했어."

기데온이 말했다.

"제발 코린 좀 헷갈리게 하지 마."

크리스토퍼가 딱 잘라 말했다.

"코린하고 말조차 하고 싶지 않다면 어젯밤 코린 집에 가지도 말았어야지."

긴장감으로 맥박이 마구 뛰었다. 기데온은 턱을 꾹 다물고 있었다. 어제저녁 내내 그의 답장 문자를 기다렸던 일이 떠올랐다. 집에 돌아갔을 때 내 방에서 잠든 그를 발견했지만, 왜 답장하지 않았는지는 설명하지 않았다. 코린의 아파트에 갔다는 말은 분명히 하지 않았다.

코린의 전화를 일부러 피하고 있다고 하지 않았던가?

배가 꼬이는 것을 느끼며 뒷걸음질을 쳤다. 종일 몸이 좋지 않았기 때문에 기데온과 크리스토퍼 사이의 뜨거운 반감을 감당하기 힘들었다.

"실례할게요."

"에바."

기데온이 날카롭게 말했다.

"두 사람 모두 만나서 반가웠어요."

나는 대본에 나온 대사를 연기하듯 겨우 중얼거리고는 몸을 돌려 캐리를 향해 움직였다.

기데온이 불과 두 걸음 만에 나를 따라잡아서 내 팔을 붙잡더니 귀에 대고 속삭였다.

"코린이 종일 내 휴대폰으로, 또 사무실로 전화했어. 어쩔 수 없이 만나야 했어."

"나한테 말했어야죠."

"더 중요한 이야기가 있었잖아."

브렛이 우리 쪽을 넘겨봤다. 멀리 떨어져 있어서 내 표정까지는 볼 수 없었지만, 그의 자세가 눈에 띄게 긴장했다. 팬들이 그를 향해 몰려들고 있었지만, 그는 내 쪽만 보고 있었다.

제기랄. 기데온과 내가 함께 있는 걸 목격한 순간부터 오늘의 주인공이어야 할 브렛의 기분이 망가졌다. 걱정했던 대로 모든 일이 엉망이 되어버렸다.

"기데온."

크리스토퍼가 뒤에서 긴장한 말투로 말했다.

"아직 내 이야기 안 끝났어."

기데온이 그쪽을 흘낏 보며 말했다.

"잠시 후에 갈게."

"지금 해야 해."

"기다려, 크리스토퍼."

기데온의 차가운 눈빛 때문에 더위에도 흠칫 몸이 떨렸다.

"여기서 우리끼리 난리를 피웠다간 식스나인스를 향한 관심이 모두 여기로 쏠릴 텐데."

크리스토퍼가 잠시 욱했다가 형의 말이 농담이 아니라는 것을 눈치챘다.

그가 낮게 욕설을 내뱉으며 돌아섰다가 아일랜드와 마주쳤다.

"두 사람을 가만히 놔둬."

아일랜드가 뒷짐을 지고 서서 말했다.

"난 두 사람이 다시 잘되기를 바란다고."

"넌 이 일에서 빠져."

"쳇."

아일랜드가 코를 찡긋했다.

"오빠는 여기 구경이나 시켜줘."

크리스토퍼가 눈을 갸름하게 뜨고 여동생을 내려다보더니 한숨을 내쉬고는 아일랜드의 팔을 잡고 멀어졌다. 둘은 친한 것 같았다.

기데온은 두 사람만큼 유대감이 없다는 사실에 서글픈 마음이 들었다.

기데온이 내 뺨을 어루만졌다. 무한한 사랑을 담은 부드러운 손짓이었다. 게다가 소유욕까지 담겨 있었다. 우리를 본다면 그 어떤 사람도 그 마음을 오해하지는 못할 것이다.

"코린과 아무 일도 없었다는 걸 알고 있다고 말해."

나는 한숨을 쉬었다.

"코린과 아무 일도 없었다는 거 알아요."

"좋아. 요즘 코린이 평소 같지 않아. 그런 모습은 처음이야. 제길. 뭐랄까, 어린애 같고 비이성적이야."

"망가진 사람처럼?"

"응. 아마도."

그의 얼굴이 부드러워졌다.

"파혼했을 때에도 이 정도는 아니었어."

두 사람 모두 딱했다. 누구에게도 추한 이별은 달갑지 않을 것이다.

"그때는 코린이 먼저 물러섰죠. 이번에는 당신이잖아요. 언제나 남는 쪽이 더 힘든 법이죠."

"진정시키려고 노력 중이야. 우리 사이에 코린 문제를 끌어들이지 않겠다고 약속해줘."

"그러지 않을게요. 당신도 브렛 일은 걱정하지 마요."

기데온이 잠시 뜸을 들였다가 말했다.

"걱정은 하겠지만, 견딜 수 있어."

그로서는 쉬운 양보가 아님을 알 수 있었다.

그가 턱을 완강하게 다물었다가 입을 열었다.

"크리스토퍼에게 가봐야겠어. 당신은 괜찮아?"

나는 고개를 끄덕였다.

"괜찮아요. 당신은요?"

"브렛 클라인이 당신에게 키스만 하지 않으면 괜찮아."

목소리에 뚜렷이 경고의 빛이 서렸다.

"당신도 마찬가지예요."

"내게 키스했다간 브렛은 한 방에 나가떨어질걸."

나는 웃음을 터뜨렸다.

"그런 말이 아니잖아요."

그가 내 손을 잡고 엄지로 내 반지를 문질렀다.

"크로스파이어."

심장이 저렸다.

"나도 사랑해요, 에이스."

브렛이 굳은 얼굴로 팬들 사이에서 빠져나와 천막으로 왔다.

"기분 좋아요?"

그가 좋은 기분이기를 바라며 일부러 밝게 물었다.

"그자가 다시 널 원하는 거지?"

그가 무뚝뚝하게 말했다.

나는 망설이지 않고 대답했다.

"네."

"그자에게 두 번째 기회를 주려거든 나에게도 줘야지."

"브렛."

"내가 늘 돌아다녀야 하는 게 견디기 쉽지 않다는 거 나도 알아."

"게다가 당신 집은 샌디에이고죠."

내가 지적했다.

"그래도 뉴욕에 자주 올 수 있고 또 다른 곳에서 널 만날 수도 있어. 투어는 11월이면 끝나고 크리스마스 휴가는 여기에서 보낼 거야."

그가 초록빛 눈동자로 나를 보았다. 우리 사이에 끌림이 낮게 깔리기 시작했다.

"너희 아버지도 아직 캘리포니아에 사니까 너도 그쪽에 올 일이 많을 거야."

"이유는 많아요. 하지만 브렛, 뭐라고 말해야 할까요? 난 기데온을 사랑해요."

팔짱을 낀 브렛의 모습은 그 자체로 나쁜 남자 같았다.

"상관없어. 넌 그자랑 잘되지 못할 거야. 어쨌든 난 네 곁에 있을 거고, 에바."

그의 마음을 돌릴 것은 시간밖에 없다는 생각이 들었다.

브렛이 가까이 다가와 손을 뻗어 내 팔을 어루만졌다. 그가 내 쪽으로 몸을 굽혔다. 이런 자세로 서 있던 옛날이 떠올랐다. 그가 나를 어딘가에 기대어 세워놓고 나를 거칠게 탐하기 직전의 순간들.

"딱 한 번이면 끝이야."

그가 내 귀에 대고 속삭였다. 늘 그랬듯이 죄악으로 가득 찬 목소리였다.

"내가 네 안 깊숙이 들어가기만 하면, 너도 우리 사이가 얼마나 뜨거웠는지 기억해낼 거야."

나는 마른침을 꿀꺽 삼켰다.

"그럴 일은 없어요, 브렛."

그가 퇴폐적인 보조개를 드러내며 씩 웃었다.

"어디 한번 보자고."

"어쩜 저렇게 멋있을 수가 있지?"

아일랜드가 방송 진행자와 사전 인터뷰를 하는 식스나인스 멤버들을 바라보며 말했다.

"캐리 오빠도 멋져요."

캐리가 눈부시게 하얀 치아를 드러내며 씩 웃었다.

"고마워, 꼬마 아가씨."

"그런데……."

아일랜드가 기데온과 똑닮은 파란 눈으로 나를 보았다.

"언니, 브렛 클라인하고 사귀었어요?"

"아니야. 솔직히 말하면 그냥 좀 즐겼을 뿐이야."

"그를 사랑했어요?"

나는 잠시 생각해보았다.

"내 마음은 사랑에 가까웠던 것 같아. 상황이 달랐다면 그를 정말로 사랑했을지도 모르지. 멋진 남자이니까."

아일랜드가 입술을 꾹 다물었다.

"넌 어때? 누구 만나는 사람 있어?"

"네."

그녀의 입술이 슬프게 비틀어졌다.

"난 그 사람이 정말로 좋은데, 많이 좋은데, 좀 이상해요. 자기 부모님한테 나랑 만난다는 이야기를 하지 않아요."

"왜?"

"그의 할아버지가 기데온 오빠 아버지의 사기 사건으로 쫄딱 망했대요."

나는 캐리를 보았다. 캐리가 눈썹을 추켜세웠다.

"그건 네 잘못이 아니잖아."

나는 잔뜩 화가 나서 말했다.

"릭의 부모님은 기데온이 '편하게' 부자가 되었다고 생각한대요."

그녀가 중얼거렸다.

"편하게? 편하게 부자가 되었다고?"

"앤젤."

기데온의 목소리에 뒤를 돌아보았다. 그가 뒤에 다가온 것도 몰랐다.

"무슨 일이야?"

그가 나를 물끄러미 바라보았다. 잠시 후 그의 얼굴에서 웃는 기미를 발견하자 짜증이 솟구쳐 올랐다.

"아무 말도 하지 마요."

눈을 갸름하게 뜨고 기데온에게 경고의 신호를 보낸 뒤 다시 아일랜드에게 말했다.

"릭의 부모님에게 크로스로드 재단에 대해 좀 알아보라고 말씀드려."

기데온이 내 뒤로 가까이 다가와 내 몸에 기대며 말했다.

"나 대신 충분히 골을 냈다면, 이제 그만 갈까? 시사회가 오 분 남았어."

브렛을 찾아 주위를 둘러보니, 어느새 군중 틈에 합류해 나를 향해 손을 흔들고 있었다.

나는 캐리를 보았다.

"어서 가봐."

캐리가 턱을 까딱거리며 말했다.

"난 여기 아일랜드랑 크로스와 함께 있을게."

밴드를 향해 걸음을 옮겼다. 잔뜩 들떠 있는 모습을 보니 저절로 웃음이 나왔다.

"다들 축하해요."

나는 그들에게 말했다.

"고마워."

대린이 씩 웃었다.

"사실 TV와 인터넷 동시 방송에 나갈 목적으로 계획한 행사야. 비달 레코드가 우릴 매스컴에 띄워주려고 마련한 방법이지. 잘되나 지켜보자고. 지옥처럼 섹시한 비디오니까."

방송 진행자가 뮤직비디오 특별 시사회 시작을 선언하자,

프로그램 로고만 보이던 대형 스크린에 뮤직비디오가 뜨고 노래가 시작되었다.

검은 화면이 갑자기 환해지며 마이크 앞 스툴에 앉아 집중 조명을 받으며 노래하는 브렛이 나타났다. 콘서트 때 보았던 그 모습이었다. 그가 깊고 거친 목소리로 노래를 시작했다. 미치도록 섹시한 목소리가 들려오자, 예전처럼 내 몸이 즉시 강력하게 반응했다.

카메라가 천천히 브렛에게서 멀어지자 무대 앞의 댄스 플로어가 나타났다. 춤추는 관객들은 모두 흑백 처리가 되었고 딱 한 사람의 금발만 칼라로 보였다.

온몸에 충격이 퍼지며 나도 모르게 흠칫 멈추었다. 카메라는 조심스럽게 그녀의 뒷모습과 옆모습만 찍고 있었지만, 그 여자는 누가 봐도 나였다. 키도 나만 하고, 머리카락 색깔도 똑같고, 머리 모양도 최근에 바꾸기 전과 같다.

멍한 공포 상태에서 3분간 내 인생이 눈앞을 스쳐갔다. '골든Golden'은 성적으로 충만한 노래였고, 비디오 속에서 여배우는 브렛이 노래한 모든 것을 몸으로 표현했다. 여자는 브렛을 닮은 남자 앞에 무릎을 꿇고 술집 화장실에서 정사를 벌였고, 한때 브렛의 자동차였던 고전적인 67년식 머스탱 뒷좌석에서 남자의 무릎을 타고 앉아 섹스를 했다. 그와의 은밀한 기억들이 멤버와 함께 무대에서 노래하는 실제 브렛의 모습과 교차 편집되어 있었다.

진짜 내가 아닌 여배우가 연기한다는 사실이 마음의 무게를 덜어주기는 했지만, 기데온의 굳은 얼굴을 보니 그에게는 별로 중요한 것 같지 않았다. 내 인생의 가장 거친 시절이 재현되는 모습이 그에게는 매우 현실적으로 보였을 것이다.

우수에 찬 브렛의 모습으로 뮤직비디오가 끝났다. 그의 뺨에 한 줄기 눈물이 흐르고 있었다.

나는 뒤로 물러서서 브렛을 바라보았다.

내 표정을 눈치채고 그의 미소가 서서히 사라졌다.

이토록 *사적인* 뮤직비디오라니 믿을 수가 없었다. 수백만 명이 보게 될 거라고 생각하니 정신이 아득해졌다.

"와."

진행자가 마이크를 들고 밴드에게 말했다.

"브렛, 연기가 대단하군요. 이 노래 덕분에 에바와 재회할 수 있었던 건가요?"

"재회 중입니다."

"그렇다면 에바에게 묻겠습니다. 이 비디오에 직접 출연했나요?"

전국 방송의 진행자가 말하는 에바가 바로 나라는 것을 깨닫고 눈만 깜박였다.

"아니에요. 저건 제가 아닙니다."

"그렇다면 '골든Golden'에 대해서는 어떻게 생각하시나요?"

마른 입술을 축였다.

"훌륭한 밴드가 만든 훌륭한 노래죠."

"훌륭한 러브스토리도 빠질 수 없고요."

진행자가 카메라를 향해 웃으며 장황하게 말을 이어갔지만, 나는 그의 말에 귀 기울이지 않고 오직 기데온만을 찾았다. 그러나 그가 보이지 않았다.

진행자가 밴드를 향해 뭐라고 질문을 던지는 사이, 기데온을 찾아 자리를 떠났다. 캐리가 아일랜드를 데리고 다가왔다.

"대단한 비디오였어."

그가 느릿느릿 말했다.

나는 비참한 얼굴로 캐리를 보다가 다시 아일랜드를 바라보았다.

"오빠는 어디 있는지 알아?"

"크리스토퍼 오빠는 수다 떠느라 바쁘고, 기데온 오빠는 갔어요."

그녀가 미안한 기색으로 움찔거렸다.

"크리스토퍼 오빠에게 날 집으로 데려가라고 부탁하고요."

"제길."

핸드백에서 선불 핸드폰을 꺼내어 재빨리 문자를 보냈다.

'사랑해요. 오늘 밤 만나요.'

답장을 기다렸지만 몇 분을 기다려도 답장이 오지 않자 손에 휴대폰을 쥐고 진동이 느껴지길 기다렸다.

브렛이 천천히 내게 다가왔다.

"여기 일은 끝났어. 갈래?"

"네."

나는 아일랜드에게 말했다.

"이번 주말과 다음 주말은 뉴욕에 없을 거야. 그후에 만나자."

"시간 비워둘게요."

그녀가 나를 꼭 끌어안으며 말했다.

캐리에게 돌아서서 그의 손을 잡고 꼭 쥐었다.

"와줘서 고마워."

"농담해? 나야말로 오랜만에 실컷 즐거웠어."

그와 브렛도 복잡한 악수를 나누었다.

"잘했어, 브렛. 잘돼서 기분 좋다."

"와줘서 고마워. 나중에 한 번 보자."

브렛이 내 허리에 손을 올리고 함께 행사장을 떠났다.

17

기데온은 타블로 원에 나타나지 않았다.

어떻게 보면 다행이었다. 처음부터 기데온을 끌어들일 작정이었다는 브렛의 오해를 사고 싶지는 않았다. 나와 다시 잘해 보고 싶다고 매달리는 것을 제외한다면, 브렛은 한때 내게 중요한 사람이었고 가능하다면 친구로 지내고 싶었다.

하지만 지금은 기데온이 어떻게 생각하고 어떤 기분일지에 온통 신경이 쏠려 있었다.

불안감에 음식을 삼킬 수가 없어서 내 몫의 음식을 깨작거리고 있는데, 아르놀도 리치가 다가와 인사를 건넸다. 흰색 셰프 옷을 입은 모습이 멋지고 훤칠해 보였지만 훌륭한 음식을 많이 남긴 것은 미안했다.

유명 인사인 아르놀도는 기데온의 친구였다. 기데온은 타블로 원의 비밀 동업자였기에 오늘도 일부러 이 식당을 선택했다.

만약 기데온이 브렛과 나의 저녁 시사가 어떤 분위기일지 의심을 품는다면 믿을 수 있는 친구에게 물어볼 수 있을 테니까.

물론 기데온이 어떤 상황이든 믿어줄 만큼 나를 충분히 신뢰하기를 바랐지만 우리 관계에는 해결해야 할 문제가 있었고, 그 중 하나가 서로를 향한 강한 소유욕이었다.

"만나서 반가워요, 에바."

아르놀도가 사랑스러운 이탈리아 억양으로 말했다. 그는 내 뺨에 입을 맞추고 우리 테이블의 빈 의자를 잡아당겨 앉았다.

아르놀도가 브렛을 향해 손을 내밀었다.

"타블로 원에 오신 걸 환영합니다."

"아르놀도도 식스나인스의 팬이에요."

내가 설명했다.

"그때 기데온과 함께 콘서트에 왔었어요."

브렛은 약간 서글픈 미소를 띠며 아르놀도와 악수했다.

"만나서 반가워요. 양쪽 쇼를 다 봤나요?"

기데온과 브렛이 벌인 주먹다짐을 말하는 것이었다. 아르놀도도 브렛의 말을 이해한 것 같았다.

"예, 에바는 기데온에게 무척 중요한 사람이죠."

"저에게도 중요한 사람입니다."

브렛이 하얗게 서리가 내린 나스트로 아주로 맥주잔을 잡으며 말했다.

"뭐, 그렇다면."

아르놀도가 웃으며 말했다.

"최고의 남성이 이기겠죠."

"윽."

나는 뒤로 기대앉았다.

"난 상품이 아니에요. 그렇게 경쟁할 정도로 대단한 사람도 못 되고요."

순간 아르놀도가 나를 보았는데, 내 말을 수긍하는 듯한 눈빛이었다. 그렇더라도 그를 탓할 수는 없었다. 그는 내가 브렛과 키스한 것을 알고 있었고, 그 일이 기데온에게 어떤 영향을 미쳤는지도 똑똑히 목격했다.

"요리가 맛이 없어요, 에바?"

아르놀도가 물었다.

"입맛에 맞았다면 접시를 싹 비웠을 텐데."

"양이 많았어요."

브렛이 지적했다.

"에바는 원래 많이 먹어요."

아르놀도의 말에 브렛이 나를 보았다.

"정말이야?"

대답 대신 어깨를 으쓱했다. 우리가 서로에 대해 아는 것이 별로 없다는 걸 그도 알아챘을까?

"내가 지닌 수많은 단점 중 하나예요."

"제게는 단점이 아니죠."

아르놀도가 말했다.

"뮤직비디오 시사회는 어땠나요?"

"잘된 것 같아요."

브렛이 대답하면서 내 안색을 살폈다.

축하할 일을 망치고 싶지 않아서 고개를 끄덕였다. 어차피 일어난 일은 일어난 것이다. 브렛의 의도를 탓할 수는 없었다. 다만 그 실행력을 탓할 뿐.

"이제 대형 스타로 가는 탄탄대로에 올라섰죠."

"그럴 줄 알았어요."

아르놀도가 브렛을 향해 웃었다.

"식스나인스가 싱글 앨범 한 장만 발표했을 때 이미 아이튠스에서 첫 번째 싱글 곡을 샀어요."

"성원에 감사드립니다."

브렛이 말했다.

"팬들이 없었다면 여기까지 오지도 못했을 거예요."

"당신이 훌륭하지 않았다면 여기까지 오지 못했겠죠."

아르놀도가 내 쪽을 보고 말했다.

"디저트 먹겠어요? 아니면 와인을 더 하겠어요?"

아르놀도가 의자 뒤로 몸을 기대는 것을 보고 보호자 역할을 자처했다는 것을 눈치챌 수 있었다. 브렛을 흘낏 보자 그 역시 눈치채고 짓궂은 미소를 지었다.

아르놀도가 입을 열었다.

“그럼, 쇼나는 어떻게 지내는지 말해봐요, 에바.”

마음속으로 한숨을 내쉬었다. 베이비시터를 자청하기는 했지만, 적어도 아르놀도는 보고 있으면 재미있는 사람이었다.

10시가 조금 지난 시각, 브렛이 고용한 운전기사가 아파트 앞에 내려주었다. 무례를 범하고 싶지는 않았기에 브렛을 집에 초대했다. 그는 건물 외관과 야간 도어맨, 프런트 데스크까지 놀란 눈을 하고 둘러보았다.

“직업이 얼마나 대단하기에 이런 집에 살아?”

그가 엘리베이터를 향해 걸어가며 말했다.

대리석 바닥에 또각또각 하이힐 부딪치는 소리가 뒤따라왔다.

“에바.”

디아나의 목소리에 오싹했다.

“기자예요. 조심해요.”

돌아서기 전에 브렛에게 경고했다.

“기자면 안 좋은 거야?”

브렛이 나와 함께 돌아서며 말했다.

“안녕, 디아나.”

나는 긴장된 미소를 지으며 인사했다.

“안녕하세요.”

디아나가 검은 눈으로 머리부터 발끝까지 브렛을 훑어보고서 손을 내밀었다.

"브렛 클라인 씨죠? 디아나 존슨입니다."

"반가워요, 디아나."

브렛이 매력을 발산하며 말했다.

"무슨 일이죠?"

두 사람이 악수하는 사이, 그녀에게 물었다.

"데이트 방해해서 미안해요. 아까 비달 레코드 행사장에서 봤을 때에야 두 사람이 재회한 걸 알았어요."

그녀가 브렛을 향해 웃었다.

"혹시 기데온 크로스와 다툰 일로 큰 피해를 보지는 않았나요?"

브렛의 눈썹이 위로 휘었다.

"날 제대로 모르시는군."

"크로스와 주먹다짐을 했다고 들었어요."

"누군지 상상력 한번 풍부하네."

브렛도 기데온과 사전에 이야기를 나누었나? 아니면 함정을 피하기 위한 언론 대응법을 배웠나?

디아나가 행사장에서 나를 지켜보고 있었다는 사실이 끔찍하게 싫었다. 더 정확히 말하자면 기데온을 지켜본 게 정말 싫었다. 디아나가 집착하는 상대는 기데온이었다. 다만 내가 더 접근하기 쉬워서 나를 따라다니는 것일 뿐. 그녀가 차가운 미소로 응답했다.

"제가 취재원을 잘못 골랐나 보네요."

"뭐, 흔히 있는 일이지."

브렛이 심상하게 대꾸했다.

디아나가 다시 내게 관심을 돌렸다.

"오늘 기데온과 함께 있는 거 봤어요. 사진기자가 두 사람 사진을 아주 잘 뽑았던데요? 어떻게 된 건지 물어보려고 찾아왔는데 이렇게 다른 남자와 함께 있는 걸 보고 말았군요. 브렛과의 관계를 설명해주겠어요?"

디아나는 나를 향해 물었지만 브렛이 끼어들어서 기절할 만큼 매력적인 보조개를 드러내며 대답했다.

"'골든Golden'이 말해주고 있잖아요. 우리에겐 역사와 우정이 있어요."

"훌륭한 발언이네요. 감사합니다."

디아나가 나를 다시 보았고, 나도 곧바로 그녀를 똑바로 쳐다보았다.

"더는 붙잡지 않을게요. 시간 내줘서 고마워요."

"별말씀을."

나는 브렛의 손을 잡아 이끌며 말했다.

"잘 가요."

서둘러 엘리베이터까지 걸어갔지만, 엘리베이터 문이 닫힐 때까지 긴장을 늦추지 않았다.

"저 기자가 왜 네 연애사에 관심을 보이는 거지?"

브렛을 흘낏 보았다. 벽에 기대어 양손으로 긴 손잡이 막대를 붙들고 있는 자세가 부인할 수 없을 정도로 섹시했지만, 내 생각은 늘 기데온 곁에 있었다. 그와 함께 있고 싶고 그와 이야기를 나누고 싶었다.

"한때 기데온과 만난 적이 있는데 그에게 앙심을 품고 있어요."

"그래서 아직 포기 못한 거야?"

나는 고개를 저었다.

"그런 거 아니에요."

엘리베이터에서 내려 아파트로 들어갔다. 기데온의 집을 스쳐가야 한다는 사실이 끔찍했다. 그도 코린의 집에 찾아갔을 때 이런 기분이었을까? 죄책감과 불안감에 짓눌려 있었을까? 문을 열었는데, 안타깝게도 캐리가 소파에서 빈둥거리고 있지 않았다. 내 룸메이트는 아직 집에 오지도 않은 것 같았다. 불이 꺼져 있는 게 그가 아직 귀가하지 않았다는 강력한 신호였다. 캐리는 집에 있을 때면 항상 불을 켜두었으니까.

스위치를 켜고 거실 천장의 조명을 밝힌 뒤 브렛의 얼굴을 살폈다. 내가 엄청난 부자라는 것을 처음 발견했을 때 사람들의 표정을 볼 때면 언제나 기분이 묘했다.

그가 얼굴을 찌푸리며 내 쪽을 돌아보았다.

"아무래도 직업을 다시 선택해야겠어."

"내 월급으로는 이런 집에 못 살아요. 새아빠가 해준 거예요. 당분간만요."

주방으로 가서 바스툴 위에 핸드백과 가방을 올려놓았다.

"너랑 크로스는 같은 사교계에서 어울려?"

"가끔씩요."

"그런데 난 두 사람과 너무 다른 거지?"

완벽하게 맞는 말이었지만, 브렛의 질문에 왠지 불안해졌다.

"난 사람을 돈으로 판단하지 않아요, 브렛. 뭐 마실래요?"

"아니, 괜찮아."

그를 소파 쪽으로 안내했다.

"뮤직비디오가 마음에 들지 않았구나."

그가 소파 등에 팔을 올리며 말했다.

"그렇게 말하지는 않았어요!"

"말할 필요가 없지. 얼굴에 쓰여 있는걸, 뭐."

"그냥……, 지나치게 사적인 비디오였어요."

이글거리는 그의 초록빛 눈동자에 내 몸이 달아올랐다.

"난 너에 대해서라면 단 한 가지도 잊지 않았어. 비디오가 증거야."

"기억할 게 많지 않아서 그래요."

내가 지적했다.

"내가 널 잘 모른다고 말하지만, 난 크로스가 절대로 보지 못한 것들을 봤어."

"거꾸로 말해도 마찬가지예요."

"뭐, 그렇기야 하지."

그가 인정하며 쿠션을 손끝으로 가만히 두드렸다.

"내일 새벽 비행기를 예약해두었지만, 미뤄야겠어. 나랑 같이 가자. 주말에 시애틀과 샌프란시스코에서 공연이 있어. 일요일 밤에 돌아오면 되잖아."

"안 돼요. 약속 있어요."

"다음 주말에는 샌디에이고에 있을 거야. 그리로 와."

그가 손끝으로 내 팔을 쓰다듬었다.

"옛날하고 똑같을 거야. 2만 명의 엑스트라 속에서 우리가 주인공이야."

나는 눈을 깜박였다. 어쩌자고 우리는 같은 날 샌디에이고에 가게 되었을까?

"다음 주말에 캐리랑 남부 캘리포니아에 가기로 했어요."

"그럼 다음 주말에 엮이면 되겠네."

"그냥 만나는 거겠죠."

그의 말을 고쳐주었다. 그가 자리에서 일어나서 나도 따라 일어났다.

"가려고요?"

그가 가까이 다가왔다.

"가지 말까?"

"브렛……."

"알았어."

그가 서글픈 미소를 띠자 심장이 약간 뛰었다.

"그럼 다음 주말에 보자."

우리는 함께 현관문까지 걸어갔다.

"오늘 초대해줘서 고마워요."

그가 이렇게 빨리 떠난다니, 이상하게도 미안한 마음이 들었다.

"비디오가 네 마음에 안 들어서 유감이야."

"마음에 들어요."

나는 그의 손을 잡았다.

"정말이에요. 훌륭한 비디오였어요. 다만, 자신의 모습을 바라보는 게 이상하고 거북했을 뿐이에요."

"그래, 이해해."

그가 다른 손으로 내 뺨을 감싸며 키스하려고 고개를 숙였다.

내가 고개를 돌리자 그는 코끝으로 내 뺨을 비볐다. 가벼운 향수 냄새와 살 냄새가 섞여 내 감각을 감질나게 일깨우며 뜨거웠던 옛 추억을 떠올리게 했다. 이렇게 가까이 다가온 그의 느낌이 아플 만큼 익숙했다.

한때는 그를 미친 듯이 좋아했다. 그도 나를 똑같이 좋아하길 바랐는데, 이제야 그 소망이 이루어졌다는 생각에 달콤쌉싸름한 기분이 들었다.

브렛이 내 팔을 붙잡고 가만히 신음하자 그 소리가 내 안에 가득 울려 퍼졌다.

"네 느낌이 어떤지 고스란히 기억하고 있어."

그가 깊고도 허스키한 목소리로 속삭였다.

"너의 안쪽 깊은 곳. 어서 빨리 그곳을 다시 느껴보고 싶어."

내 호흡이 지나치게 빨라졌다.

"저녁 고마워요."

그가 내 뺨에 입술을 댔다.

"전화해. 뭐, 내가 전화하겠지만 그래도 한 번쯤은 네가 전화해주면 좋을 것 같아. 알았지?"

나는 고개를 끄덕이며 마른침을 삼켰다.

"알았어요."

그가 돌아가고 잠시 후, 서둘러 핸드백에서 선불 핸드폰을 꺼냈다. 그사이 기데온에게서 어떤 연락도 오지 않았다. 부재중 통화도, 문자메시지도 없었다.

열쇠를 들고 집을 나와 그의 아파트로 가봤지만, 어두컴컴하고 인기척도 없었다. 그가 주머니 속 내용물을 비워두는 예술 작품 같은 유리그릇을 확인해보지 않아도 집에 들어서자마자 그가 없다는 것을 알 수 있었다.

뭔가 잘못되었다는 느낌을 지우지 못하며 집으로 돌아왔다. 식탁 위에 열쇠를 올려놓고 곧장 내 방 화장실로 가서 샤워를 했다.

무더웠던 오후의 땀과 먼지를 말끔히 씻어냈지만, 뱃속의 불안한 기운은 가시질 않았다. 머리에 샴푸를 문지르며 하루를 생각해보는데, 기데온이 나랑 같이 사태를 해결할 생각도 하지 않고 밖을 돌아다니고 있다는 생각에 점점 화가 났다.

그때 그가 느껴졌다.

눈가의 비누를 헹구고 고개를 돌리자 그가 거칠게 넥타이를 풀어내며 방으로 들어오고 있었다. 그 모습이 몹시 지치고 피곤해 보여서, 좀 전에 화를 끓이고 있을 때보다 훨씬 괴로웠다.

"왔어요?"

그에게 인사를 건넸다.

그가 나를 보며 효과적이고도 빠르게 옷을 벗어버리고 경이로운 알몸을 드러내며 샤워기 밑으로 다가와 나를 꼭 끌어안았다.

"이봐요."

나는 다시 그를 끌어안으며 말했다.

"무슨 일이에요? 비디오 때문에 기분이 상했어요?"

"그 비디오 정말 싫어."

그가 무뚝뚝하게 말했다.

"당신에 관한 노래인 걸 알았을 때부터 망할 비디오를 검열했어야 했어."

"미안해요."

그가 뒤로 물러나더니 나를 내려다보았다. 샤워실의 수증기가 천천히 그의 머리카락을 적셨다. 그는 브렛보다 무한대로 섹시했다. 그가 나에게 느끼는 마음, 내가 그에게 느끼는 마음이 무조건 더 깊었다.

"비디오 상영이 끝나기 직전에 코린이 전화했어. 코린이……, 마구 히스테리를 부렸어. 도무지 통제가 안 됐지. 걱정이 돼서 보러 갔어."

사르르 피어오르는 질투심을 억누르며 깊은숨을 들이마셨다. 브렛과 함께 시간을 보내놓고서 그런 감정을 느낄 권리는 없었다.

"어떻게 됐어요?"

그가 부드러운 손길로 내 머리를 뒤로 젖혔다.

"눈 감아봐."

"말해봐요, 기데온."

"말할 거야."

그가 내 머리카락의 비누 거품을 헹구면서 말했다.

"뭐가 문제인지 알아냈어. 코린은 항우울제를 복용 중인데, 아무래도 그 약이 부작용을 일으킨 것 같아."

"어머."

"의사에게 약의 부작용을 알려야 하는데, 자신이 이상하게 굴고 있다는 사실조차 모르고 있더라고. 그걸 이해시키고 원인까지 주지시키느라 몇 시간이 걸렸어."

몸을 반듯이 펴고 눈가를 닦았다. 다른 여자가 내 남자의 관심을 독점한 사실에 대해 짜증이 솟구치려 했다. 기데온이 계속해서 코린과 시간을 보낼 수 있는 구실을 가만히 지켜보고만 있을 수는 없었다.

그가 나와 자리를 바꿔 샤워기 물줄기 아래에 섰다. 경이로운 그의 몸에 쏟아진 물줄기가 단단한 근육과 골 사이로 아름답게 흘러내렸다.

"지금은 좀 어때요?"

내가 물었다.

그가 굳은 얼굴로 어깨를 으쓱했다.

"내일 병원에 가서 약을 끊든지, 다른 약으로 바꾸든지 하겠지."

"당신도 같이 가야 하는 거예요?"

내가 불평했다.

"코린은 내 책임이 아니야."

그가 나의 공포와 걱정과 분노를 이해했는지, 내 시선을 꼭 붙들고 부드럽게 말했다. 언제나 나를 이해시키는 그만의 방식이었다.

"코린한테도 그렇게 말했어. 그리고 지로에게 전화해서 똑같이 말했지. 자기 아내는 지로가 직접 돌봐야 해."

그가 개인 목욕 용품들이 놓인 유리 선반에서 샴푸를 집어 들었다. 우리가 다시 만나기로 하자마자 그는 내가 쓰는 일상용품들을 자기 집에 마련해두고 자신의 물건도 내 방에 가져다 놓았다.

"그런데 오늘 코린이 좀 자극을 받았어. 디아나가 찾아와서 시사회에서 찍은 당신과 내 사진을 코린에게 보여주었거든."

"대단한 여자군요."

내가 중얼거렸다.

"그래서 아까도 날 살펴보려고 찾아왔던 거로군요."

"정말이야?"

그가 위험하게 가르랑거렸다. 잠시 디아나가 딱하게 느껴질 정도였다. 아무래도 디아나는 스스로 제 무덤을 파고 있는 것 같았다.

나는 가슴 앞으로 팔짱을 꼈다.

"아마 코린의 집에 찾아간 당신 사진을 찍어서 그걸로 날 자극하고 싶었나 봐요. 그 여자가 쫓는 건 당신이니까."

기데온이 고개를 숙이고 머리를 헹구었다. 머리카락을 문지르자, 이두근이 불끈거렸다.

그는 정말 섹시하고 아름다웠다.

그의 전 여자 친구들 문제로 짜증이 솟구친 상태였는데도 그 모습을 보자 흥분이 되어 나도 모르게 입술을 핥았다. 손바닥에 바디워시를 짜내어 거품을 낸 다음 그의 가슴에 문질렀다.

그가 신음을 하며 나를 내려다보았다.

"내 몸에 닿는 당신 손길이 정말 좋아."

"반가운 소리군요. 난 당신에게서 도저히 손을 뗄 수가 없거든요."

그가 부드러운 눈길로 내 뺨을 어루만지듯 얼굴을 살폈다. 아마 내가 '날 덮쳐봐' 표정을 짓고 있는지 가늠하고 있을 것이다. 나는 그렇지 않다고 생각했다. 그를 원했고 날 덮치는 걸 막고 싶지도 않았지만, 그저 그와 함께 있는 상황을 즐기고 싶은 마음도 있었다. 하지만 그가 내 마음에 바람을 일으킬 때면 참기가 어려웠다.

"정말 필요했어. 당신과 함께 있는 거."

"너무 많은 일이 한꺼번에 닥쳐와서 쉴 틈이 없어요. 한 가지 일이 끝났나 싶으면 또 다른 일이 찾아오네요."

손끝으로 그의 단단한 복근 골을 훑어내렸다. 우리 사이에 욕망이 조용히 끓어올랐다. 절실하고 소중한 사람이 이렇게 가까이 있을 때 느낄 수 있는 경이로운 감각이었다.

"하지만 우린 괜찮은 거죠, 그렇죠?"

그가 내 이마에 입술을 눌렀다.

"우리는 아주 잘해나가고 있어. 빨리 내일이 찾아와 당신을 데리고 멀리 가고 싶어. 잠시라도 여길 벗어나 오로지 나 혼자만이 당신을 독차지할 거야."

그 생각에 절로 웃음이 나왔다.

"나도 그래요."

기데온이 침대에서 빠져나가는 기척에 잠에서 깨어났다.

눈을 깜박이면서 정신을 차려보니 텔레비전이 무음 상태로 켜져 있었다. 억지로 떨어져 지낸 몇 시간을 보상하기라도 하는 듯이 함께 있는 자체를 즐기며 꼭 끌어안은 채 잠이 들었다.

"어디 가요?"

내가 속삭였다.

"침대로."

그가 내 뺨을 어루만졌다.

"곯아떨어질 것 같아."

"가지 마요."

"붙잡지 마."

그의 두려움을 이해하고 한숨을 내쉬었다.

"사랑해요."

그가 고개를 숙여 내 입술에 입을 맞추었다.

"출근할 때 여권 챙겨 가는 거 잊지 마."

"잊지 않을게요. 짐은 안 싸도 되는 거예요?"

"필요 없어."

그가 다시 입을 맞추고 내 입술 위에 오래 머물렀다.

그리고 그는 갔다.

회사에서 곧바로 비행기를 타러 갈 수 있도록 가벼운 저지 랩 드레스를 입고 출근했다. 기데온이 얼마나 먼 곳으로 데려갈지 알 수 없었지만, 어쨌든 편안한 옷차림이 좋을 것 같았다. 출근하자 메구미가 통화 중인 상태로 손만 흔들며 맞아주었다. 내 자리로 가자 미세스 필드가 찾아왔다.

워터스 필드 앤 리먼의 최고경영자인 미세스 필드는 강인하고 자신감 넘치는 연한 회색 정장 바지 차림이었다.

"좋은 아침이야, 에바."

그녀가 말했다.

"마크가 출근하면 내 사무실에 들르라고 전해줘."

나는 세 가닥으로 꼬인 그녀의 흑진주 목걸이를 경탄의 눈빛으로 바라보며 고개를 끄덕였다.

"알겠습니다."

오 분 후 마크에게 메시지를 전달하자, 그가 고개를 절레절레 흔들며 말했다.

"아드리아나 포도밭 건이 통과되지 못했나 봐."

"그래요?"

"빌어먹을 기획안 공모인지 뭔지 정말 싫어. 광고의 질과 경력을 찾는 게 아니야. 그냥 광고에 매달릴 만큼 배고픈 자들을 찾는 거라고."

마크는 킹스먼 보드카 광고에서 놀라운 역량을 발휘한 대가로 이 건의 진두지휘를 맡았고, 우리는 모든 일을 잠정 보류하고 기획안 제출 마감일에 맞추는 데 전력 질주했다.

"그러면 자기들만 손해죠."

"나도 알아. 하지만……, 나도 광고를 따내고 싶거든. 내

추측이 틀렸기를 빌어줘."

나는 그를 향해 양쪽 엄지를 추켜세웠고, 그는 크리스틴 필드의 사무실로 향했다. 휴게실에서 커피를 가져오려고 자리에서 막 일어서려는데 책상 위 전화가 울렸다.

"마크 개리티 사무실의 에바 트라멜입니다."

전화를 받았다.

"에바."

물기에 젖은 엄마의 목소리가 들려왔다.

"엄마, 안녕. 잘 지냈어요?"

"좀 만날래? 오늘 점심 먹을 수 있니?"

"네. 오늘이요?"

"응, 너만 괜찮으면."

엄마가 흐느끼는지 숨을 들이켰다.

"네가 정말로 보고 싶어."

"알겠어요."

걱정으로 뱃속이 꼬였다. 이렇게 동요하는 엄마의 목소리는 듣고 싶지 않았다.

"어디서 만날까요?"

"클랜시랑 같이 데리러 갈게. 점심시간이 12시지?"

"네. 그럼 회사 앞에서 만나요."

"그래."

엄마가 잠시 멈췄다가 말했다.

"사랑한다."

"나도 알아요, 엄마. 사랑해요."

전화를 끊고 전화기를 물끄러미 바라보았다.

어떻게 해야 우리 가족은 이 사태를 해결하고 앞으로 나아가게 될까?

기데온에게 점심은 다음에 먹자는 내용의 문자를 보냈다. 엄마와의 관계부터 해결하는 게 순서였다.

하루를 무사히 보내려면 카페인이 더 필요할 것 같아 커피를 가지러 갔다.

정확히 12시에 자리를 떠나 로비로 내려갔다. 시간이 흐를수록 기데온과 멀리 주말여행을 떠날 생각에 점점 흥분되었다. 코린과 디아나와 브렛으로부터 멀리 떨어진 곳으로.

게이트를 지나가다가 그를 보았다.

장 프랑수아 지로가 보안데스크에 서 있었다. 누가 봐도 유럽적인 매력을 풍기는 남자였다. 웨이브가 진 검은색 머리는 사진에서 봤을 때보다 더 길었고, 얼굴은 덜 그을었으며, 입매는 더 단단하고, 염소수염을 기르고 있었다. 연한 초록색 눈동자는 피로로 붉게 충혈되어 있었지만 직접 보니 훨씬 아름다웠다. 발치에 작은 여행가방이 있는 것으로 미루어 보아 공항에서 곧바로 온 것 같았다.

"*Mon Dieu*(맙소사)! 대체 이 건물 엘리베이터는 얼마나 느려터진 거요?"

그가 딱 부러지는 프랑스 억양으로 보안요원에게 말했다.

"꼭대기에서 여기까지 내려오는 데 20분이나 걸린다니, 말이 됩니까?"

"크로스 씨는 지금 오고 계시는 중입니다."

보안 요원은 의자에 그대로 앉은 채 완고하게 대답했다.

내 시선을 감지하기라도 한 듯 그가 내 쪽으로 고개를 돌리더니 눈을 갸름하게 떴다. 그가 데스크에서 물러나 내 쪽으로 성큼성큼 다가왔다. 기데온보다 더 꼭 끼는 정장 스타일이라서 허리와 종아리가 더 좁았다. 지나치게 깔끔하고 단호해 규칙을 강제하는 것으로 자신의 힘을 과시하는 사람처럼 보였다.

"에바 트라멜?"

놀랍게도 그는 나를 알고 있었다.

"지로 씨."

나는 손을 내밀었다.

그가 내 손을 잡더니 놀랍게도 몸을 숙여 내 양쪽 뺨에 입을 맞추었다. 형식적이고 무의식적인 키스였지만, 그게 중요한 게 아니었다. 아무리 프랑스 남자라지만 처음 보는 낯선 이에게 하는 키스치고는 꽤 익숙한 동작이었다.

그가 뒤로 물러나자 나는 눈을 치켜뜨고 그를 보았다.

"저와 이야기 좀 나눌 수 있을까요?"

그가 여전히 내 손을 붙잡고 물었다.

"오늘은 안 될 것 같네요."

나는 가만히 뒤로 물러났다. 수많은 이들이 스쳐 지나가는 붐비는 공간이라 익명성이 보장되는 것처럼 보였지만, 디아나가 곁을 맴도는 지금은 누구와 함께 있는 모습이 남들에게 어떻게 비칠지 최대한 조심해야 했다.

"점심 약속이 있고 퇴근 후에는 곧바로 갈 곳이 있어요."

"그럼 내일은?"

"주말 내내 도시를 떠나 있을 거예요. 가장 빨라야 월요일이 되겠네요."

"도시를 떠난다……. 크로스와 함께 갑니까?"

고개를 옆으로 기울이고 그의 의중을 살폈다.

"그쪽이 알 바는 아니지만, 맞습니다."

기데온의 인생에 코린이 아닌 다른 여자가 있다는 걸 알려야 했기에 사실대로 말했다.

"기분이 나쁘지 않으신가요?"

그가 눈에 띄게 차가운 말투로 말했다.

"그자는 당신의 질투심을 이용해 자신에게 돌아오게 하려고 내 아내를 이용했어요."

"기데온은 코린과 친구 사이로 지내고 싶어해요. 친구끼리 만나는 거야 당연한 일 아닌가요?"

"아무리 금발이라지만 백치처럼 그런 말을 믿으면 어쩌자는 거지?"

"아무리 스트레스를 받고 있다지만 얼간이처럼 상황 파악도 제대로 못하면 어쩌자는 거죠?"

나도 지지 않고 맞섰다.

순간, 기데온이 나타나 내 팔을 잡았다.

"사과해, 지로."

그가 음험하게 맞섰다.

"진심으로 사과해."

지로가 분노와 혐오가 가득한 눈길로 기데온을 쏘아보았다. 그 모습을 보니 불안해져서 나도 모르게 자세를 바꾸었다.

"날 기다리게 한 것이야말로 본데없는 짓 아닌가, 크로스?"

"내가 모욕감을 주려고 일부러 늦은 게 아니라는 거, 당신도 잘 알 텐데."

기데온의 입술이 칼날처럼 날카로운 선을 그리며 얇아졌다.

"어서 사과해, 지로. 난 코린에게 예의와 존중을 다하지 않는 적이 단 한 번도 없었어. 당신도 에바에게 똑같이 예의를 지켜야지."

지나가는 사람이 보기에 그의 자세는 편안하고 느긋했지만, 나는 그 안에 끓어오르는 분노를 느꼈다. 두 사람 모두에게서 분노가 감지되었다. 한 사람은 뜨겁고, 또 한 사람은 얼음처럼 차가웠다. 마치 우리 세 사람이 차단된 다른 공간에 있는 것처럼 주변에 긴장감이 쌓여갔다. 로비가 이렇게 넓고 높은 걸 생각하면 말도 안 되는 느낌이었다.

주변에 오가는 사람들이 아무리 많아도 두 남자가 주먹다짐이라도 할까 걱정되어 얼른 기데온의 손을 가볍게 움켜잡았다.

지로가 맞잡은 우리의 손을 바라보았다가 다시 내 눈을 쳐다보았다.

"*Pardonnez-moi* (죄송합니다)."

지로가 살짝 고개를 숙이며 말했다.

"당신은 아무 잘못 없습니다."

"당신은 잠깐 비켜줘."

기데온이 엄지로 내 손등을 쓰다듬으며 내게 속삭였다.

하지만 나는 가기 싫어서 계속 머물렀다.

"아내 곁에 있어줘요, 지로 씨."

나는 지로에게 말했다.

"아내가 내 곁에 있어줘야 하는 거죠."

그가 정정했다.

코린이 파리를 떠나올 때 그는 아내를 쫓아오지 않았다. 결혼 생활의 문제점을 수정하는 대신 모든 것을 기데온 탓으로 돌리느라 바빴다.

"에바."

엄마가 건물 안으로 들어오다가 나를 발견하고 불렀다. 엄마는 살색 루부탱 구두를 신고 날씬한 몸매에 어울리는 부드러운 실크 홀터 드레스를 입었다. 검은색 대리석이 줄무늬로 깔린 로비에서 엄마는 화사한 하나의 점과 같았다.

"데려다 줄게, 앤젤."

기데온이 말했다.

"잠깐 실례하겠소, 지로."

나는 망설이다가 결국 물러났다.

"안녕히 가세요, 지로 씨."

"잘 가요, 트라멜 양."

그가 기데온에게서 시선을 거두며 말했다.

"다음에 만납시다."

어쩔 수 없어서 자리를 떠났지만 계속 있고 싶었다. 기데온이 엄마가 있는 곳까지 나를 데려다 주었고, 나는 걱정이 고스란히 드러나는 얼굴로 그를 보았다.

그가 눈빛으로 나를 안심시켰다. 처음 만났을 때 알아볼 수 있었던 그 잠재된 힘과 타협을 모르는 강력한 통제력이 눈빛에 담겨 있었다. 그는 어떤 일도 해낼 수 있을 것 같았다.

"점심 맛있게 드세요."

기데온이 엄마의 뺨에 입을 맞추고 다시 나를 향해 돌아서더니, 내 입에 짧고도 강력하게 키스했다.

멀어지는 그의 뒷모습을 바라보다가 그를 쫓는 지로의 강렬한 시선을 느끼고 불안감으로 흠칫 몸을 떨었다. 엄마가 내 팔에 팔짱을 끼며 내 관심을 돌렸다.

"엄마, 안녕."

불안감을 떨쳐내려고 애쓰며 말했다. 엄마가 두 남자도 같이 점심을 먹을 거냐고 물어볼 것만 같았다. 엄마는 부자이면서 잘생긴 남자들과 어울리는 것을 몹시 좋아했으니까. 그러나 엄마는 물어보지 않았다.

"너랑 기데온이랑 다시 잘되어가는 거야?"

대신 엄마는 이렇게 물었다.

"네."

엄마보다 앞서서 회전문을 지나가려다 엄마를 흘낏 바라보았다. 엄마는 그 어느 때보다 깨지기 쉬운 유리처럼 보였다. 피부는 창백하고 눈에는 평소의 반짝임이 사라졌다. 엄마가 건물 밖으로 나오길 기다리는 동안 시원하고 넓은 로비에서 축축한 열기와 터질 듯한 소음, 활기가 가득한 거리로 나온 것에 적응하려고 애썼다.

클랜시가 차 뒷문을 열어주자, 그를 향해 웃으며 인사를 건넸다.

"안녕하세요, 클랜시."

처음 몇 분간은 거북한 침묵이 흘렀다. 엄마가 고른 뉴아메리칸 스타일의 식당에 햇빛이 가득 흘러넘쳐서 우리 둘 사이의 불편함이 더욱 도드라졌다.

나는 엄마가 먼저 말을 꺼낼 때까지 기다렸다. 대화를 나누길 원한 건 엄마였으니까. 나도 할 말은 많았지만, 엄마의 용건이 무엇인지부터 알아야 했다. 롤렉스 시계에 위치 추적기를 달아 내 신뢰를 무너뜨린 일일까? 아니면 아빠와 바람을 피우고 스탠튼 아저씨를 배신한 일일까?

"그 시계, 정말 예쁘구나."

엄마가 새 시계를 보며 말했다.

"고마워요."

손으로 시계를 덮었다. 내게는 더없이 소중하고 아주 사적인 시계였다.

"기데온이 사줬어요."

엄마가 오싹 겁먹은 표정을 지었다.

"설마 기데온한테 그 위치 추적기 이야기를 한 건 아니겠지?"

"했어요. 우리 사이에 비밀은 없어요."

"너야 없겠지. 그 사람도 그렇겠니?"

"우리 사이는 탄탄해요."

나는 자신 있게 말했다.

"매일매일 강해지고 있죠."

"아, 그렇구나."

엄마가 고개를 끄덕이자 짧은 컬이 부드럽게 흔들렸다.

"그거 참……, 잘됐구나. 기데온이라면 널 보살필 수 있어."

"이미 보살피고 있어요. 제가 원하는 방식으로요. 그건 돈과는 아무 상관 없어요."

내 씁쓸한 말투에 엄마가 입술을 굳게 다물었다. 주름살이 생기는 걸 막으려고 얼굴까지 찌푸리지는 않았다.

"돈을 무시하지 마. 넌 돈이 왜 필요한지, 언제 필요한지, 잘 몰라."

온몸으로 짜증이 번져갔다. 엄마는 내 인생에서도 돈을 우선으로 생각했다. 그 과정에서 누가 상처를 입든 개의치 않았다.

"예, 몰라요."

나는 단호하게 말했다.

"하지만 돈이 내 인생을 지배하게 하지는 않을 거예요. 그리고 엄마가 꺼내기 전에 미리 말하는데요, 난 기데온이 전 재산을 잃는다고 해도 여전히 그의 곁을 지킬 거예요."

"그는 영리해서 전 재산을 잃지는 않을 거다."

엄마가 단호하게 말했다.

"너도 운이 좋다면 경제적으로 망할 일은 절대 없을 거야."

돈 이야기에 넌더리가 나서 한숨을 내쉬었다.

"이 문제에 대해서는 엄마와 절대로 의견 일치를 보지 못할 거예요."

엄마가 매니큐어를 곱게 칠한 손끝으로 그릇 손잡이 위를 톡톡 두드렸다.

"엄마한테 화 많이 났지?"

"아빠가 엄마를 사랑하는 거 알아요? 아빠는 엄마를 진심으로 사랑해서 다른 사람을 못 만나는 거예요. 아마 앞으로도 결코 결혼 같은 건 안 할걸요. 아빠는 자신을 꾸준히 보살펴줄 여자를 결코 만나지 못할 거라고요."

엄마가 힘겹게 침을 삼키자 눈물이 엄마의 뺨을 타고 흘러 내렸다.

"울지 마요."

나는 몸을 앞으로 숙이고 모질게 말했다.

"엄마가 울 때가 아니에요. 엄마가 피해자가 아니잖아요."

"난 고통도 느끼면 안 된다는 말이니?"

엄마가 그 어느 때보다 단호한 목소리로 반박했다.

"난 마음이 아파서 눈물을 흘려도 안 돼? 나도 네 아빠를 사랑해. 그가 행복해지기 위해서라면 뭐든 할 거야."

"엄마는 아빠를 충분히 사랑하지 않아요."

"내가 한 모든 일은 사랑 때문이었어. 모든 것이."

엄마가 기쁨이 전혀 묻어나지 않는 얼굴로 웃었다.

"맙소사……. 넌 나와 전혀 다른 생각을 하면서 어떻게 날 참아내는지 모르겠구나."

"엄마는 내 엄마고 항상 내 편이었어요. 항상 나를 지키려고 애썼고요. 비록 방식은 잘못되었지만요. 난 엄마도, 아빠도 사랑해요. 아빠는 행복해질 자격이 있는 좋은 사람이에요."

엄마가 날카롭게 물을 한 모금 들이켰다.

"너만 아니면 우린 서로 다시는 만나지 않았을 거야. 둘 다 그래야 더 행복했을 거고. 지금은 내가 네 아빠 문제에 대해 할 수 있는 일이 전혀 없어."

"엄마는 아빠 곁에 있을 수 있어요. 아빠를 행복하게 해줄 수 있어요. 아마 그렇게 해줄 수 있는 사람은 엄마뿐일걸요."

"그건 불가능해."

엄마가 속삭였다.

"왜요? 아빠가 부자가 아니라서?"

"응."

엄마가 목으로 손을 가져갔다.

"네 아빠가 부자가 아니라서."

야만적일 만큼 솔직한 대답에 심장이 툭 내려앉았다. 엄마의 파란 눈동자에 한 번도 본 적이 없는 쓸쓸한 빛이 떠올랐다. 엄마는 왜 이토록 간절히 돈을 원하게 된 것일까? 나는 그 이유를 알게 될까? 혹은 엄마를 이해하게 될까?

"하지만 엄마가 부자잖아요. 그 정도로는 충분하지 않아요?"

세 번의 이혼을 거치면서 엄마는 개인적으로도 어마어마한 부를 축적했다.

"충분하지 않아."

나는 믿기지 않는 표정으로 엄마를 보았다.

엄마가 시선을 돌리자 3캐럿짜리 다이아몬드 징 귀걸이가 조명을 받아 무지갯빛으로 빛났다.

"넌 이해 못해."

"그럼 설명을 해보세요. 제발요."

엄마가 다시 내게 시선을 돌렸다.

"나중에 할게. 네가 나한테 화가 풀렸을 때."

두통이 몰려오는 걸 느끼며 의자 등받이에 몸을 기댔다.

"좋아요. 난 엄마를 이해할 수가 없어서 화가 났는데, 엄마는 내가 화났기 때문에 이해를 못 시킨다는 말이죠? 우린 당분간 어떤 결론도 못 내리겠네요."

"미안하다, 얘야."

엄마가 애원하는 표정으로 나를 보았다.

"네 아빠랑 나 사이에 일어난 일은……."

"빅터예요. 엄마는 왜 아빠 이름을 부르지 않아요?"

엄마가 움찔했다.

"언제까지 날 고문할 거니?"

엄마가 조용히 물었다.

"엄마를 고문하려는 게 아니에요. 이해가 안 갈 뿐이죠."

밝고 붐비는 공간에 앉아 고통스러운 개인사를 감당해야 하는 것부터가 미친 짓이었다. 차라리 엄마의 집으로 갔다면 좋았을 텐데. 스탠튼 아저씨와 함께 사는 집으로. 하지만 엄마는 내가 불같이 화를 내는 것을 막으려고 일부러 사람들이 많은 곳으로 나를 데려왔을 것이다.

나는 피로를 느끼며 말했다.

"있잖아요, 캐리랑 아파트에서 나와 우리끼리 살 곳을 마련할 생각이에요."

순간 엄마가 몸을 반듯이 폈다.

"뭐? 왜? 위험한 짓은 하지 마라, 에바! 그럴 필요……."

"필요가 있어요. 나단은 죽었어요. 그리고 기데온과도 더 많은 시간을 함께 보내고 싶어요."

"그게 이사 가는 거랑 무슨 상관이 있니?"

엄마의 눈에 눈물이 넘쳐흘렀다.

"미안하다, 에바. 내가 무슨 말을 더할 수 있겠니?"

"엄마 때문이 아니에요."

귀 뒤로 머리카락을 넘겼다. 나는 늘 엄마의 눈물에 약했기 때문에 불안해졌다.

"좋아요. 솔직히 말할게요. 엄마와 아빠 사이에 그런 일이 있었는데, 스탠튼 아저씨가 마련해준 집에 사는 게 거북해요. 하지만 더 큰 이유는 기데온과 함께 살고 싶어서 그래요. 새로운 곳에서 새로 시작하는 게 좋잖아요."

"함께 산다고?"

엄마의 눈물이 쏙 들어갔다.

"결혼도 하기 전에 동거한다는 말이니? 에바, 안 돼. 그건 끔찍한 실수야. 캐리는 어떻게 하고? 네가 캐리랑 살고 싶어서 뉴욕까지 데리고 왔잖니."

"캐리도 함께 살 거예요."

아직 캐리에게는 기데온과 함께 살자는 이야기를 꺼내지도 않았지만, 캐리가 수락할 거라고 확신했다. 함께 살면 더 자주 볼 수 있고, 또 집세도 셋으로 나누면 감당하기 쉬워질 것이다.

“셋이서 함께 살 거예요.”

“결혼도 하지 않고 기데온 크로스 같은 남자랑 살면 안 돼.”

엄마가 앞으로 몸을 숙였다.

“이 일은 엄마 말을 믿어. 결혼반지를 받을 때까지 기다려.”

“전 결혼이 급하지 않아요.”

엄지손가락으로 반지 뒤를 어루만지면서 말했다.

“오, 세상에.”

엄마가 고개를 흔들었다.

“대체 무슨 말을 하는 거니? 넌 그를 사랑하잖아.”

“너무 빨라요. 전 너무 어리고요.”

“스물넷이야. 결혼하기 딱 좋은 나이지.”

단호한 내 말투에 엄마가 허리를 곧추세웠다. 엄마가 정신을 차리고 이야기에 열중하는 점은 다행이라고 생각했다.

“이 일만은 네 뜻에 맡기지 않을 거야, 에바.”

“엄마.”

“안 돼.”

엄마가 계산적으로 눈을 빛냈다.

“날 믿고 기다려. 이 일은 엄마가 알아서 할게.”

맙소사. 결혼 논쟁에서 엄마가 내가 아닌 기데온 편에 선다니, 전혀 마음이 놓이지 않았다.

18

5시에 크로스파이어 빌딩을 나서는 동안에도 머릿속은 온통 엄마 생각이었다. 길가에 벤틀리가 서서 기다리다가, 내가 다가가자 앙구스가 차에서 내려 웃으며 인사했다.

“안녕하세요, 에바.”

“안녕하세요, 앙구스. 잘 지내요?”

나도 그를 향해 웃었다.

“무척 잘 지냅니다.”

그가 자동차 뒤쪽으로 돌아와 날 위해 뒷문을 열어주었다.

나도 모르게 그의 안색을 살폈다. 그는 나단과 기데온의 일을 어느 정도까지 알고 있을까? 클랜시만큼 알고 있을까? 아니면 그보다 훨씬 더 많이 알고 있을까?

시원한 뒷좌석으로 들어가 휴대폰을 꺼내 캐리에게 전화를 걸었다. 음성사서함으로 넘어가기에 메시지를 남겼다.

"안녕. 주말에 어딜 좀 다녀올게. 기데온과 함께 새로운 집으로 이사하는 문제에 대해 생각 좀 해줄래? 돌아오면 이야기하자. 우리가 집세를 감당할 수 있는 새집으로 갈 거야. 기데온이야 그런 걱정은 안 해도 되겠지만."

이렇게 덧붙이고 캐리가 지을 표정을 상상했다.

"혹시 내 휴대폰으로 연락이 안 되면 이메일을 보내줘. 사랑해."

통화 종료 버튼을 누르려는데, 차 문이 열리며 기데온이 들어왔다.

"안녕, 에이스."

그가 내 목을 감싸고 내 입술을 덮으며 키스했다. 그의 혀가 입속으로 들어와 나를 음미하는 사이에 모든 생각이 멈춰버렸다. 그가 나를 놓아주었을 때는 숨도 쉴 수 없을 정도였다.

"안녕, 앤젤."

그가 거칠게 말했다.

"와우."

그의 입술이 빙긋 굽었다.

"어머니와의 점심은 어땠어?"

나는 낮게 신음했다.

"좋았다는 뜻이지?"

그가 내 손을 잡았다.

"얘기해봐."

"모르겠어요. 좀 이상했어요."

앙구스가 운전석에 타고 차를 출발시켰다.

"이상했다고?"

기데온이 재촉했다.

"거북했다는 뜻인가?"

"둘 다요."

교통체증 때문에 속도가 줄어들자 나는 차창 너머로 도시를 바라보았다. 인도는 사람들로 북적거렸지만 다들 빠른 속도로 움직이고 있었다. 꽉 막혀 움직이지 않는 것은 자동차들이었다.

"엄마는 너무 돈에 집착해요. 뭐, 새로운 일은 아니죠. 엄마가 경제적 안정을 우선시하는 게 상식인 듯 구는 걸 하루 이틀 본 것도 아니니까요. 하지만 오늘은 뭐랄까……. 엄마가 왠지 서글퍼 보였어요. 체념이랄까."

그가 엄지손가락으로 내 손등을 부드럽게 쓰다듬었다.

"어쩌면 아버지와의 일로 죄책감을 느끼고 계신 걸지도 모르지."

"그야 당연하죠! 하지만 그게 전부가 아니에요. 뭔가 다른 게 있는 것 같은데 전혀 감을 못 잡겠어요."

"내가 알아볼까?"

나는 고개를 돌려 그의 눈을 보았다. 생각을 해보느라 즉시 대답하지 못했다.

"당신이 알아봐준다면 고맙겠죠. 하지만 왠지 기분이 별로예요. 나도 당신과 루카스 박사, 코린에 대해 알아봤지만 직접 물어보지 못하고 뒤를 캐는 것 같아 찜찜했어요."

"그럼 어머니에게 직접 여쭤봐."

그가 남자들 특유의 단도직입적인 말투로 말했다.

"물어봤어요. 엄마는 내 화가 풀리면 말해준대요."

"여자들이란."

그가 장난기 서린 따뜻한 눈빛으로 코웃음을 쳤다.

"지로는 오늘 왜 온 거죠? 그가 들를 줄 알고 있었어요?"

그가 고개를 저었다.

"결혼 생활이 엉망이 된 걸 남 탓으로 돌리고 싶은 거겠지. 내 탓으로 돌리면 편하잖아."

"남 탓은 그만하고 자기 자신이나 똑바로 하라고 해요. 그 부부는 둘 다 상담을 좀 받아야 해요."

"아니면 이혼하든가."

나는 흠칫 놀랐다.

"당신은 두 사람이 이혼하길 원해요?"

"내가 원하는 건 당신이야."

그가 가르랑거리며 내 손을 놓고는 대신 내 몸을 붙잡아 무릎 위에 눕혔다.

"악마."

"이 정도를 가지고? 내가 이번 주말에 얼마나 악마 같은 계획을 세워두었는지 알아?"

그가 열에 들뜬 눈빛으로 나를 훑어보자, 갑자기 짓궂은 생각이 떠올랐다. 키스를 하려고 그의 고개를 잡아당기려는데 순간 벤틀리가 회전하는 게 느껴지며 차 안이 캄캄해졌다.

주위를 둘러보니 자동차가 어느 주차장으로 내려가고 있었다. 두 층을 돌아 어디론가 들어가더니 갑자기 다시 바깥으로 나왔다.

다른 검은색 벤틀리 SUV 네 대가 앞뒤로 나란히 달리고 있었다.

"어떻게 된 일이죠?"

우리가 탄 자동차는 앞으로 두 대, 뒤로 두 대의 벤틀리를 거느리고 출구를 향해 달렸다.

"야바위 놀이야."

그가 내 목에 코를 비비며 말했다.

"누가 우리를 따라와요?"

"조심해서 나쁠 건 없지."

그가 내 살에 부드럽게 이를 박자, 젖꼭지가 단단해졌다. 그는 한쪽 팔로 내 허리를 받치고 엄지로 가슴 옆을 쓰다듬었다.

"이번 주말은 오직 우리 거야."

그가 풍성하고 깊은 키스로 내 입을 탐하는 사이에 벤틀리 행렬이 또 다른 주차장으로 진입했다. 주차장 안에 들어가자마자 문이 벌컥 열렸다. 무슨 일이 벌어지고 있는지 헤아리기도 전에 기데온이 나를 품에 단단히 안은 채로 자동차 밖으로 나가서 또 다른 차 뒷좌석에 올라탔다.

일 분도 안 되는 시간에 다시 도로로 진입했다. 우리 앞을 달리던 벤틀리가 다른 방향으로 트는 게 보였다.

"정신을 못 차리겠어요."

내가 말했다.

"다른 나라로 가는 거 아니었어요?"

"그럴 거야. 날 믿어."

"그래요."

그가 부드러운 눈빛으로 나를 내려다보았다.

"당신이 날 믿어줄 거라고 믿어."

더는 멈추지 않고 곧장 공항으로 갔다. 재빨리 보안 검색을 마치고 활주로로 들어갔다. 기데온과 나란히 짤막한 계단을 올라서 그의 개인 전용기에 올라탔다. 오른쪽에 소파와 테이블이, 왼쪽에 좌석이 놓여 있는 객실은 호화로웠지만 우아한 절제미가 있었다. 검은색 정장 바지에 크로스 인더스트리 로고와 에릭이라는 이름이 수놓아진 조끼를 입은 젊고 잘생긴 승무원이 다가왔다.

"어서 오세요, 크로스 씨. 트라멜 양."

에릭이 웃으며 우리를 맞았다.

"이륙 준비를 하는 사이에 마실 거라도 드릴까요?"

"크랜베리와 킹스먼으로 주세요."

내가 말했다.

"나도 같은 걸로."

기데온이 재킷을 벗어 에릭에게 건네주며 말했다. 에릭은 기데온이 조끼와 넥타이를 벗는 동안 옆에 서서 기다렸다.

나는 휘파람을 불며 이 광경을 흐뭇하게 지켜보았다.

"벌써 이 여행이 마음에 드는걸요?"

"이런, 앤젤."

기데온이 눈으로 웃으며 고개를 절레절레 흔들었다.

감색 정장을 입은 신사가 비행기 안으로 들어왔다. 그는 따뜻하게 기데온에게 인사를 건네고 나를 소개받고 악수한 다음 여권을 보여달라고 했다. 그는 올 때만큼이나 빨리 퇴장했고, 곧이어 객실 문이 닫혔다. 비행기가 활주로를 달리기 시작하자, 기데온과 나는 테이블 앞에 안전벨트를 하고 앉아서 음료를 마셨다.

"어디로 가는 거예요?"

건배하기 위해 음료 잔을 들며 물었다.

그가 크리스털 잔을 쨍강 부딪치며 말했다.

"깜짝 놀라는 쪽이 더 좋지 않아?"

"얼마나 오래 걸리느냐에 따라 달라요. 도착하기도 전에 궁금해서 미쳐버리면 어떡해요?"

"아마 너무 바빠서 궁금할 틈도 없을걸."

기데온이 빙그레 웃었다.

"비행기에도 다양한 장소가 있으니까."

"어머나."

비행기 뒤편을 돌아보았다. 작은 복도 양편으로 문이 여럿 보였는데, 하나는 화장실일 것이고 또 하나는 사무실, 나머지 하나는 침실일 것이다. 기대감이 뭉글뭉글 피어올랐다.

"얼마나 걸려요?"

"몇 시간 정도."

그가 가르랑거리자 내 발가락이 오그라들었다.

"오, 에이스. 그사이에 당신을 위해 많은 일을 할 수 있겠군요."

그가 고개를 저었다.

"잊었어? 이번 주말은 내가 원하는 방식으로 당신을 가지기로 했잖아. 그건 거래였어."

"우리 여행이요? 불공평해요."

"지난번에도 그렇게 말했지."

"지난번에도 불공평했으니까."

그가 더 활짝 웃으며 음료를 들이켰다.

"자리에서 일어나도 좋다는 기장의 승낙이 떨어지면, 당신은 곧장 침실로 가서 옷을 다 벗어버리고 침대에 누워서 날 기다려."

나는 한쪽 눈썹을 추켜세웠다.

"당신이 덮치러 올 때까지 내가 벌거벗고 기다리는 걸 무척 좋아하는군요."

"좋아하고말고. 그 반대가 당신의 환상이지 않았나?"

"흠."

음료를 마저 마시면서 차가운 보드카가 부드럽게 목을 넘어가서 뱃속을 뜨겁게 달구는 느낌을 음미했다.

비행기가 이륙하고 안정적인 항로에 들어서자 기장이 객실 안을 돌아다녀도 좋다고 짧게 안내방송을 했다.

기데온이 '자, 이제 시작하지?'라는 표정으로 나를 보았다.

갸름한 눈으로 그를 살짝 노려보며 음료를 들고 자리에서 일어났다. 일부러 뜸을 들이며 그를 자극했다. 그러면서 나 자신도 점점 더 흥분을 더해갔다. 나는 그의 통제 안에 들어가는 것을 정말로 좋아했다. 나로 인해 이성을 잃어가는 그의 모습을 지켜보는 것도 좋았지만, 나를 달아오르게 하는 주범은 역시 그의 통제력이었다. 나는 그의 통제력이 얼마나 절대적일 수 있는지 알았다. 그 통제력 덕분에 나는 그를 완벽하게 믿을 수 있었다. 그러니 그가 내게 통제력을 발휘하겠다고 나서는 걸 나로선 굳이 거부할 이유가 없었다.

그 확신이 곧바로 시험에 들 줄은 정말로 몰랐다. 침실에 들어섰을 때 하얀 시트 위에 가지런히 놓인 빨간색 실크와 가죽 수갑을 보고 깨달았다.

고개를 돌렸을 때 기데온은 벌써 사라지고 없었다. 그가 남기고 간 테이블 위의 빈 잔 속에서 사각 얼음만 다이아몬드처럼 빛나고 있었다.

심장이 덜컥 내려앉았다. 침실로 들어가 남은 음료를 한꺼번에 들이켰다. 기데온이 아니라면 섹스 도중 구속당하는 것을 참을 수 없을 것이다. 그는 묵직한 근육질 몸이나 손으로 종종 나를 구속했다. 우리는 그 이상을 넘어간 적이 없었다. 그 이상을 감당할 수 있을지 확신도 없었다.

떨리는 손으로 침대 옆 작은 탁자에 빈 잔을 내려놓았다. 공포 때문인지 흥분 때문인지 알 수가 없었다.

기데온이 나를 아프게 할 리 없었다. 그동안 그는 내가 겁을 먹지 않게끔 세세하게 신경을 써왔다. 그런데 만약 내가 그를 실망시킨다면? 그가 원하는 것을 주지 못한다면? 전에도 그는 구속에 대해 언급한 적이 있었다. 나를 완전히 구속한 상태에서 내 몸을 활짝 벌리고 자기 맘대로 탐하는 게 그가 품은 환상 중 하나라고 말한 적이 있다. 그 욕망을, 완전하고도 노골적인 소유욕을 느끼고 싶은 그 마음을 충분히 이해했다. 나 역시 그를 향해 그런 마음을 품었으니까.

느리고 조심스럽게 옷을 벗었다. 벌써 내 맥박은 지나치게 빨리 뛰고 있었다. 말 그대로 숨을 헐떡였고, 고통스러울 정도로 날카로운 기대감에 몸서리쳤다. 조그만 옷장에 옷을 걸어놓고 높은 침대 위로 조심스럽게 올라갔다. 주저하고 머뭇거리며 손에 수갑을 차려는데 기데온이 침실로 들어왔다.

"누워 있으라고 했잖아."

그가 등 뒤로 문을 잠그며 부드럽게 말했다.

나는 수갑을 들어 올렸다.

"당신을 위해 맞춤 제작한 거야."

그가 셔츠 단추를 풀며 다가왔다.

"붉은색은 당신의 빛깔이잖아."

기데온도 나만큼이나 천천히 옷을 벗어서 하나씩 드러나는 살갗을 낱낱이 감상할 기회를 주었다. 검게 그을린 매끄러운 실크 같은 피부 아래에서 꿈틀대는 근육은 최음제나 다름없었다.

"이런 걸 할 준비가 되어 있는지 모르겠어요."

내가 말했다.

그가 바지를 벗으며 내 얼굴을 물끄러미 쳐다보다가 검정색 팬티 앞섶을 불룩하게 내민 채로 대답했다.

"당신이 감당할 수 없는 일은 절대로 하지 않아. 약속할게."

깊은숨을 들이마시고 침대 위에 반듯이 누워 배 위에 수갑을 올려놓았다. 그가 얼굴 가득 욕정을 품고 내게 다가왔다. 내 옆에 자리를 잡고 앉아서 내 손을 잡아끌더니 손목에 입을 맞추었다.

"맥박이 마구 뛰고 있군."

뭐라고 말해야 할지 알 수 없어서 고개만 끄덕였다.

그가 수갑을 집어들고 가죽으로 만든 손목대를 서로 연결하는 선홍빛 실크 줄을 풀었다.

"묶이면 굴복하는 데 도움이 되겠지만 말 그대로 묶을 필요는 없어. 기분을 내기에는 이 정도로 충분해."

그가 줄을 풀어놓자 뱃속이 떨렸다. 그가 한쪽 수갑을 허벅지에 내려놓고 나머지 한쪽 수갑을 들어 올리며 말했다.

"손목을 줘봐, 앤젤."

그를 향해 손을 뻗었다. 그가 손목에 맞게 가죽 수갑을 조이자 숨결이 떨려 나왔다. 퍼덕이는 맥박에 원초적인 물질이 닿는 게 느껴지자 놀랍도록 흥분되었다.

"너무 조이지는 않지?"

"네."

"계속 의식할 정도로 마찰력은 느껴지되 아파서는 안 돼."

나는 침을 꿀꺽 삼켰다.

"아프지 않아요."

"좋아."

그가 반대편 손목도 비슷하게 묶고는 자신의 예술작품을 찬탄하는 표정으로 내려다보았다.

"아름다워."

그가 중얼거렸다.

"당신을 처음 가졌던 날, 당신이 입었던 붉은색 드레스를 떠올려봐. 정말이지 완벽하게 어울렸지. 난 당신에게 모든 걸 빼겼는데 여태 보상을 받지 못했어."

"기데온."

그의 사랑과 욕망이 보내는 온기에 걱정이 눈 녹듯이 사라졌다. 나는 그에게 소중한 사람이었으므로 내가 감당할 수 있는 정도를 넘어서지는 않을 것이다.

"손을 들어 베개 양옆을 잡아."

그가 명령했다.

나는 그의 말대로 했다. 손목을 조이는 느낌 때문에 수갑의 존재를 한층 더 의식하게 되었다. 정말로 묶인 느낌이 들었다. *포로로 사로잡힌 느낌.*

"느껴져?"

그가 이렇게 물어본 순간, 그게 무엇인지 단박에 이해했다.

나는 마음이 아플 정도로 그를 사랑했다.

"네."

"잠시 후 눈을 감으라고 할 거야."

그는 마지막으로 남은 옷을 벗어 던지며 계속 말을 이어갔다. 흥분으로 묵직해진 굵은 페니스가 자기 무게를 이기지 못하고 까딱거렸고, 넓은 귀두는 새어 나온 정액으로 번들거리고 있었다. 굶주림이 고동치며 입안에 침이 고였다. 그는 벌써 나 때문에 후끈 달아올라 탐욕스러워져 있었지만 침착한 목소리나 차분한 태도만으로는 짐작할 수도 없었다.

그의 완벽한 구속력에 내 몸이 촉촉이 젖어들었다. 기데온은 내가 지닌 모든 것 가운데 단연 최고였다. 나를 맹렬히 원할 때면 당장 그 품에 뛰어들어 안정감을 느끼고 싶었지만, 그는 나를 지나치게 압도하지 않으려는 냉정한 자제심도 갖추고 있었다.

"가능하면 계속 눈을 감고 있어."

그가 낮고 부드러운 목소리로 계속 말했다.

"너무 과하다 싶으면 눈을 떠도 좋아. 하지만 그 전에 세이프 워드부터 말해야 해."

"알았어요."

그가 실크 줄을 들어 내 몸 위에 올려놓았다. 줄 끝에 달린 금속 고리가 가슴에 차갑게 닿자, 가슴 끝이 오그라드는 것 같았다.

"분명히 해둘 게 있어, 에바. 세이프 워드는 날 위한 게 아니라 당신을 위한 거야. 안 돼, 혹은 멈춰라고 말해도 충분하겠지만, 속박의 느낌을 주기 위해 수갑을 찬 것처럼 세이프 워드를 말하는 순간 당신의 마음도 편안해질 거야. 이해해?"

나는 고개를 끄덕였다. 한결 편안해지고 의욕이 샘솟았다.

"눈을 감아."

곧바로 그의 지시에 따랐다. 눈을 감자마자 손목의 압박감이 날카롭게 느껴졌다. 비행기 엔진이 웅웅거리며 떠는 소리가 훨씬 뚜렷하게 들려왔다. 입술이 벌어지고 숨이 가빠졌다. 실크 줄이 가슴골을 지나 반대편 가슴으로 미끄러졌다.

"당신은 정말 아름다워, 앤젤. 완벽해. 이런 당신을 볼 때마다 내게 어떤 일이 벌어지는지 당신은 모를 거야."

"기데온."

그를 향한 절박한 사랑을 느끼며 속삭였다.

"말해줘요."

그가 손가락을 쫙 벌려 내 목을 어루만지다가 천천히 가슴 쪽으로 내려왔다.

"내 심장은 당신만큼이나 빨리 뛰어."

나는 허리를 활처럼 굽히며 간지러운 그의 촉감 아래 몸을 떨었다.

"아아, 좋아요."

"거기가 너무 딱딱해져서 아플 지경이야."

"난 흠뻑 젖었어요."

"보여줘."

그가 거칠게 말했다.

"다리를 벌려."

그가 갈라진 내 틈 사이로 손가락을 밀어넣었다.

"그래. 매끄럽고 뜨겁군, 앤젤."

굶주림에 사로잡힌 내 여성이 팽팽히 조이며 그의 손길에 온몸으로 반응했다.

"아아, 에바. 당신은 누구보다 탐욕스러운 그곳을 가졌어. 남은 평생 이곳을 만족시키며 살고 싶어."

"지금 당장 시작해요."

그가 부드럽게 웃으며 말했다.

"당신 입부터 시작할 거야. 비행 시간 내내 뒹굴려면 우선 당신이 먼저 날 힘껏 빨아줘야겠어."

"오, 맙소사."

나는 신음했다.

"설마 열 시간쯤 날아가는 건 아니죠?"

"엉덩이 좀 맞아야겠어."

그가 가르랑거렸다.

"난 착한 아이예요!"

그가 침대로 올라오자 매트리스가 푹 꺼졌다. 그가 다가와 내 어깨 옆에 무릎을 꿇고 앉는 게 느껴졌다.

"그럼 착한 짓을 해봐, 에바. 이쪽으로 고개 돌리고 입을 벌려."

그의 말을 열심히 따랐다. 비단처럼 매끄러운 귀두가 입술 위에 닿는 것을 느끼자 입을 더 크게 벌리고 쾌락의 충격으로 그가 뱉어내는 신음까지 삼켰다. 그가 내 머리카락 속으로 손가락을 밀어 넣더니 손바닥으로 머리를 받치고 원하는 각도로 내 머리를 고정했다.

"맙소사."

그가 헐떡였다.

"당신은 입까지 탐욕스럽군."

양손을 치켜들고 베개 끝을 붙잡은 채 반듯이 누워 있는 자세에서는 두꺼운 귀두 부분 이상을 삼킬 수가 없었다. 기데온에게 집중하는 기쁨을 느끼며 혀끝으로 민감한 구멍 위를 핥았다. 입을 통한 애무는 사실 그를 위한 게 아니라 나를 위한 일이었다.

"바로 그거야."

그가 내 입에 대고 엉덩이를 흔들며 말했다.

"그렇게 핥아줘. 아아, 좋아, 앤젤. 당신 때문에 곧바로 절정에 오를 것 같아."

짝을 향한 본능적인 반응으로 그의 향기를 들이마셨다. 온몸의 감각을 기데온에게 집중한 채 우리의 쾌락을 위해 나 자신을 송두리째 바쳤다.

어디에선가 뚝 떨어지는 꿈을 꾸다가 몸이 흔들리는 것을 느끼며 잠에서 깨어났다.

놀란 가슴에 심장이 두근거렸지만, 곧 난기류 때문에 비행기가 순식간에 밑으로 낙하했다는 것을 깨달았다. 나는 무사했고 내 옆에 잠든 기데온도 괜찮았다. 곯아떨어진 그의 모습을 보니 웃음이 나왔다. 그는 격렬한 정사를 나눈 뒤 절정에 이르고 싶은 욕구로 거의 제정신이 아니었던 내게 마지막으로 오르가슴을 안겨주었다. 나도 기절 직전의 상태였는데, 그가 나가떨어지는 것은 당연했다.

시계를 보니 거의 세 시간째 비행 중이었다. 20분 남짓 잠들어 있었던 것 같은데, 그렇다면 그는 두 시간 가까이 내 몸을 탐했던 것이다. 아직도 굵직한 그의 페니스가 내 몸 안팎을 넘나들며 민감한 부위들을 문지르고 치댔던 게 고스란히 느껴졌다.

그를 깨우지 않으려고 조심스럽게 침대를 빠져나와 방에 딸린 화장실로 들어갔다.

검은색 목재와 크롬으로 장식한 화장실은 남성적이면서 동시에 우아했다. 팔걸이가 달린 변기는 왕좌처럼 보였고 뿌연 유리를 통해 햇빛이 들어오고 있었다. 샤워 부스에 매우 유혹적인 모양의 샤워기가 달려 있었지만, 나는 아직도 선홍빛의 수갑을 찬 상태라 볼일을 보고 손만 씻고는 서랍에서 핸드크림을 찾아냈다.

핸드크림에서 은은하지만 굉장한 향기가 풍겼다. 크림을 바르던 중 짓궂은 생각이 떠올라서 그대로 크림을 들고 침실로 돌아갔다.

침대 위에 숨이 멎을 정도로 놀라운 광경이 펼쳐져 있었다.

기데온이 퀸사이즈 침대가 작아 보일 만큼 아름다운 황금빛 몸을 쭉 뻗고 누워 있었다. 한쪽 팔은 머리 위로 들어 올리고 다른 팔은 가슴 근육 위를 가로질렀다. 한쪽 다리는 옆으로 벌어진 채 굽어 있고 반대편 다리는 매트리스 끝까지 뻗어 있었다. 묵직한 페니스가 아랫배 위로 걸쳐져 있었는데 귀두가 배꼽에 닿을락 말락 했다.

맙소사. 그는 지독히 웅장하고 강력한 남성미를 온몸으로

뿜어내고 있었다. 그의 육체는 육체적 힘과 우아미에 관한 연구 대상이었다.

그런 그를 내가 무릎 꿇게 할 수 있다니, 황송한 기분이 들었다.

침대로 올라가자 그가 잠에서 깨어나 눈을 깜박이며 나를 보았다.

"안녕."

그가 무뚝뚝하게 말했다.

"이리 와."

"사랑해요."

바깥으로 쭉 뻗은 그의 팔에 안기며 속삭였다. 그의 살갗이 따뜻한 실크 같다고 느끼며 그의 품속으로 깊이 파고들었다.

"에바."

그가 내 입을 찾아 달콤하면서도 굶주림에 시달린 키스를 했다.

"나, 아직 안 끝났어."

나는 용기를 내어 큰 숨을 들이마시고 그의 배 위에 핸드크림을 올려놓았다.

"나, 당신 안으로 들어가고 싶어요, 에이스."

그가 얼굴을 찌푸리며 아래를 보다가 흠칫 굳었다. 그의 호흡에 변화가 느껴질 정도였다.

"이건 우리 거래 사항이 아니잖아."

그가 조심스럽게 말했다.

"거래에 수정이 필요해요. 게다가 아직 금요일이니까 본격적인 주말이 시작된 것도 아니에요."

"에바."

"생각만 해도 후끈 달아올라요."

두 다리로 그의 허벅지를 감고 문질러대며 내가 얼마나 젖어 있는지를 느끼게 해주었다. 민감한 속살에 그의 거친 털이 닿자 신음이 새어 나왔다. 나 자신이 과감하고도 짓궂게 굴고 있다는 생각에 흥분이 고조되었다.

"당신이 멈추라고 하면 멈출게요. 허락해줘요."

그가 소리가 들리도록 이를 갈았다.

나는 그의 몸에 내 몸을 지그시 누르며 그에게 키스했다. 기데온은 나를 설득해서 새로운 것을 시도하고 경험하게 했다. 그러나 정작 그는 말로 하는 설득이 통하지 않을 때가 많았고, 오히려 이성의 스위치를 끄는 게 정답이었다.

"앤젤……."

그가 지나치게 의식하지 않도록 핸드크림을 옆으로 밀쳐두고 그의 몸을 타고 올랐다. 내가 그를 새로운 세계로 인도하게 될지라도 둘 다 그 일을 과도하게 생각하는 것은 원치 않았다. 또 자연스럽지 않은 일은 하고 싶지 않았다. 둘이 함께 있는 소중한 시간을 괜한 일로 망칠 수는 없으니까.

그의 가슴을 부드럽게 쓰다듬고 어루만지며 내 사랑을, 내가 그를 얼마나 숭배하는지를 느끼게 했다. 그를 위해서라면, 그를 포기하는 것 말고는 못할 일이 없었다.

그가 한 손으로 내 머리를, 또 한 손으로 내 허리를 붙잡고 가까이 끌어당기더니 입을 벌리고 혀를 날름거리며 내 입을 찾았다. 그를 위해 고개의 각도를 조절하며 깊은 키스 속으로 빠져들었다.

두 육체 사이에서 그의 페니스가 굵고 단단해지며 내 배에 닿는 게 느껴졌다. 그가 엉덩이를 한껏 밀어붙이며 우리 사이의 압력을 키우고 내 입에 대고 신음을 뱉어냈다.

그의 뺨에서 목까지 핥으며 짭짤한 살의 맛을 음미했다. 리드미컬하게 움직이며 그의 몸에 잇자국을 냈다. 그가 내 목을 잡은 손을 놓고 나를 한층 더 가까이 끌어당기더니 내 입술에 쾌락의 거친 신음을 토해냈다.

나는 몸을 뒤로 젖히고 그의 몸에 남긴 붉은색 키스 마크를 내려다보았다.

"당신은 내 거야."

내가 속삭였다.

"나는 당신 거야."

그가 뜨겁게 달아오른 몸으로 눈을 게슴츠레하게 뜨고 갈라진 목소리로 맹세했다.

"낱낱이 내 거야."

나는 조금 더 아래로 움직여 납작한 젖꼭지 둘레를 감질나게 핥았다. 작은 젖꼭지를 핥다가 주위를 둥글게 깃털처럼 가볍게 핥다가 이내 입에 삼키고 빨아댔다.

빰이 홀쭉해질 만큼 힘을 주어 빨아대자, 기데온이 쉭쉭 거친 숨을 토해내며 양손을 늘어뜨리고 시트 자락을 움켜쥐었다.

"안팎 모두가 내 거야."

나지막이 속삭이고 반대편 젖꼭지로 옮겨 가서 관심을 쏟아부었다.

잔뜩 긴장한 그의 몸 아래쪽으로 더 내려가자 그의 페니스가 더 단단해지는 게 느껴졌다. 배꼽 언저리를 혀로 핥자 그가 격렬하게 몸을 뒤틀었다.

"쉿."

고동치는 그의 페니스에 빰을 문지르며 그를 달랬다.

잠들기 전의 정사를 마치고 샤워를 한 뒤라 그에게서 깨끗하고도 기분 좋은 냄새가 풍겼다. 그의 다리 사이에 음낭이 묵직하게 매달려 있었고, 꼼꼼한 손질 덕분에 매끄러운 살이 드러나 있었다. 나는 그의 살이 나만큼 매끄럽고 부드러운 게 정말 좋았다. 그가 내 안에 들어올 때면 모든 면에서 완벽하게 결합했고, 살과 살이 닿는 감촉 덕분에 온몸의 감각이 한층 더 고조되었다.

그의 허벅지 안쪽에 양손을 대고 다리를 더 넓게 벌려 편안하게 앉을 자리를 확보한 다음 팽팽해진 음낭의 솔기를 따라 혀를 놀렸다.

기데온이 으르릉거렸다. 길들지 않은 짐승 같은 그 소리에 순간 걱정이 피어올랐다. 하지만 나는 멈추지 않았다. 멈출 수가 없었다. 그를 몹시 원했다.

오직 입만을 이용해 그를 숭배하듯이 부드럽고 간절하게 핥으며 애무했다. 그리고 엄지 안쪽으로 그의 음낭을 들어 올리고 그 아래의 민감한 살에 접근했다. 순간, 그의 음낭이 바짝 졸아들었다. 나는 조금 더 아래로 혀를 움직여 궁극적인 목표 지점을 향해 탐험을 시작했다.

"에바, 그만."

그가 헐떡거렸다.

"난 못 해. 그만해."

나는 한 손으로 그의 페니스를 잡고 어루만지며 애무를 계속했다. 그는 여전히 생각을 많이 하고 있었고, 지금 벌어지는 일보다 앞으로 벌어질 일에 집중하고 있었다.

그의 관심을 다른 데로 돌릴 방법이 생각났다.

"우리 이거 같이해요, 에이스."

나는 자세를 바꾸어 그의 몸 위에 거꾸로 올라탔다.

내가 균형을 제대로 잡기도 전에 그가 내 엉덩이를 움켜쥐고 나의 여성을 자기 입 쪽으로 쭉 잡아당겼다. 놀라서 비명을 지르는 사이, 어느새 그가 내 클리토리스를 입에 넣고 탐욕스럽게 빨기 시작했다. 클리토리스는 그를 애무하면서 이미 민감하게 부풀어 오른 터라 갑작스럽게 찾아온 쾌락을 참을 수가 없었다. 그는 거칠었고 게걸스러웠으며 좌절감과 두려움 탓에 한껏 뜨겁게 달아올라 있었다.

나는 보답처럼 그의 페니스를 입에 물었다.

잔뜩 성이 난 페니스 끝 부분을 열심히 빨고 있을 때 내 클리토리스를 향해 그의 뜨거운 신음이 울려 퍼졌고, 나는 거의 절정에 이를 뻔했다. 그의 손가락이 아플 정도로 내 엉덩이 살을 파고들었다.

이 순간이 정말로 좋았다. 그는 무장해제되고 있었다. 정작 그는 그 의미를 두려워하고 있겠지만, 나는 짜릿한 전율을 느꼈다. 그는 나와 함께하는 자신을 신뢰하지 않았지만, 나는 그를 신뢰했다. 우리가 함께 눈물과 피를 흘리며 열심히 노력해 거머쥔 신뢰였기에 나는 내 생애 그 어떤 것보다 우리 사이의 신뢰를 가치 있게 여겼다.

그의 페니스를 꼭 쥐고 주물러 미리 정액을 짜냈다. 그의 몸이 후드득 떨리고 있다는 것을 깨닫자마자 그가 몸을 비틀어 두 개의 육체가 포개져 있는 자세에서 옆으로 누운 자세로 바꾸었다.

그가 내 그곳 깊숙이 혀를 밀어 넣고 빠르고도 거침없이 나를 탐하며 절정을 향해 마구 내달렸다. 굵은 페니스를 입에 넣고 위아래로 마구 빨아대며 동시에 손끝으로 그의 항문 주름을 만졌다. 그가 몸을 떨며 낮게 신음을 뱉어내자 땀으로 흠뻑 젖은 내 살갗에 소름이 돋았다.

열심히 움직이는 그의 입에 매끄러운 내 여성을 고정하고 마찰 없이 엉덩이를 돌렸다. 내 중심부 깊은 곳이 쾌락으로 마구 떨렸고 내 입에서는 미친 듯한 신음이 터져 나왔다. 그는 혀만으로 나를 거침없이 탐하며 절정을 향해 나를 끝까지 밀어붙였다.

그때 내 항문 입구에 그의 손끝이 닿아오는 게 느껴졌다. 나는 바닥을 더듬거리며 핸드크림을 찾았다.

기데온이 스스로 만족을 원하는 표시로 내 손에 핸드크림을 쥐어주었다.

핸드크림 뚜껑을 열기도 전에 그의 손가락이 내 안으로 밀고 들어왔다. 나는 예상치 못한 그의 돌진에 등을 활처럼 뒤로 굽히며 그의 이름을 불렀다. 그는 내게 핸드크림을 건네기 전에 미리 자기 손가락에 크림을 발라두었던 것이다.

잠시 그에게 압도당했다. 나의 모든 곳에 그가 있었다. 내 몸속에도, 내 몸 위에도, 내 몸 주위에도 그가 있었다. 그리고 그는 부드럽지 않았다. 내 뒤쪽을 찌르고 들어왔다 나가기를 반복하며 나를 탐하는 그의 손가락에는 강력한 힘과 분노의 기미가 묻어 있었다. 내가 그를 원치 않는 곳까지 밀어붙이며 벅찬 쾌락을 안겨준 것에 대해 나를 벌주고 있었다.

내 쪽이 더 부드러웠다. 나는 입을 벌리고 다시 그의 페니스를 빨았다. 손가락에 핸드크림을 바르고 따뜻한 체온이 묻어날 때까지 기다렸다가 그의 살갗에 대고 문질렀다. 그리고 그가 밖으로 힘을 주어 구멍을 활짝 벌릴 때까지 기다렸다가 손가락 하나만 안으로 밀어 넣었다.

한 번도 들어보지 못한 소리가 그의 입 밖으로 빠져나왔다. 상처받은 짐승의 울음소리 같으면서도 영혼 깊이 고통이 새겨진 신음이었다. 그는 그대로 동작을 멈추고 내 그곳에 뜨거운 숨을 토해내더니 내 몸 깊숙이 손가락을 묻은 상태로 단단한 몸을 마구 떨었다.

나는 그의 페니스에서 입을 떼고 속삭였다.

"난 당신 안에 있어요, 베이비. 아주 잘하고 있어요. 당신도 나처럼 기분 좋게 해줄게요."

손가락을 조금 더 깊숙이 밀어 넣어 손끝을 그의 전립선 위로 미끄러트리자, 그가 거칠게 헐떡였다.

"에바!"

그의 페니스가 한층 더 부풀어 오르며 벌겋게 변하더니, 음경을 따라 굵은 핏줄이 불거지면서 아랫배에 정액이 떨어지기 시작했다. 그의 성기는 돌처럼 단단했고 배꼽 방향으로 굽어 있었다. 이토록 흥분한 그의 모습이 처음이라서 나 역시 그 어느 때보다 뜨겁게 달아올랐다.

"내가 당신을 가졌어요."

그의 몸 안쪽에서 손가락을 부드럽게 움직이며 동시에 날뛰는 페니스를 입으로 핥았다.

"당신을 정말 사랑해요, 기데온. 이렇게 당신을 만지고……,

이렇게 당신을 보는 게 정말 좋아요."

"아아, 맙소사."

그가 격렬하게 몸을 떨었다.

"날 삼켜버려, 앤젤. 지금!"

그가 소리치자 나는 다시 그의 페니스를 빨았다.

"세게."

그의 페니스를 삼키고 마구 빨아대면서 동시에 뒤쪽 깊숙이 집어넣은 손가락을 움직였다. 그가 마구 욕설을 내뱉고 몸을 뒤틀며 온몸으로 감각의 폭발과 싸웠다. 그의 손이 내 몸을 떠나고 커다란 체구가 활처럼 뒤로 휘었지만, 나는 입술과 손으로 그를 붙들고 계속해서 그를 몰아붙였다.

"아아, 제기랄."

그가 주먹으로 시트를 움켜쥐며 흐느꼈다. 찢어지는 듯한 울음이 닫힌 공간 안에 가득 울려 퍼졌다.

"그만해, 에바. 더는 안 돼. 제기랄!"

페니스를 거칠게 훑으며 동시에 안쪽에 압력을 가하자, 그가 엄청난 힘으로 사정을 시작했다. 뜨거운 정액 줄기에 숨이 막힐 정도였다. 내 입안 가득 정액이 넘쳐나서 뒤로 물러나자 그의 배와 내 가슴에 정액이 쏟아졌다. 몇 시간 전에 두 번이나 사정한 사람이라고는 믿을 수 없을 만큼 세찬 분출이었다. 손끝에 수축하는 힘이 느껴졌다. 페니스 끝으로 정액을 분출하면서 움찔대는 근육의 힘이었다.

그의 움직임이 멈추고 나서야 그에게서 손을 빼고 몸을 돌려 그를 끌어안았다. 우리는 흥건한 땀으로 끈적거렸지만, 그런 것은 별로 중요하지 않다는 사실이 정말 좋았다.

기데온이 축축한 얼굴을 내 가슴에 묻고 울음을 터뜨렸다.

19

기데온이 선택한 여행지는 한마디로 천국이었다. 비행기는 윈드워드 제도(서인도제도 동남부—옮긴이) 상공에 도착해서 고요한 카리브 해의 아름다운 푸른빛 물 위를 낮게 날다가 최종 목적지인 크로스윈드 리조트 근처의 개인 공항에 도착했다.

비행기가 착륙할 당시 우리는 약간 정신을 잃은 상태였다. 어쨌든 기데온은 생애 최고의 오르가슴을 경험한 직후였으니까. 우리는 젖은 머리카락으로 양손을 꼭 맞잡고 여권에 입국도장을 받았다. 우리끼리도, 다른 사람에게도 말을 거의 하지 않았다. 둘 다 얼얼한 상태였다.

대기 중인 리무진에 타자마자 기데온은 독한 술을 한잔 들이켰다. 그는 얼굴에 아무런 감정도 드러내지 않고 줄곧 방어 자세를 취했다. 그가 조용히 크리스털 잔을 들어 올리는 것으로 질문을 대신했을 때, 나는 고개를 좌우로 흔들었다.

그가 내 옆자리에 앉아 내 어깨에 한쪽 팔을 둘렀다.

나는 그의 무릎 위에 두 다리를 올리고 그의 품으로 파고들었다.

"우리, 괜찮은 거죠?"

그가 내 이마에 입을 맞추었다.

"그럼."

"사랑해요."

"나도 알아."

그가 술을 한꺼번에 들이켜고 빈 잔을 컵 홀더에 내려놓았다.

공항에서 리조트까지 가는 긴 시간 동안 우리는 아무 말도 하지 않았다. 리조트에 도착했을 때는 날이 저물었지만 탁 트인 넓은 로비는 조명으로 환하게 밝혀져 있었다. 가장자리에 풍성한 화분이 놓였고, 검은색 목재와 색색의 도자기 타일로 장식된 프런트 데스크가 느긋하고 우아한 스타일로 손님을 맞고 있었다.

호텔 지배인이 회전문 앞까지 나와서 우리를 기다리고 있었다. 지배인은 미소가 화사하고 깨끗한 인상을 풍겼다. 기데온을 손님으로 모시게 된 것을 몹시 영광으로 생각하는 것 같았는데, 기데온이 클로드라는 자신의 이름을 기억하고 있자 두 배로 흥분했다.

클로드의 활기찬 인사를 받고, 서로 단단히 손을 잡은 채 그를 따라갔다. 기데온의 모습만 보면 불과 한 시간 전까지만 해도 우리가 얼마나 친밀하고 은밀했던지 짐작조차 할 수 없었다. 내 머리카락이 흩어진 빗자루처럼 말라가는 동안에도 그는 여전히 매혹적이고 섹시해 보였다. 그의 정장은 완벽하게 다림질되어 그의 몸에 딱 들어맞았지만, 하루를 보낸 내 드레스는 어딘가 후줄근해 보였다. 화장은 샤워로 씻겨 내려간 지 오래였고, 창백한 얼굴에는 눈 밑 그늘이 짙게 내려와 있었다.

그러나 내 허리에 손을 올리고 나를 앞세워 호텔 방으로 이끄는 그의 모습을 보면 나를 향한 소유욕이 분명히 보였다. 그는 나에게 안전하다는 느낌, 인정받는다는 느낌을 안겨주었다. 그런 태도는 내 모습이 최고가 아닐 때조차도 언제나 한결같았다.

바로 그런 점 때문에 그를 사랑했다.

다만 그가 너무 조용하지 않기를 바랐다. 아무 말도 없으니 걱정이 되었다. 혹시 그가 그만하라고 두 번이나 말했는데도 내가 계속 밀어붙여서 화가 난 것은 아닐까? 그가 더 큰 쾌락을 위해 원했던 게 무엇이었는지 내가 어떻게 알았겠는가?

지배인이 기데온과 계속 대화를 나누는 사이, 나는 거대한 거실 안을 천천히 둘러보았다. 거실에는 탁 트인 테라스가 딸려 있었고 대나무 돗자리를 깐 바닥에 흰색 소파가 놓여 있었다. 안방 침실도 마찬가지로 인상적이었다. 커다란 침대에 모기장이 처져 있고 안방에 딸린 테라스는 개인 수영장으로 연결되었다. 수영장은 바다 일부처럼 보이도록 마감되어 있었다.

따스한 바람이 불어와 얼굴을 어루만지고 머리카락을 쓸어 넘겼다. 달이 떠오르면서 바다 위로 긴 꼬리를 드리웠고 멀리서 웃음소리와 레게 음악이 들려왔다. 왠지 모를 쓸쓸함이 느껴졌다.

기데온이 불편해하면 어떤 것도 달갑지가 않았다.

“마음에 들어?”

기데온이 조용히 물었다.

그를 향해 돌아서는데 현관문 닫히는 소리가 들렸다.

“환상적이에요.”

그가 짤막하게 고개를 끄덕였다.

“저녁 식사를 주문했어. 틸라피아와 쌀밥, 신선한 과일과 치즈야.”

“멋져요. 배고파요.”

“옷장과 서랍에 당신 옷이 있어. 비키니도 있지만, 수영장도, 해변도 개인 전용이니까 싫으면 안 입어도 돼. 필요한 게 있으면 알려줘. 준비시킬게.”

약간의 거리감을 느끼며 그를 물끄러미 바라보았다. 어둑한 조명과 침대 옆 테이블 램프에서 쏟아지는 부드러운 빛 속에서 그의 눈이 반짝이고 있었다. 그는 왠지 날카로웠고 멀었다. 목 뒤에서 울음이 비어져 나오려고 했다.

“기데온…….”

그를 향해 손을 내밀었다.

"혹시 내가 실수했어요? 뭘 잘못했나요?"

그가 한숨을 쉬었다. 그가 가까이 다가와 내 손을 잡고 자기 입술로 가져갔다. 나를 보는 게 힘들다는 듯 그의 시선이 살짝 비켜가는 게 보였다. 뱃속에서 메스꺼움이 느껴졌다.

"크로스파이어."

그 한마디가 너무 느리게 나와서 하마터면 상상이라고 생각할 뻔했다. 그가 나를 품 안으로 끌어당겨 달콤하게 입을 맞추었다.

"에이스."

까치발을 딛고 서서 그의 목 뒤를 감싸고 내가 가진 모든 것을 동원해 화답의 키스를 했다.

그는 평소보다 빨리 뒤로 물러났다.

"저녁 식사가 오기 전에 얼른 옷부터 갈아입자. 가벼운 옷으로 갈아입어야 살 것 같아."

나는 마지못해 뒤로 물러났다. 정장 차림이 덥다는 것은 알았지만 뭔가 어긋났다는 느낌을 지울 수가 없었다. 기데온이 옷을 갈아입으러 다른 방으로 가는 것을 보고 우리가 같은 침실을 쓰지 않을 것을 깨달았을 때, 그 느낌은 더욱 강해졌다.

옷방으로 들어가 구두를 벗어 던졌다. 주말여행치고 옷이 너무 많았다. 대부분 흰색이었다. 기데온은 내가 흰색 옷을 입는 것을 좋아했다. 아마 자신의 천사라고 생각하기 때문인 것 같았다.

지금도 여전히 나를 천사로 생각할까? 아니면 악마일까? 그가 잊고 싶은 악마를 불러들인 이기적이고 못된 여자.

간편한 검은색 면 슬립 원피스로 갈아입었다. 장례식 같은 내 기분에 어울리는 옷이었다. 우리 사이에 뭔가가 죽어버렸다는 느낌이 들었다.

기데온과 나의 관계는 전에도 여러 번 비틀거렸지만, 이 정도로 내쳐졌다는 느낌을 받은 적은 없었다. 이 정도의 불편함과 불안감이라니.

다른 남자들에게서 이런 감정을 느낀 적이 있었다. 당시 그들은 다시는 나를 만나고 싶지 않다고 말할 준비를 하고 있었다.

저녁 식사가 도착해서 전용 해변이 내려다보이는 테라스의 테이블 위에 깔끔하게 차려졌다. 모래밭 한편의 흰색 방갈로를 보니, 물가의 긴 의자 위에서 우리 둘이 사랑을 나누었다는 기데온의 꿈이 생각났다.

가슴이 아팠다.

시원한 과일 맛 백포도주를 두 잔이나 꿀꺽꿀꺽 마시고 입맛이 없으면서도 계속 먹는 동작을 멈추지 않았다. 기데온은 헐렁한 흰색 리넨 끈 바지를 입고 맞은편에 앉았다. 정말이지 잘생겼고 비참할 정도로 섹시한 그에게서 눈을 뗄 수 없는 현실이 내 마음을 더욱 악화시켰다. 하지만 그는 내게서 족히 몇 킬로미터는 떨어져 있었다. 조용하고도 단단한 태도 때문에 내 영혼의 모든 것을 동원해서 그를 가지고 싶어졌다.

우리 사이의 감정의 골이 점점 커지고 있었다. 그 틈을 도저히 뛰어넘을 수가 없었다.

접시를 다 비우고 옆으로 밀치는 순간, 기데온은 거의 먹지 않았다는 것을 알 수 있었다. 그가 이리저리 음식을 헤집다가 내 와인잔을 채워주었다.

나는 깊은숨을 한 번 들이마시고 그에게 말했다.

"미안해요. 그러지 말았어야 했는데……. 그게 아니었는데……."

나는 힘겹게 침을 삼켰다.

"미안해요. 정말."

나는 속삭였다.

타일 바닥에 의자 다리가 긁히는 시끄러운 소리를 내며 테이블에서 물러나 서둘러 테라스에서 빠져나갔다.

"에바, 잠깐만."

발에 따뜻한 모래가 닿았다. 원피스를 벗고 바다를 향해 달려가 목욕물처럼 뜨겁게 느껴지는 물속으로 뛰어들었다. 몇 걸음 걷지 않아 수심이 깊어지면서 물이 목 바로 아래까지 차올랐다. 우는 모습을 감출 수 있게 된 것을 다행으로 여기며 무릎을 굽혀 물속에 잠겨 들었다.

물속의 무중력 상태가 무거운 내 마음을 달래주었다. 머리카락이 위로 둥둥 떠올랐고, 물고기가 조용하고 평화로운 세상에 침입한 내 곁을 부드럽게 스쳐가는 감촉이 느껴졌다.

갑자기 현실로 끌려나오자, 나는 머리를 흔들며 물을 뿜어냈다.

"앤젤."

기데온이 으르렁거리며 거칠고 맹렬하게 키스를 퍼붓더니 나를 물 밖으로 안고 나갔다. 그가 나를 방갈로로 데려가 의자 위에 내려놓더니 내가 숨을 완전히 고르기도 전에 내 위로 올라왔다.

아직도 어질어질해서 정신을 못 차릴 지경인데 그가 불쑥 이렇게 말했다.

"나랑 결혼해줘."

그러나 내가 '네'라고 말한 것은 그 때문이 아니었다.

기데온은 바지를 입은 채로 나를 쫓아 물에 뛰어들었다. 그는 흠뻑 젖은 리넨을 맨다리에 감고 내 몸을 덮치고는 갈증으로 죽어가는 사람처럼 내게 키스했다. 그 갈증은 오직 나만이 풀 수 있었다. 그가 내 머리를 단단히 붙들고 광기에 어려 부풀어 오른 입술로 내 입을 탐욕스럽게 앗아 갔다.

그는 내가 꼼짝도 하지 못하게 붙들었다. 충격이 가시질 않았다. 정신을 겨우 수습해서 무슨 일이 벌어지고 있는지 헤아려보았다.

그는 나를 밀어내고 있었던 게 아니라 청혼하는 문제로 전전긍긍하고 있었던 것이다.

"내일."

그가 내 뺨에 자신의 뺨을 포개며 말했다. 막 자란 턱수염이 따갑게 닿자, 정신이 번쩍 들며 지금 우리가 어디에 와 있고 그가 무엇을 원하는지 똑똑히 깨달았다.

"나는……."

머릿속이 다시 아득해졌다.

"그러겠다고 말해."

그가 뒤로 물러나 열렬한 눈빛으로 나를 내려다보았다.

"그냥 그러겠다고 해."

나는 힘겹게 침을 삼켰다.

"내일 결혼할 수는 없어요."

"할 수 있어."

그가 힘주어 말했다.

"그리고 우리는 할 거야. 나는 그렇게 해야 해, 에바. 맹세와 합법성 같은 게 필요해. 그것들이 없으면 미쳐버릴 거야."

놀이동산의 통 굴리기를 하는 것처럼 세상이 빙글빙글 돌았다. 지나치게 빨리 돌아서 원심력으로 바닥에서 발이 떨어지고 벽에 딱 들러붙는 기분이었다.

"너무 빨라요."

내가 맞섰다.

"비행기 안에서도 그렇게 말할 수 있었어?"

그가 잘라 말했다.

"당신은 나를 소유했잖아, 에바. 당신을 소유하지 못한다면 난 미쳐버릴 거야."

"숨을 못 쉬겠어요."

나는 이해할 수 없는 공포에 빠져 숨을 헐떡였다.

기데온이 몸을 틀어 내 몸을 자신의 몸 위로 올리고 두 팔로 감싸 안았다. 그는 나를 소유했다.

"당신은 이걸 원하지."

그가 고집했다.

"당신은 나를 사랑해."

"그래요, 사랑해요."

나는 그의 가슴에 이마를 포갰다.

"하지만 너무 급해요."

"비행 중에도 이렇게 말할 수 있었을까? 제발, 에바, 당신은 날 잘 알잖아. 정말 몇 주일 동안 고민했어. 내내 이것만 생각했다고."

"기데온……, 우리끼리 눈이 맞아 도망칠 수는 없잖아요."

"당연히 못하지."

"가족들은요? 친구들은요?"

"그들을 위해 결혼식을 따로 올리면 돼. 나도 그렇게 하고 싶어."

그가 내 뺨에서 젖은 머리카락을 쓸어 넘겨주었다.

"나도 우리 사진이 신문이며 잡지며 곳곳에 실리기를 원해. 하지만 그러려면 몇 달이 걸릴 거야. 그렇게 오래 기다릴 수 없어. 이 결혼은 우리만을 위한 거야. 당신이 원한다면 다른 사람에게는 비밀로 해. 약혼이라고 불러도 좋아. 우리만의 비밀이 될 거야."

무슨 말을 해야 할지 몰라서 물끄러미 그를 내려다보았다. 그의 다급함은 낭만적이면서도 두려웠다.

"당신 아버지에게도 여쭤봤어. 아무 말씀도 하지 않으셨……."

그 말에 다시 충격에 빠졌다.

"뭐라고요? 언제요?"

"뉴욕에 오셨을 때. 기회가 와서 말했어."

웬일인지 마음이 아팠다.

"아빤 아무 말도 안 했어요."

"아무 말씀 말아달라고 내가 부탁했어. 곧바로 일어날 일은 아니라고 했거든. 아직은 당신을 되찾기 위한 과정에 있다고. 녹음을 해두었으니까 내 말을 못 믿겠다면 들려줄 수도 있어."

나는 그를 향해 눈을 깜박였다.

"녹음을 했다고요?"

나는 되물었다.

"나는 어떤 일도 운에만 맡기지 않아."

그가 전혀 미안하지 않다는 듯 말했다.

"곧바로 결혼할 건 아니라고 했다면서요. 그럼 거짓말을 한 거네요."

그의 미소는 칼날처럼 날카로웠다.

"거짓말 아니야. 며칠이나 지났으니까."

"맙소사, 당신은 미쳤어요."

"어쩜. 날 이렇게 만든 건 당신이야."

그가 내 뺨에 입을 맞추었다.

"당신 없이는 살 수가 없어. 에바. 심지어 상상도 할 수 없어. 그 생각만 해도 미칠 것 같아."

"미쳤어요."

그가 얼굴을 찌푸렸다.

"왜? 우리 말고 아무도 없다는 걸 알잖아. 당신이 기다리는 게 뭐야?"

맘속에서 하고 싶은 말들이 마구 솟구쳤다. 우리가 기다려야 하는 온갖 이유와 언제 어떻게 나타날지 모르는 함정들이 크리스털처럼 분명하게 떠올랐다. 그러나 어떤 말도 입 밖으로 나오지 않았다.

"어떠한 선택권도 주지 않겠어."

그가 단호하게 말하며 나를 안아 들고 자리에서 일어났다.

"우리는 결혼하게 될 거야, 에바. 그러니 미혼 여성으로서 마지막 남은 시간을 즐겨."

"기데온."

오르가슴이 한바탕 휩쓸고 지나가자 머리를 격하게 움직이며 헐떡였다.

그의 땀이 내 가슴에 떨어져 내렸고, 그의 엉덩이는 지칠 줄 모르고 움직이며 거대한 페니스를 내 안에 반복해서 밀어 넣었다.

"그거야."

그가 거친 목소리로 말했다.

"그렇게 나를 쥐어짜. 당신 느낌이 정말 좋아, 앤젤. 이러다가 또 절정에 이르겠어."

그의 거침없는 요구에 지쳐서 뼈가 녹아내리는 기분으로 헐떡였다. 그는 밤새 나를 두 번이나 깨웠고, 노련한 섬세함으로 내 몸을 탐했으며, 내가 자기 것이라는 사실을 내 머리와 몸에 새겼다. 나는 그의 것이었고, 그는 내게 원하는 것은 뭐든지 할 수가 있었다.

그 사실이 나를 더욱 뜨겁게 달구었다.

"으음……."

그가 가르랑거리며 내 안 깊숙이 페니스를 밀어 넣었다.

"내 정액 때문에 당신 속이 아주 부드러워졌어. 당신을 탐할 때마다 느껴지는 이 감각이 정말 좋아. 평생 이렇게 살 거야. 절대 멈추지 않을 거야, 에바."

그의 엉덩이를 다리로 휘어 감고 그를 더 단단히 내 쪽으로 끌어당겼다.

"키스해줘요."

그가 짓궂게 웃는 입술로 내 입술을 쓰다듬었다.

"날 사랑해줘요."

내 안을 향해 움찔거리는 그의 엉덩이에 손톱을 박으며 말했다.

"사랑해, 앤젤."

그가 더 활짝 웃으며 속삭였다.

"사랑해."

잠에서 깨어났을 때 기데온은 가고 없었다.

섹스와 기데온의 냄새를 풍기는 엉킨 시트를 풀어내고 기지개를 켜며 열린 테라스 문에서 불어오는 짭짤한 바람을 들이마셨다.

한동안 그렇게 누워서 전날 밤과 낮을 생각했다. 몇 주 전 일을, 기데온을 만난 후의 시간을 생각했다. 그리고 그 이전의 나를, 브렛과 다른 남자들을, 감정적인 상처와 쓰레기, 기이한 욕구를 짊어지고 사는 나를 있는 그대로 사랑해주는 남자를 결코 만날 수 없을 거라고 확신했던 시절을 차례로 떠올렸다.

그런 내가 기데온을 발견한 이 기적 같은 순간에 '네' 말고 달리 뭐라고 말할 수 있겠는가?

아무 조건 없이 기데온의 청혼을 승낙할 생각에 흥분이 퍼덕였다. 침대에서 빠져나와 기데온을 찾았다. 의심이나 반감이나 저주를 품은 사람이 아무도 지켜보지 않는 곳에서 우리끼리 은밀하게 첫 맹세를 한다는 생각이 마음에 쏙 들었다. 그동안 우리가 겪은 일을 생각해보면 사랑과 희망, 행복만 가득한 결혼식으로 새롭게 시작하자는 생각을 완벽하게 이해할 수 있었다.

사생활 보장부터 특별한 장소까지, 그가 모든 것을 완벽하게 계획했을 때 이미 알아챘어야 했다. 우리는 당연히 바닷가에서 결혼식을 올릴 것이다. 해변은 두 사람 모두에게 좋은 추억이 깃든 곳이었다. 또 중요하게는 우리가 마지막으로 함께 여행을 떠났던 곳도 아우터 뱅크스였다.

침실 응접 세트에 딸린 커피테이블에 아침 식사 쟁반이 놓인 것을 보고 웃음이 나왔다. 의자 등받이에는 흰색 실크 드레스도 걸려 있었다.

기데온은 사소한 것도 결코 놓치지 않았다.

드레스를 들고 커피를 마시러 갔다. 정장을 입은 그에게 내 결심을 들려주려면 우선 카페인이 필요했다. 그때 뚜껑 달린 아침 식사 쟁반 밑에 혼전 계약서가 끼워져 있는 게 보였다.

유리 물병을 향해 뻗던 손이 흠칫 멈추었다. 계약서 위에 붉은 장미가 딱 한 송이 꽂힌 늘씬한 흰색 꽃병이 놓여 있었고, 예술적으로 접은 천 냅킨 위에서 은접시가 반짝이고 있었다.

무엇 때문에 그렇게 놀라고 또 마음이 무너져 내렸는지는 알 수가 없었다. 기데온은 마지막 세부 사항까지 철저하게 계획했을 것이고, 그 시작은 혼전 계약서였을 것이다. 사실 그는 우리 관계도 계약으로 시작하려 하지 않았던가.

현기증 나던 아찔한 행복감이 순식간에 내 마음속을 떠나갔다. 희망이 꺾인 채 쟁반에서 몸을 돌려 샤워를 하러 갔다. 일부러 시간을 끌며 천천히 씻고 느리게 움직였다. 내 사랑에 가격을 매기는 법률 서류를 읽느니 차라리 거절하는 편이 나았다. 내게 사랑이란 값을 매길 수 없을 만큼 소중했다.

그러나 너무 늦어버린 것은 아닐까, 이미 손상되기 시작한 것은 아닐까 두려웠다. 그가 혼전 계약서를 작성했다는 것을 알게 된 순간 모든 것이 변해버렸지만, 그것으로 그를 탓할 수는 없었다. 맙소사, 그는 기데온 크로스가 아니던가. 세계 25위의 부자. 그런 그가 혼전 계약서를 요구하지 않는다면, 그게 오히려 믿기 어려운 일이었다. 게다가 나는 그렇게 순진한 사람이 아니었다. 백마 탄 왕자님과 하늘에 뜬 성을 꿈꾸기에는 세상 물정을 너무나 잘 알았다.

샤워를 하고 가벼운 선드레스를 입고 젖은 머리를 뒤로 묶은 채 커피를 마시러 갔다. 커피 한 잔에 크림을 섞은 다음 계약서를 들고 테라스로 나갔다.

해변은 결혼식 준비가 한창이었다. 꽃으로 만든 아치가 물바로 옆에 놓였고 신랑 신부가 입장하는 곳을 표시하기 위해 모래밭에 흰색 리본을 드리웠다.

그 장면을 보고 있으려니 마음이 아파서 일부러 바닷가를 등지고 앉았다.

커피를 한 모금 마시고 또 한 모금을 마셨다. 커피를 반쯤 비웠을 무렵에야 비로소 용기를 내고 계약서를 읽기 시작했다. 처음 몇 장은 각자 결혼 전에 소유한 자산이 상세히 적혀 있었다. 기데온의 자산은 실로 어마어마했다. 대체 그는 언제 잠을 잘까 싶을 정도였다. 내 자산은 잘못 적힌 것 같아서 원금의 투자 기간을 헤아려보았다.

스탠튼 아저씨는 내 몫의 500만 달러를 그새 두 배로 불려놓았다.

이렇게 큰돈을 필요한 사람에게 투자하지 않고 그냥 묵혀두었다니, 내가 얼마나 어리석었는지 반성했다. 돈을 활용해야 했을 때에도 피 묻은 돈이 아예 존재하지 않는 것처럼 굴었다. 뉴욕에 돌아가자마자 이 돈의 유익한 활용 방안을 생각해봐야겠다고 머릿속에 새겨두었다.

그후 내용은 아주 흥미로웠다.

기데온이 내건 첫 번째 조건은 내가 크로스라는 이름을 받아들여야 한다는 것이었다. 트라멜을 중간이름으로 써도 좋지만, 크로스라는 이름에 하이픈으로 연결해 성으로 써서는 안 된다는 내용이었다. 에바 크로스라는 이름은 협상 불가능한 것이었다. 게다가 아주 기데온답게, 권력 지향형 인간인 나의 애인은 자신의 봉건적 성향에 대해서는 조금도 미안해하지 않았다.

두 번째 조건은 결혼과 동시에 내게 1천만 달러를 지급한다는 것이었다. '결혼을 맹세합니다'라는 한마디에 곧바로 내 자산이 두 배로 늘어난다는 뜻이었다. 게다가 매년 추가로 자산을 늘려주겠다는 내용도 있었다. 아이가 하나씩 생길 때마다 보너스를 받게 되고 그와 함께 부부 상담을 받는 비용도 받게 될 것이다. 나는 이혼에 대비해 정신과 상담과 치료를 받는 조건에 동의했다. 그와 거주지를 공유하는 내용에도 동의했다. 두 달에 한 번 휴가를 떠나는 것도, 밤에 둘만의 데이트를 하는 것도…….

읽어 내려갈수록 점점 더 이해가 되었다. 혼전 계약서는 기데온의 재산을 보호하기 위해 작성된 것이 결코 아니었다. 그는 아무 조건 없이 내게 자신의 재산을 주고, 결혼 이후 획득한 재산의 반은 무조건 내 것이라고 확정하는 조건까지 명시하고 있었다. 이 조건도 그가 바람을 피우지 않을 때에 한한 것이었고, 만약 바람을 피우면 훨씬 혹독한 대가를 치르게 되어 있었다.

이 계약서는 그의 마음을 보호하기 위해 작성한 것이었다. 어떤 경우에도 내가 그의 곁에 남을 수 있도록, 나를 그의 곁에 묶어두려고, 자신이 가진 모든 것을 내게 주고 있었다.

마지막 장을 넘겼을 때 그가 테라스로 들어왔다. 청바지의 단추를 반쯤 열고 다른 건 아무것도 걸치지 않은 채 성큼성큼 걸어왔다. 이 완벽한 타이밍이 결코 우연이 아니라는 것을 알 수 있었다. 그는 어딘가에서 내 반응을 살피며 나를 지켜보고 있었을 것이다.

나는 태연하게 뺨에 흐르는 눈물을 닦아냈다.

“잘 잤어요, 에이스?”

“잘 잤어, 앤젤?”

그가 고개를 숙여 내 뺨에 입을 맞추고 왼쪽에 있는 의자에 앉았다.

리조트 직원이 아침 식사와 커피를 들고 와서 빠르고도 능률적인 동작으로 내려놓고 재빨리 사라졌다.

기데온을 바라보았다. 열대의 바람이 그를 어루만지며 아름다운 갈기 같은 머리카락을 흩날리고 있었다. 남성적이면서도 느긋하게 앉아 있는 그 모습은 혼전 계약서에서 엿볼 수 있었던 확고한 돈의 화신과는 거리가 멀었다.

계약서를 내려놓고 첫 번째 장에 손을 얹으며 말했다.

“이 서류에 있는 어떤 조항도 당신과의 결혼 생활을 지켜주지는 못해요.”

그가 재빨리 깊은숨을 들이마셨다.

“그럼 고치면 돼. 당신이 원하는 조건을 말해봐.”

“내가 원하는 건 돈이 아니에요. 내가 원하는 건 이거예요.”

나는 그를 가리켰다.

"특히 이걸요."

몸을 앞으로 숙여 그의 가슴에 손을 얹었다.

"날 붙잡을 수 있는 유일한 것은 바로 당신이에요, 기데온."

"어떻게 해야 할지 모르겠어, 에바."

그가 내 손을 붙잡아 자기 가슴 위에 반듯이 얹었다.

"내가 모든 걸 망쳐버릴지도 몰라. 그럼 당신은 도망치고 싶겠지."

"이제는 아니에요. 아직도 모르겠어요?"

"당신은 어제도 바다에 뛰어들어 돌처럼 가라앉았어."

그가 내 눈을 똑바로 바라보았다.

"계약서의 원칙이나 도덕에 대해서는 논쟁하지 마. 당신이 보기에 도저히 받아들일 수 없는 조건만 없다면 그냥 받아들여. 나를 위해서라도."

나는 뒤로 물러났다.

"우린 앞으로 아주 먼 길을 가야 해요."

나는 부드럽게 말했다.

"서류 쪼가리가 믿음을 강제해주지는 않아요. 난 지금 신뢰에 대해 말하는 거예요, 기데온."

"그래, 그런데……."

그가 머뭇거렸다.

"내가 이 일을 망치지 않을 거라고 나 자신을 믿을 수가 없어. 또 당신은 내가 원하는 것을 가지지 못했다고 자신을 믿지 못하지. 그냥 우리 서로 믿기로 하자. 나머지는 함께 헤쳐 나가면 돼."

"좋아요."

그의 눈빛이 밝아지는 것을 보고 내 결정이 옳았음을 깨달았다. 아직은 우리가 너무 빨리 결정을 내리고 있지 않나, 반쯤은 의심하고 있었지만.

"한 가지 고칠 게 있어요."

"말해봐."

"이름이요."

"그건 협상 불가야."

그가 감정을 실어서 손을 휘두르며 무뚝뚝하게 말했다.

나는 한쪽 눈썹을 추켜세웠다.

"고집 좀 그만 피워요, 네안데르탈인. 난 우리 아빠 이름도 갖고 싶어요. 아빠는 평생 그걸 원했고 그 문제로 힘들어했어요. 고칠 수 있는 기회가 왔다고요."

"그럼 에바 로렌 레이스 크로스?"

"에바 로렌 트라멜 레이스 크로스."

"너무 길잖아."

그가 느리게 말했다.

"그래도 당신만 좋다면야. 그게 내가 원하는 전부니까."

"내가 원하는 건 당신이에요."

나는 그에게 몸을 숙여 키스를 요구했다.

그의 입술이 내 입술에 닿았다.

"그럼 그렇게 공식화하기로 하지."

호텔 지배인과 앙구스 맥러드를 증인으로 세우고 카리브 해의 어느 바닷가에서 맨발로 기데온 제프리 크로스와 결혼했다. 앙구스가 온 줄은 몰랐지만, 그가 있어서 기뻤다.

짧고 간소하고 아름다운 결혼식이었다. 목사와 클로드의 환한 미소를 보니, 기데온의 결혼식을 집행하게 된 것을 영광으로 생각하는 것 같았다.

옷장에서 가장 예쁜 드레스를 골라 입었다. 어깨끈 없이 가슴부터 엉덩이까지 주름진 천으로 감아내려 오다가 발끝까지 꽃잎 장식 레이스 천이 퍼지는 사랑스럽고 섹시하고 낭만적인 드레스였다. 머리는 흐트러진 채 우아하게 올려 묶고 빨간 장미를 한 송이 꽂았다. 흰색 리본으로 묶은 재스민 부케는 호텔에서 준비해주었다.

기데온은 진한 회색 정장 바지에 흰색 드레스셔츠를 밖으로 내어 입었다. 기데온도 맨발이었다. 그가 확신에 찬 강한 목소리로 성혼 선언을 따라 할 때, 그의 눈빛에 뜨거운 갈망이 드리우고 있었는데도 나는 울었다.

나는 그토록 그를 사랑했다.

결혼식 전체가 친밀하고도 몹시 사적이었다. 완벽했다.

엄마 아빠와 캐리가 보고 싶었다. 아일랜드와 스탠튼 아저씨와 클랜시도 보고 싶었다. 그 마음을 읽었는지, 기데온이 고개를 숙여 키스로 결혼식을 마무리하면서 속삭였다.

"결혼식은 또 하게 될 거야. 당신이 원하는 만큼."

나는 정말로 그를 사랑했다.

앙구스가 다가와 내 양쪽 뺨에 입을 맞추었다.

"두 분이 이렇게 행복한 걸 보니 좋습니다."

"고마워요, 앙구스. 오랫동안 기데온을 잘 보살펴줘서 감사해요."

앙구스가 물기 어린 눈으로 기데온을 돌아보았다. 그러고 나서는 영어인지 의심스러울 정도로 강력한 스코틀랜드 억양으로 무슨 말인가를 건넸는데, 그 말을 들은 기데온의 눈도 물기로 반짝였다. 앙구스는 오랫동안 기데온에게 아버지와 같은 존재였다. 기데온에게 절실했던 지지와 애정을 보내준 점에 대해 나는 항상 앙구스가 고마웠다.

우리는 테라스에서 작은 케이크를 자르고 샴페인을 터뜨리며 축배를 들었다. 목사가 내민 혼인신고서에 서명을 하고 결혼 등록증도 받아서 서명했다. 기데온이 등록증을 경건하게 쓰다듬었다.

"당신이 원했던 게 이거예요?"

나는 놀리듯이 말했다.

"고작 종잇조각?"

"내가 원한 건 당신이지, 크로스 부인."

그가 나를 가까이 끌어당겼다.

"이걸 원했어."

앙구스가 결혼 등록증과 혼전 계약서를 모두 챙겨들고 슬며시 빠져나갔다. 둘 다 호텔 지배인의 정식 공증을 받았으니, 기데온의 서류 보관 장소로 가게 될 것이다.

기데온과 나는 방갈로로 가서 벌거벗은 채 엉켰다. 차가운 샴페인을 마시고 장난스럽고도 탐욕스럽게 서로를 만지고 느긋하게 키스를 나누며 하루를 보냈다.

그 또한 완벽했다.

"뉴욕으로 돌아가면 어떻게 하죠?"

호텔 방의 식당에서 촛불을 밝히고 저녁을 먹으며 물었다.

"야반도주하듯이 달아나 결혼식을 올렸다는 사실을 어떻게 설명해요?"

기데온이 어깨를 으쓱하며 엄지손가락에 묻은 버터를 핥았다.

"당신 하고 싶은 대로 해."

게 다리에서 살을 발라내며 이런저런 가능성을 생각해보았다.

"캐리에게는 확실히 말하고 싶어요. 또 아빠도 괜찮을 거 같아요. 얼마 전 아빠랑 통화할 때도 비슷한 말을 했고 당신도 아빠에게 물어봤다니, 준비가 되어 있을 거예요. 스탠튼 아저씨도 크게 기분 나빠하시지는 않을 거예요."

"그럼 걱정할 게 없잖아."

"엄마가 걱정이죠. 안 그래도 엄마와의 사이가 삐걱거리는데. 우리가 결혼한 걸 알면 엄마는 완전히 열광할 거예요."

잠시 결혼이라는 말을 음미했다.

"하지만 내가 엄마에게 화가 나서 엄마를 따돌렸다고 생각하면 골치 아파져요."

"그럼 어머니나 다른 사람들에게는 약혼했다고만 말하지."

게살에 버터 소스를 찍으며, 기데온이 셔츠를 입지 않은 채 느긋하게 앉아 있는 모습을 매우 익숙하게 바라볼 수 있었으면 좋겠다고 생각했다.

"결혼식도 올리지 않고 동거부터 한다면 엄마는 노발대발할 걸요."

"그럼 빨리 어머니를 위한 계획을 세워야겠군."

그가 건조하게 말했다.

"당신은 내 아내야, 에바. 다른 사람이 그걸 아느냐 모르느냐는 중요하지 않아. 내가 아니까. 당신과 함께 살면서 아침이면 당신과 함께 커피를 마시고 당신 드레스의 지퍼를 올려주고, 밤이면 지퍼를 내려주고 싶어."

기데온이 양손으로 게 다리를 잘라내는 것을 지켜보며 물었다.

"결혼반지 낄 거예요?

"기대하고 있어."

그 말에 웃음이 나왔다. 그가 손짓을 멈추고 나를 물끄러미 보았다.

"왜요?"

그가 아무 말도 하지 않자 재촉했다.

"내 얼굴에 버터라도 튀었어요?"

그가 깊이 숨을 내쉬며 뒤로 물러앉았다.

"당신은 정말 아름다워. 당신을 보는 게 정말 좋아."

얼굴이 화끈거렸다.

"당신도 그렇게 나쁘지 않아요."

"물러가고 있어."

그가 중얼거렸다.

내 얼굴에서 미소가 사라졌다.

"뭐가요? 뭐가 물러가요?"

"그……, 불안. 안전하다는 느낌이 들지 않아?"

그가 와인을 한 모금 마셨다.

"안정된 느낌. 좋은 기분이야. 정말 좋아. 아주 많이."

결혼했다는 생각에 익숙해지는 데는 그리 많은 시간이 걸리지 않았지만, 뒤로 물러나 그의 말을 곰곰이 생각해보니 동의하지 않을 수가 없었다. 그는 내 것이었다. 누구도 그것을 의심할 수 없었다.

"나도 좋아요."

그가 내 손을 들어 올려 입으로 가져갔다. 그가 준 반지가 촛불 빛을 받아 여러 색깔로 빛났다. 고풍스럽게 세팅이 된 큼직한 아셔컷(에메랄드처럼 정사각형으로 자른 모양–옮긴이) 다이아몬드였다. 반지가 지닌 변함없는 세련미가 좋았지만, 그의 아버지가 어머니와 결혼할 때 준 반지였기에 더욱 좋았다.

기데온은 부모의 배신으로 깊은 상처를 입었지만, 세 사람이 가족으로 함께한 시간은 그가 나를 만나기 전 마지막으로 진정 행복했던 시절이었다.

게다가 그는 자신이 결코 낭만적인 사람이 아니라고 선언했다.

그는 내가 속으로 반지를 찬탄하는 것을 알아챘다.

"반지가 마음에 들어?"

"네."

나는 그를 보았다.

"세상에 하나밖에 없는 독특한 반지예요. 우리가 가정을 이루면 역시 남다른 일을 할 수 있을 거라고 생각해요."

"그래?"

그가 다시 내 손을 꼭 쥐었다가 놓아주었다.

"따로 잘 필요가 있다는 건 이해해요. 하지만 우리 사이가 벽과 문으로 가로막히는 건 싫어요."

"나도 싫어. 그래도 당신의 안전이 최우선이야."

"문 없이 화장실 하나에 침실 두 개가 연결된 커다란 방이 어떨까요? 아치나 통로 같은 걸로 연결된 거요. 말하기 나름이지만 어쨌든 둘이 한 공간에 있잖아요."

그가 잠시 생각해보더니 고개를 끄덕였다.

"계획을 세워보고 설계사에게 보여주면 되겠군. 펜트하우스를 리모델링하는 동안은 어퍼 웨스트 사이드에 계속 머물게 될 거야. 펜트하우스에 딸린 원룸 아파트도 캐리 마음대로 고칠 수 있어."

고맙다는 뜻으로 그의 종아리 뒤쪽을 맨발로 문질렀다. 저녁 공기에 음악 소리가 떠다니며 외딴 섬에 우리만 있는 게 아니라는 사실을 일깨워주었다.

앙구스는 어디에선가 좋은 시간을 보내고 있을까? 아니면 방문 밖에 서 있을까?

"앙구스는 어디에 있어요?"

내가 물었다.

"근처에."

"라울도 왔어요?"

"아니. 뉴욕에서 나단의 팔찌가 어떻게 그리로 흘러들어 갔는지 알아보고 있어."

"아."

갑자기 입맛이 사라져서 냅킨을 집어들고 손가락을 닦았다.

"걱정해야 하는 거예요?"

걱정을 멈춘 적이 없었기 때문에 사실상 하나마나 한 질문이었다. 경찰의 시선을 다른 곳으로 쏠리게 한 사람이 누구인가 하는 수수께끼가 마음 뒤편을 계속 건드렸다.

"누군가 내게 감옥에 가지 않아도 되는 자유의 카드를 쥐여주었어."

그가 침착하게 아랫입술을 핥으며 말했다.

"뭔가를 요구할 거라고 예상했지만, 아직 누구도 접근하지 않았어. 그래서 내가 먼저 접근하려고 해."

"일단 찾아내야 접근을 하죠."

"그래, 찾을 거야."

그가 어둡게 중얼거렸다.

"그럼 이유를 알게 되겠지."

나는 테이블 밑에서 두 다리로 그의 다리를 꼭 휘어 감았다.

우리는 바닷가에서 달빛을 받으며 춤을 추었다. 풍성한 밤의 습기가 감각적으로 몸을 휘감았고 우리는 그 속에 흠뻑 빠져들었다. 그날 밤, 기데온은 나와 같은 침대에서 잠이 들었다. 위험을 감수하는 것이 그로서 얼마나 어려운 일인지 알았지만, 결혼식 날 밤 혼자서 자는 건 상상할 수도 없었다. 전날의 수면 부족과 처방약이 더해져 깊은 잠에 들 수 있을 거라고 믿었고, 실제로도 그랬다.

일요일, 그는 내게 환상적인 폭포로 갈 건지, 리조트의 뗏목을 타고 바다로 나갈 건지, 아니면 밀림 속 강으로 래프팅을 갈 건지 물어보았다. 나는 빙그레 웃으며 다음에 하자고 말했고 남은 시간을 그와 함께 뒹굴며 보냈다.

종일 빈둥거리며 개인 수영장에 몸을 담갔고 나른해지면 낮

잠을 잤다. 자정이 넘어서 출발할 시간이 되자, 그만 돌아가야 하는 게 유감이었다. 주말이 너무 짧았다.

"우리에겐 평생의 주말이 남아 있어."

내 마음을 읽었는지 공항으로 가는 차 안에서 그가 말했다.

"난 이기적인가 봐요. 당신을 나 혼자서 독차지하고 싶어."

비행기에 탔을 때 리조트에 걸려 있던 옷들이 함께 딸려왔는데, 이틀 동안 옷을 얼마나 적게 입었는지를 생각하니 절로 웃음이 나왔다.

자기 전에 양치를 할 수 있게 화장품 가방만 따로 챙겨서 침실로 가져갔다. 가방에 에나멜가죽과 청동으로 장식한 이름표가 붙어 있었는데, 확인해보니 에바 크로스라는 이름이 음각으로 새겨져 있었다.

기데온이 나를 따라 들어와 내 어깨에 입을 맞추었다.

"이제 그만 쓰러지자. 출근 전에 좀 자둬야지."

나는 가방의 이름표를 가리키며 말했다.

"내가 청혼을 받아들일 줄 미리 알고 이렇게 준비해두었던 거예요?"

"당신이 받아들일 때까지 인질로 붙잡아둘 생각이었지."

그의 말을 의심하지 않았다.

"몸 둘 바를 모르겠네요."

"결혼했잖아."

그가 내 엉덩이를 한 대 쳤다.

“자, 서두릅시다, 크로스 부인.”

그와 함께 서둘러 침대로 들어갔다. 그가 곧바로 내 뒤에서 나를 끌어안았다.

“좋은 꿈 꿔요.”

그의 팔 위로 팔을 두르며 속삭였다.

그의 입술이 내 목에 닿았다.

“내 꿈은 벌써 이루어졌는걸.”

20

월요일 아침 출근길, 내 삶에 심오한 변화가 일어난 것을 아무도 모른다는 게 묘한 기분이 들었다. 하긴, 몇 마디 맹세에 금속 반지 하나 끼는 게 한 개인의 생각을 얼마나 크게 바꿀 수 있는지는 아무도 몰랐다.

나는 더 이상 가장 친한 친구와 대도시로 와서 혼자 힘으로 성공하고자 노력하는 뉴욕의 새내기 에바가 아니었다. 나는 거물의 아내로 완전히 새로운 책임과 기대를 안고 있었다. 생각만 해도 오싹하게 겁이 났다.

워터스 필드 앤 리먼의 유리 보안문 너머에서 메구미가 손을 흔들며 자리에서 일어났다. 그녀는 끝자락이 비대칭형인 검은색 민소매 원피스와 밝은 핫핑크 하이힐을 신어 독특하게 차분한 차림을 하고 있었다.

"어머나, 무척 예쁘게 탔네요! 정말 부러워요."

"고마워요. 주말은 어떻게 보냈어요?"

"맨날 똑같죠, 뭐. 마이클이 이제는 전화 안 해요."

그녀가 코를 찡그렸다.

"골치 아팠던 게 그리울 정도예요. 그땐 누군가 날 원한다는 느낌이 있었거든요."

나는 그녀를 향해 고개를 절레절레 흔들었다.

"이런 괴짜 같으니라고."

"나도 알아요. 그러니 주말에 어디 다녀왔는지나 말해요. 록스타랑 같이 갔나요, 크로스랑 갔나요?"

"말할 수 없어요."

하지만 모든 걸 털어놓고 싶은 유혹이 들었다. 그 마음을 꾹 눌러 참을 수 있었던 것은 아직 캐리에게 말하지 않았다는 사실 때문이었다.

"말도 안 돼요!"

그녀가 검은 눈을 갸름하게 뜨고 나를 노려봤다.

"정말로 말하지 않을 거예요?"

"당연히 말하죠."

나는 눈을 찡긋했다.

"하지만 지금은 아니에요."

"흥, 도망쳐봐야 내 손바닥 안이라고요."

그녀가 복도를 지나가는 내 등에 대고 소리쳤다.

내 자리에 도착해 캐리에게 문자를 보내려고 휴대폰을 꺼내

들었는데, 주말에 들어온 몇 통의 문자가 뒤늦게 도착해 있었다. 토요일, 아빠에게 안부 전화를 걸었을 때만 해도 없었던 문자였다.

'점심 같이 먹을래?'

캐리에게 문자를 보냈다.

곧바로 답장이 오지 않자 휴대폰을 무음으로 해놓고 맨 위 서랍에 넣었다.

"주말을 어디서 보냈어?"

마크가 출근길에 물었다.

"굉장히 멋지게 그을렸는데?"

"고마워요. 카리브 해에서 쉬었어요."

"정말? 신혼여행지로 섬을 알아보고 있는데, 추천할 만한 곳이야?"

나는 그 어느 때보다 행복하게 웃었다. 어쩌면 가장 행복한 웃음일지도 모르겠다.

"그럼요."

"자세한 정보를 알려줘. 후보지에 넣어야겠어."

"신혼여행지 정찰 임무를 떠맡으신 거예요?"

우리는 하루를 시작하기 전에 커피를 마시려고 함께 자리에서 일어났다.

"응."

마크가 한쪽 입꼬리를 올리며 웃었다.

"결혼식은 스티븐이 맡았어. 오랫동안 준비해왔으니까. 하지만 신혼여행은 내 담당이야."

그는 정말로 행복해 보였다. 그게 어떤 기분인지 알 것 같았다. 덕분에 나도 하루를 한결 즐겁게 시작할 수 있었다.

순항하던 하루는 10시가 막 지난 시각에 캐리가 내 자리로 전화를 걸어오면서 막을 내렸다.

"마크 개리티 사무실의 에바 트라멜……."

평소대로 전화를 받았다.

"……은 엉덩이를 한 대 맞아야겠어."

캐리가 내 말을 자르고 들어왔다.

"너한테 이렇게까지 화가 난 게 언제였는지 기억도 안 날 정도야."

나는 뱃속이 꼬이는 것을 느끼며 얼굴을 찌푸렸다.

"캐리, 무슨 일이야?"

"이렇게 중요한 문제를 전화로 이야기할 수는 없지. 내가 아는 어떤 사람은 그러더라만. 점심에 만나. 네가 모를까 봐 알려주는 건데, 난 오늘 네 버릇을 고쳐주려고 오후 약속까지 거절했어. 친구라면 마땅히 그래야 하니까."

캐리가 화를 내며 말했다.

"그 사람들은 중요한 문제를 의논하려고 일부러 시간을 냈던 거야. 음성사서함에 깜찍한 메시지를 남기는 것으로 충분하다고는 생각하지 않는 사람들이라고!"

그리고 전화가 뚝 끊겼다. 나는 충격으로 얼얼한 채, 그리고 약간의 두려움을 느끼며 그대로 앉아 있었다. 순간 내 인생의 모든 것이 끽 하고 멈추었다. 캐리는 내게 닻과 같은 존재였다. 우리 사이가 어긋나면 나는 금세 망가졌다. 그도 마찬가지였다. 우리가 서로 연락이 안 되면 그는 망가지기 시작했다.

휴대폰을 꺼내어 그에게 전화를 걸었다.

"왜?"

그가 딱 잘라 말했다. 그러나 전화를 받았다는 건 좋은 신호였다.

"내가 뭔가 잘못했다면. 미안해. 그리고 고칠게. 알겠지?"

나는 재빨리 말했다.

그가 거친 목소리로 말했다.

"너, 정말 사람 열받게 하는구나?"

"응. 네가 몰랐나 본데, 난 사람들을 열받게 하는 재주가 있어. 하지만 너한테 그러기는 싫어."

나는 한숨을 내쉬었다.

"우리 문제가 해결되지 않으면 난 미쳐버릴 거야, 캐리. 너도 알잖아. 우리 사이에는 문제가 없어야 해."

"최근에는 나 같은 거 신경도 안 쓰더니?"

그가 불퉁거렸다.

"난 늘 천덕꾸러기였고 그게 우라지게 마음이 아프다고."

"난 늘 네 생각을 해. 겉으로 드러나지 않았다면 내 잘못이야."

그는 아무 말도 하지 않았다.

"널 사랑해, 캐리. 내가 엉망진창으로 굴고 있을 때에도 그 마음은 변치 않아."

그가 수화기에 대고 한숨을 내쉬었다.

"가서 일해. 괜히 스트레스 받지 말고. 점심에 만나서 이야기해."

"정말 미안해."

"12시에 봐."

전화를 끊고 일에 집중하려고 했지만 잘되지 않았다. 캐리가 나한테 화가 났다는 사실과 내가 그의 마음을 아프게 하고 있다는 것은 전혀 별개의 문제였다. 나는 그에게 있어서 자신을 실망시키지 않을 거라고 믿을 수 있는 몇 안 되는 사람 중 하나였다.

11시 30분, 조그만 사내 우편봉투 묶음이 도착했다. 그 중 하나에서 기데온이 쓴 쪽지가 나오자 온몸에 짜릿함이 번져 갔다.

나의 아름답고 섹시한 아내,

당신 생각을 멈출 수가 없어.

당신의

X.

행복에 겨워 책상 밑에서 발을 동동거렸다. 뒤틀린 하루가 조금은 바로잡히는 기분이었다.

나는 답장을 썼다.

다크 앤 데인저러스,
미친 듯이 당신을 사랑해요.
당신의 족쇄,
미세스 X.

쪽지를 봉투에 집어넣고 우편물 발송함에 넣었다.

기프트 카드(상품권과 신용카드를 결합한 선불카드-옮긴이) 광고를 작업 중인 예술가에게 답장 메일을 쓰고 있는데, 책상 위에 전화가 울렸다. 평소대로 전화를 받았더니 익숙한 프랑스 억양의 대답이 들려왔다.

"에바, 장 프랑수아 지로입니다."

의자에 몸을 기대고 말했다.

"안녕하세요, 지로 씨."

"오늘 만날 수 있을까요?"

이 남자는 대체 내게서 무엇을 원하는 걸까? 그걸 알아내기 위해서라도 어쨌든 그를 만나야 한다는 생각이 들었다.

"5시쯤? 크로스파이어 빌딩에서 그리 멀지 않은 곳에 와인 바가 있어요."

"그거 좋겠네요."

장소를 알려주고 전화를 끊고 나자 한 대 얻어맞은 듯한 기분이 들었다. 의자를 돌리며 곰곰이 생각해보았다. 기데온과 나는 앞으로 나아가려고 노력 중인데, 과거의 문제들과 사람들이 우리를 붙잡고 놓아주지 않았다. 결혼이나 약혼 사실을 발표하면 달라질까?

맙소사, 제발 달라지기를 바랐다. 하지만 그게 그렇게 쉽겠는가?

시계를 보고 다시 업무에 집중해서 이메일을 쓰기 시작했다.

12시 5분에 로비로 내려갔지만, 캐리가 아직 보이지 않았다. 기다리는 동안 불안감이 피어오르기 시작했다. 캐리와의 짧은 대화를 몇 번이나 곱씹어봤지만, 그의 말이 옳았다. 나는 기데온이 우리 삶에 들어오는 것에 캐리도 흔쾌히 동의할 거라고 확신하고 있었다. 절친한 친구와 남자 친구 사이에서 하나를 선택해야 하는 상황은 상상조차 할 수 없었다.

게다가 지금은 어떤 선택도 불가능했다. 나는 결혼했으니까. 그것도 환상적으로.

그러면서 나는 핸드백 지퍼 주머니에 결혼반지를 집어넣었다. 캐리가 우리 사이에 거리감이 커지고 있다고 생각한다면, 내가 주말에 말도 없이 결혼식을 올렸다는 사실을 알리는 건 전혀 도움이 되지 않을 것이다.

뱃속이 꼬였다. 우리 사이의 비밀이 점점 늘어나는 걸 견딜 수가 없었다.

"에바."

캐리의 목소리에 화들짝 놀라며 나만의 생각에서 빠져나왔다. 그는 헐렁한 카고 팬츠와 브이넥 티셔츠를 입고 성큼성큼 다가왔다. 선글라스를 끼고 주머니에 손을 찔러넣은 모습이 냉정하고 멀어 보였다. 주위 사람들이 그를 흘끔거렸지만 그는 내게만 집중하고 있어서 그것도 몰랐다.

나도 움직였다. 나도 모르게 서두르며 허겁지겁 달리기 시작하자, 그가 불만스럽게 한숨을 내쉬었다. 나는 그를 끌어안고 그의 가슴에 뺨을 포갰다.

"보고 싶었어."

그는 정확한 이유를 모르겠지만, 나는 진심을 다해 말했다.

그가 낮게 뭐라고 중얼거리며 나를 안아주었다.

"언젠가는 엉덩이에 불날 줄 알아라, 이 아가씨야."

뒤로 물러나 그를 올려다보았다.

"미안해."

그는 내 손을 잡고 크로스파이어 빌딩 밖으로 나갔다. 지난번 함께 점심을 먹었던, 타코를 아주 잘하는 집으로 갔다. 그 가게에는 찌는 듯한 여름의 무더위에 완벽하게 어울리는 훌륭한 버진 마가리타 슬러시도 있었다.

10분 정도 줄을 서서 기다렸다가 타코 두 개만 주문했다.

너무 오래 운동을 걸렀기 때문이었다. 캐리는 여섯 개를 주문했다. 손님이 막 떠난 테이블을 차지하고 앉았다. 캐리는 내가 빨대 포장지를 벗기기도 전에 타코 하나를 흡입했다.

"음성사서함 일은 정말 미안해."

"넌 아직 사태 파악을 못하고 있어."

그가 미소 한 번으로 멀쩡한 여자도 깔깔대는 소녀로 만들어버리는 입술을 냅킨으로 닦았다.

"전체적인 상황이 문제야. 넌 크로스와 한집에서 사는 문제를 생각해보라고 내게 메시지만 달랑 남겼어. 그래놓고 네 엄마한테는 이미 정해진 일인 것처럼 이야기했지. 그리고 주말 내내 행방불명이었어. 내 기분이 어떤지는 생각할 가치도 없는 거지?"

"그렇지 않아!"

"그런데 왜 너는 남자 친구랑 함께 살면서 룸메이트를 원하는 거야?"

그가 본격적으로 물었다.

"내가 천덕꾸러기 노릇을 원할 것 같아?"

"캐리……."

"난 동정 따위 필요 없어, 에바."

그의 에메랄드빛 눈이 갸름해졌다.

"다른 집도 구할 수 있고, 함께 살 룸메이트도 구할 수 있어. 그러니 내게 호의를 베풀 생각은 하지 마."

가슴이 옥죄었다. 아직은 캐리를 보낼 준비가 되어 있지 않았다. 아마도 미래의 언젠가는 각자 다른 길을 걸어가며 특별한 행사에만 만나게 되겠지만, 지금은 아니었다. 그럴 수가 없었다. 생각만 해도 머릿속이 복잡하게 얽혀버렸다.

"누가 동정이라고 그래?"

나는 맞받아쳤다.

"네가 근처에 없다고 생각하면, 난 미쳐버릴 것 같아."

그가 코웃음을 치면서 타코를 한입 베어 물었다. 잔뜩 화가 난 얼굴로 타코를 씹고 빨대로 음료를 쭉 빨아들이고는 음식물을 꿀꺽 삼켰다.

"난 대체 뭐냐? 너희 재회를 기념하는 메달이냐? 에바 동아리를 위한 기념 주화야?"

"잠깐."

나는 앞으로 몸을 숙였다.

"단단히 화가 난 것은 이해해. 미안하다고 했잖아. 난 너를 사랑하고 내 인생에 네가 있기를 바라. 하지만 실수를 했다고 해서 여기에 앉아 일방적으로 얻어맞고 있지는 않을 거야."

나는 자리에서 일어났다.

"나중에 만나."

"너, 크로스랑 결혼해?"

우뚝 멈춰 서서 캐리를 내려다보았다.

"그가 청혼했고, 나는 승낙했어."

캐리가 별로 놀랍지 않다는 듯 고개를 끄덕이더니 타코를 또 한입 베어 물었다. 나는 의자 등받이에 걸어놓은 핸드백을 집어 들었다.

"그와 단둘이 사는 게 두려운 거야?"

그가 씹으면서 물었다.

물론 그는 그렇게 생각할 것이다.

"아니야. 그는 자기 침실에서 따로 잘 거야."

"지난 몇 주 동안 그와 잤을 때에도 각방을 썼어?"

나는 그를 물끄러미 바라보았다. 그동안 내가 만난 '애인'이 기데온이었다는 것을 캐리도 알고 있었나? 아니면 그냥 떠보는 건가? 상관없었다. 캐리에게 거짓말하는 것도 지쳤으니까.

"거의 그래."

그가 타코를 내려놓았다.

"드디어 네 입에서 진실이 나오는구나. 난 네가 정직이 뭔지 잊어버린 줄 알았어."

"꺼져."

그가 씩 웃으며 내 의자를 가리켰다.

"궁둥이 도로 붙여, 자기야. 이야기 아직 안 끝났어."

"너, 재수 없어지려고 그래."

그의 미소가 사라지면서 눈빛이 단호해졌다.

"네가 몇 주 동안 거짓말하니까 심술이 나서 그래. 앉아."

나는 자리에 앉아 그를 노려보았다.

"그래서 이제 만족하니?"

"먹어. 할 이야기가 있단 말이야."

나는 짜증스럽게 한숨을 내쉬며 다시 의자에 핸드백을 걸고 그를 보았다.

"네가 정신을 차리고 꾸준히 일하는 모습을 보여주는 것으로 내 눈을 피했다고 생각한다면 큰 오산이야. 난 너희 둘이 다시 시작한 순간부터 네가 크로스랑 엮였다는 걸 알았으니까."

나는 타코를 먹으며 의심스러운 눈초리로 그를 보았다.

"에바, 크로스처럼 밤새 떡을 칠 수 있는 사람이 뉴욕에 또 있다면 지금까지 내가 그 사람을 못 찾아냈을 것 같아?"

밭은기침에 입안의 음식을 뿜을 뻔했다.

"그런 남자를 연달아 두 명이나 찾아낼 만큼 운 좋은 여자는 없단다."

그가 느릿느릿 말했다.

"에바, 아무리 너라도 말이야. 한 번 정도는 불황기를 겪거나, 적어도 처음에는 정말로 후진 놈팽이를 최소한 두 명 정도는 만났어야지."

빨대 포장지를 꾸깃꾸깃 뭉쳐서 그에게 던지자 그가 웃음을 터뜨리며 피했다.

그러더니 그가 갑자기 정색하고 말했다.

"널 차버린 남자에게 돌아갔다고 내가 비난이라도 할 줄 알았던 거야?"

"그보다 복잡해, 캐리. 상황이……, 꼬였어. 엄청난 압박이 있어. 게다가 기자까지 기데온의 뒤를 쫓고 있어."

"쫓아?"

"완전히. 난 그냥 싫어."

네가 진실을 아는 게. 상처를 받는 게. 모든 게 밝혀지고 공범으로 몰리는 게.

"그냥 이렇게 흘러가게 놔둘 수밖에 없었어."

마침내 애매하게 말했다.

그가 잠시 생각을 해보더니 고개를 끄덕였다.

"그래서 지금은 그와 결혼하려고 하고?"

"응."

목에 뭔가 걸린 것만 같아서 음료를 마셨다.

"하지만 그 사실을 아는 사람은 기데온과 나 말고는 네가 유일해."

"마침내 비밀 하나에 나를 끼워주는군."

그리고 그는 잠시 입을 굳게 다물었다.

"아직도 나랑 같이 살기를 원해?"

나는 다시 앞으로 몸을 숙여 그의 손을 잡았다.

"너도 할 일이 있고 갈 곳이 있다는 거 알아. 하지만 그러지 않았으면 좋겠어. 내가 결혼을 했든 안 했든, 아직은 너 없이 살 준비가 되어 있지 않아."

그가 뼈가 눌릴 만큼 내 손을 꽉 쥐었다.

"에바."

"잠깐."

나는 빨리 말했다. 그가 갑자기 너무 진지해지자, 내 말을 다 듣기도 전에 나를 잘라낼까 봐 겁이 났다.

"기데온의 펜트하우스에 사용하지 않는 원룸 아파트가 딸려 있대."

"원룸 아파트라. 5번 가에 말이지."

"응, 대단하지? 너 혼자 쓰는 거야. 너만의 공간과 너만의 입구와 센트럴 파크가 내려다보이는 전망까지. 그래도 여전히 나와 연결되어 있고. 가장 좋은 점만 골랐어."

그를 낚고 싶어서 미끼를 던지는 마음으로 재빨리 말을 이었다.

"당분간은 어퍼 웨스트 사이드에 계속 있을 거야. 그사이에 펜트하우스를 바꿀 거고. 기데온이 너도 원하는 대로 원룸을 바꿀 수 있대."

"내 아파트라."

그가 나를 물끄러미 쳐다보자 한층 더 불안해졌다. 두 남녀가 우리 테이블과 반대편 테이블 사이의 비좁은 통로를 지나가려고 했지만 모른 척했다.

"동정심하고는 아무 상관 없어."

나는 그를 설득했다.

"나는 깔고 앉은 돈을 돌려볼까 생각 중이야. 재단이나 뭐나 그런 걸 만들어서 우리가 믿는 원칙과 자선 사업을 위해 투자할 생각이야. 네 도움이 필요해. 그 일에 보수도 지급할게. 네 업무에 대한 보수 말고도 네 얼굴에 대한 보수도 줄게. 네가 재단의 첫 대변인이 되어주면 좋겠어."

캐리의 손이 느슨해졌다.

깜짝 놀라서 그의 손을 꼭 쥐었다.

"캐리?"

그의 어깨가 축 처졌다.

"타티아나가 임신했어."

"뭐?"

내 얼굴에서 핏기가 싹 가시는 게 느껴졌다. 작은 식당은 사람들로 북적거렸고 주방 쪽에서 들려오는 주문 외치는 소리와 쟁반과 식기 부딪치는 소리가 방해하기는 했지만, 나는 캐리의 입에서 나온 두 마디를 선명하게 들어버렸다.

"농담이지?"

"나도 농담이면 좋겠다."

그가 손을 거두어 한쪽 눈 위에 드리운 앞머리를 쓸어 넘겼다.

"아이를 원하지 않는 건 아니야. 그건 괜찮아. 하지만……. 아이, 씨. 지금은 아니란 말이야. 게다가 타티아나랑은 아니야."

"어떻게 임신을 했단 거야?"

캐리는 스스로 위험스러운 생활을 한다는 것을 잘 알았기에 피임에 관해서는 거의 종교적이었다.

"거야 뭐, 타티아나 안에 내 거시기를 밀어 넣고 마구……."

"닥쳐."

나는 내뱉듯이 말했다.

"너, 조심하잖아."

"뭐, 그렇지. 하지만 콘돔을 쓴다고 확실히 피임이 되는 건 아니니까."

그가 지친 듯이 말했다.

"게다가 타티아나는 피임약을 안 먹어. 그거 먹으면 늘어져서 지나치게 많이 먹게 된대."

"맙소사."

눈이 따가워지면서 눈물이 핑 돌았다.

"네 아이가 분명해?"

그가 코웃음을 쳤다.

"아니. 그렇다고 내 아이가 아니라는 뜻도 아니야. 임신 6주라니까 가능하기는 하지."

결국 이렇게 질문해야 했다.

"아이를 낳을 생각이래?"

"모르겠어. 생각 중이야."

"캐리……."

결국 참지 못하고 눈물이 뺨을 타고 흘러내렸다. 마음이 아팠다.

"어떻게 할 거야?"

"어떻게 할 수 있겠어?"

캐리가 의자 뒤로 몸을 기댔다.

"타티아나가 결정할 일이지."

무기력함 때문에 속이 타고 있었을 것이다. 캐리의 어머니는 원치 않는 그를 낳고 나서 아이가 생길 때마다 낙태를 했다. 그 생각이 늘 그를 괴롭혀왔다. 언젠가 그에게서 들은 이야기였다.

"타티아나가 아이를 낳겠다고 하면? 친자 확인 검사를 할 거야?"

"맙소사, 에바."

그가 빨개진 눈으로 나를 보았다.

"아직 그 정도까지는 생각하지 않았어. 트레이에게는 대체 뭐라고 말하면 좋아? 우리 사이가 이제야 조금 좋아지기 시작했는데, 이런 일로 트레이의 뒤통수를 쳐야겠어? 트레이는 날 버릴 거야. 이제 끝장이라고."

깊은숨을 들이마시며 몸을 반듯이 폈다. 캐리와 트레이가 헤어지게 놔둘 수는 없었다. 기데온과 나의 사이가 좋아졌으니, 그동안 게을리 해온 내 인생의 다른 부분을 돌볼 때가 왔다.

"한 번에 한 걸음씩 옮기자. 그렇게 하나씩 해결해나가자. 이 일도 극복해낼 거야."

그가 힘겹게 침을 삼켰다.

"네가 필요해."

"나도 네가 필요해. 우리는 함께 머리를 맞대고 이 일을 헤쳐나갈 거야."

나는 애써 미소를 지었다.

"난 아무 데도 가지 않아. 너도 그렇고. 이번 주말에 샌디에이고 가는 것만 빼고."

나는 서둘러 선언하며, 속으로 기데온에게도 샌디에이고 가는 일을 말해야겠다고 생각했다.

"하느님, 감사합니다."

그가 다시 반듯이 앉았다.

"지금 당장 트레비스 박사님과 농구를 할 수 있다면 뭔들 못하겠어?"

"그래."

나는 농구를 하지는 않았지만, 트래비스 박사님과 일대일 농구를 대화법으로 사용할 수 있다는 것은 알았다.

우리가 뉴욕에 온 지 몇 달 만에 이토록 멀리 궤도를 벗어나버렸다는 걸 알면 트래비스 박사님은 뭐라고 말할까? 우리가 다 같이 마지막으로 둘러앉았을 때는 원대한 꿈을 품고 있었다. 캐리는 슈퍼볼 광고 스타가 되고 싶다고 했고, 나는 그 광고를 만드는 사람이 되고 싶다고 했다. 하지만 지금 캐리는 아기 아빠가 될 가능성에 직면해 있고, 나는 이제껏 만나본 사람 중 가장 복잡한 남자와 결혼했다.

"트래비스 박사님, 아마 거품 물 거다."

캐리가 내 마음을 읽었는지 이렇게 중얼거렸다.

무슨 이유에서인지, 그 말에 둘 다 깔깔 웃었다가 다시 울었다.

내 자리로 돌아와보니 또 한 더미의 사내 우편봉투가 놓여 있었다. 아랫입술을 살짝 깨물며 봉투를 뒤적이다가 내가 원하던 봉투 하나를 발견했다.

그 족쇄의 여러 가지 용도가 생각나는군,

미세스 X.

당신도 아주 좋아할 거야.

당신의

X.

점심의 먹구름이 조금 걷히는 기분이었다.

깜짝 놀랄 만한 캐리의 고백을 듣고 지로를 만나려니 여기서 나빠져봐야 얼마나 더 나빠질 수 있겠나 하는 생각이 들었다.

와인 바에 가보니 그가 벌써 와 있었다. 완벽하게 다림질이 된 카키색 바지 차림에 흰색 드레스 셔츠의 소매를 말아 올리고 목 단추를 푼 모습이 근사하고 편안해 보였다. 그렇다고 느긋해 보이지는 않았다. 이 남자는 활시위처럼 팽팽하게 당겨진 채 긴장감으로 몸을 떨며 스스로를 갉아먹고 있었다.

"에바."

그는 인사를 건네고 처음부터 마음에 들지 않았던 노골적인 친밀감으로 내 양쪽 뺨에 입을 맞추었다.

"매혹적이군요."

"오늘은 그렇게 심한 금발 백치가 아니란 말인가요?"

"아."

그가 눈은 움직이지 않고 입만 웃으며 말했다.

"면목이 없습니다."

창가 테이블에 자리를 잡고 앉아 주문을 했다.

와인 바는 오래된 듯 보였다. 천장은 주석 타일로 덮었고, 바닥은 예스럽게 나무로 깔았으며, 한때 선술집이었음을 암시하는 복잡한 조각으로 장식된 바가 있었다. 추상적인 조각 작품이라고 해도 될 만한 바 뒤로는 크롬으로 만든 와인 선반이 현대적인 분위기를 풍기고 있었다.

직원이 와인을 따라주는 동안, 지로는 노골적으로 내 안색을 살폈다. 무엇을 찾는지는 알 수 없었지만, 분명히 뭔가를 탐색하고 있었다.

내가 쉬라즈 와인(호주산 와인의 일종-옮긴이)을 한 모금 마시자, 그가 편안하게 의자에 기대어 와인잔을 빙글빙글 돌렸다.

"제 아내를 만났다고 들었습니다."

"예, 아주 미인이시더군요."

"예, 그렇죠."

그가 와인잔을 내려다보았다.

"아내에 대해 어떻게 생각하죠?"

"그걸 왜 묻는 거죠?"

그가 다시 나를 보았다.

"아내를 경쟁자로 생각합니까? 아니면 위협 요소?"

"둘 다 아니에요."

또 한 모금을 들이키는데, 내가 앉은 자리 바깥 길가에 검은 벤틀리 SUV가 천천히 좁은 공간을 비집고 들어오는 게 보였다. 운전석에 앙구스가 앉아 있었는데, 그는 바로 앞에 서 있는 주차 금지 표지판에도 아랑곳하지 않았다.

"그 정도로 크로스를 믿습니까?"

다시 지로를 쳐다보았다.

"예. 그렇다고 해서 지로 씨가 아내를 데리고 프랑스로 돌아가기를 바라지 않는다는 뜻은 아니에요."

그가 한쪽 입꼬리를 비틀어 올리며 기분 나쁘게 웃었다.

"크로스를 사랑합니까?"

"예."

"왜죠?"

그 말에 웃음이 나왔다.

"기데온을 향한 제 마음을 통해 코린의 마음을 이해할 수 있으리라 생각한다면 오산이에요. 그와 나는, 우리는……, 다른 사람들과 있을 때와는 사뭇 다르니까요."

"알아요. 나도 당신이 크로스와 함께 있는 걸 봤으니까."

지로가 와인을 마시더니 맛을 음미하다가 삼켰다.

"죄송합니다만, 우리가 왜 여기 앉아 있는지 모르겠네요. 저한테 원하는 게 뭐죠?"

"언제나 그렇게 직설적인가요?"

"예."

나는 어깨를 으쓱했다.

"헷갈리는 건 질색이에요."

"그럼 나도 직설적으로 묻겠습니다."

그가 손을 내밀어 내 왼손을 잡았다.

"반지를 낀 자국이 있군요. 꽤 큼직한 반지네요. 약혼반지인가요?"

내 손을 내려다보니 그의 말이 옳았다. 반지를 낀 손가락에 다른 부위보다 옅게 사각형의 자국이 나 있었다. 살결이 하얀 엄마와 달리 아빠의 따뜻한 피부색을 물려받아 쉽게 탔다.

"아주 예리하시군요. 하지만 그 관찰력은 자기 자신에게나 사용하시길 바라요."

내 말에 그가 웃었는데, 처음으로 진실해 보였다.

"어쩌면 아내의 마음을 되돌릴 수 있을지도 모르겠어요."

"노력하면 할 수 있을 거예요."

이제 갈 시간이라는 생각이 들어 윗몸을 반듯이 폈다.

"아내분께서 제게 뭐라고 했는지 아세요? 남편이 무관심하다고 하더군요. 그녀가 돌아오길 기다리지 말고 직접 되찾으려고 노력해보세요. 아내분도 그러길 원할 거라고 생각해요."

내가 일어서자 그도 일어섰다.

"아내는 크로스를 쫓아왔어요. 남자를 쫓아다니는 여자는 자신을 쫓아다니는 남자에게서 별 매력을 느끼지 못해요."

"그건 잘 모르겠네요."

주머니에서 20달러 지폐를 꺼내 테이블 위에 올려놓았다. 그가 매서운 눈초리로 지켜보았다.

"지로 씨가 청혼했을 때 코린은 받아들였잖아요. 그때 어떻게 했는지 잘 생각해보세요. 잘 가요, 장 프랑수아."

그가 무슨 말인가 하려고 입을 열었지만, 나는 벌써 문밖으로 향하고 있었다.

와인 바에서 나오자, 벤틀리 옆에서 앙구스가 기다리고 있었다.

"집에 돌아가실 겁니까, 크로스 부인?"

뒷자리에 올라타자 앙구스가 인사를 건넸다.

그의 인사에 웃음이 나왔다. 그리고 지로와 나눈 대화까지 뒤섞여서 어떤 생각이 불쑥 떠올랐다.

"괜찮다면 어딜 좀 들르고 싶어요."

"물론입니다."

앙구스에게 방향을 알려주고 좌석에 등을 기대고는 쌓여가는 기대감을 천천히 음미했다.

볼일을 다 마쳤을 때 6시 30분이나 되었지만, 앙구스에게 물어보니 기데온은 아직도 사무실에 있었다.

"그에게 데려다 줄래요?"

"물론입니다."

퇴근하고 몇 시간이 지나 다시 크로스파이어 빌딩으로 돌아가려니 기분이 묘했다. 아직도 로비에는 사람들이 오가고 있었지만 낮 시간대와는 사뭇 느낌이 달랐다. 맨 꼭대기 층에 도착해보니, 크로스 인더스트리로 향하는 유리 보안문이 활짝 열려 있고 당직 청소원들이 쓰레기통을 비우고 진공청소기를 밀며 한창 청소를 하고 있었다.

곧장 기데온의 사무실로 향했다. 비서 스콧의 자리를 비롯해 책상들이 모두 비어 있는 게 보였다. 기데온은 구석의 옷걸이에 재킷을 걸어둔 채 귀에 이어폰을 끼고 책상 뒤에 서 있었다. 양손을 엉덩이에 올리고 무슨 말인가를 하고 있었는데, 입술은 빨리 움직이고 얼굴은 몹시 집중하는 표정이었다.

그 앞의 벽에는 세계 각국의 뉴스를 보여주는 평면 모니터가 가득 걸려 있었고 오른쪽에는 유리 선반에 보석 장식을 한

바가 설치되어 있었는데, 온통 흑백과 회색으로만 꾸며진 사무실의 서늘한 분위기에서 유일하게 색감을 발휘하고 있었다. 각각 분리된 세 곳의 응접 세트가 편안한 공간을 마련해주고 있었지만, 기데온의 검은색 책상은 공간 안의 모든 전자기기를 작동할 수 있는 최첨단 기술이 집약되어 있었다.

값비싼 장난감에 둘러싸여 있는 내 남편은 맛있어 보이지 않는 구석이 하나도 없었다. 아름다운 선으로 재단된 조끼와 바지를 통해 완벽한 몸매를 고스란히 드러낸 그가 사령실 한가운데 서서 권력을 휘두르며 제국을 건설하는 모습을 보고 있으려니 심장이 미친 듯이 뛰었다. 그를 에워싼 전면 유리창에는 당당하고 훌륭한 뉴욕의 풍경이 펼쳐져 있었지만, 그 광경조차 기데온에게는 맞수가 되지 못했다.

기데온은 그가 굽어보는 모든 것의 주인이었고, 그 사실은 명백하게 눈에 보였다.

핸드백에 손을 넣어 작은 주머니 지퍼를 열고 그 안에 넣어 둔 반지 두 개를 꺼내어 하나는 내 손에 끼었다. 그리고 그를 차단하는 유리벽과 이중문을 향해 다가갔다.

기데온이 고개를 돌리다가 나를 발견하자마자 곧바로 눈빛이 뜨거워졌다. 그가 책상 위 버튼을 누르자 이중문이 자동으로 열렸다. 유리벽이 곧바로 불투명해지면서 사무실을 돌아다니는 그 누구도 우리의 모습을 볼 수 없었다.

나는 안으로 들어갔다.

"알겠어."

그가 통화 상대에게 말했다.

"마무리해서 보고하도록 해."

전화를 끊고 이어폰을 빼서 책상 위로 던지는 동안에도, 그의 시선은 내게서 떨어지지 않았다.

"깜짝 놀랄 만한 선물이 왔군, 앤젤. 지로와의 만남은 어땠어?"

나는 어깨를 으쓱했다.

"어떻게 알았어요?"

그의 입꼬리가 한쪽으로 올라가며 '정말로 궁금해서 물어보는 거야?'라는 듯한 표정을 지었다.

"여기 있을 거예요?"

"30분 후에 일본 지사와 화상회의가 있어. 그러면 끝나. 그 후에 저녁 먹으러 가자."

"그럼 뭘 사 가지고 집에 가서 캐리랑 같이 먹어요. 캐리에게 아기가 생겼대요."

기데온의 양쪽 눈썹이 추켜 올라갔다.

"뭐라고?"

"정확히 말하면 아기가 생길지도 모른대요."

나는 한숨을 쉬었다.

"그 일로 캐리의 기분이 엉망이라 옆에 있어주고 싶어요. 게다가 당신과의 재결합에 캐리도 익숙해져야 하니까요."

그가 나를 관찰하는 눈빛으로 훑어보았다.

"당신도 기분이 엉망인 모양이군. 여기 온 걸 보니까."

그가 책상을 돌아와 양팔을 벌렸다.

"안아줄게."

나는 바닥에 핸드백을 놓으며 구두도 벗어 던지고 곧장 그에게 걸어갔다. 그가 양팔로 내 몸을 감싸 안고 단단하고도 따스한 입술로 이마에 입을 맞추었다.

"우린 잘해낼 수 있을 거야."

그가 중얼거렸다.

"걱정하지 마."

"사랑해요, 기데온."

그가 나를 더 세게 끌어안았다.

몸을 뒤로 젖혀 그의 매혹적인 얼굴을 올려다보았다. 안 그래도 시리게 파란 그의 눈빛이 여행을 갔다 온 뒤 태양빛을 받아 한층 더 파래진 것 같았다.

"당신에게 줄 게 있어요."

"응?"

뒤로 물러나서 얼른 그의 왼손을 붙잡았다. 그 상태로 그의 손가락에 방금 사 온 반지를 끼웠다. 굵은 마디에 맞게 반지를 이리저리 돌리면서. 그동안 그는 전혀 움직이지 않았다. 자세히 살펴보라고 그의 손을 놓아주었을 때도, 그는 내가 손을 잡았던 그대로 움직이지 않았다. 그 자리에 그대로 얼어붙어버린 것만 같았다.

기대했던 대로라고 생각하며 고개를 살짝 기울인 채 경탄의 눈빛으로 그의 손을 바라보았다. 하지만 그가 한 마디도 하지 않자 고개를 들어 그를 보았다. 그는 난생처음 보는 물건을 바라보듯이 자신의 손을 물끄러미 내려다보고 있었다.

심장이 쿵 내려앉았다.

"마음에 안 드는 모양이군요."

그가 콧구멍을 벌름거리며 깊은숨을 들이마시더니 자기 손을 뒤집어 손바닥 쪽을 보았다. 내가 고른 반지는 둥근 고리를 따라 끊임없이 이어지는 모양이었다.

백금으로 만든 이 결혼반지는 그가 오른손에 낀 반지와 아주 비슷했다. 똑같이 기울어진 빗금 홈이 파인 것이 산업적이고도 남성적인 모양새였다. 그러나 결혼반지에는 루비가 잔뜩 박혀 있었다. 검게 그을린 그의 피부와 검은색 정장을 배경으로 한층 돋보이는 루비의 핏빛은 내 소유욕의 분명한 표현이었다.

"너무 과하죠?"

나는 조용히 말했다.

"언제나 너무 과하지."

그가 거친 목소리로 말했다. 그리고 곧 내게 달려들어 두 손으로 내 머리를 감싸고 맹렬하게 키스를 퍼부었다.

그의 손목을 잡으려 했지만, 그가 훨씬 더 빨리 움직여서 내 발이 땅에서 떨어지도록 내 허리를 번쩍 안아 올려 소파로 데려갔다. 오래전 우리가 처음으로 사랑을 나누었던 그 소파였다.

"이럴 시간이 없잖아요."

나는 헐떡였다.

그가 소파 끝에 나를 엉덩이부터 내려놓았다.

"오래 걸리지 않아."

그의 말은 농담이 아니었다. 그는 곧장 치마 속으로 손을 뻗어 팬티를 내리고 다리를 활짝 벌리고는 그 앞에 고개를 숙였다.

권력을 휘두르는 사령관다운 자태에 내가 감탄을 금치 못했던 기데온 크로스가 자신의 사무실에서 내 허벅지 사이에 무릎을 꿇고 앉아 가차 없는 기술로 나를 먹어치웠다. 그의 혀가 클리토리스 위를 날름거릴 때 나는 절정을 향한 욕망으로 온몸을 뒤틀었지만, 결국 그의 이름을 외치며 절정에 도달한 것은 다름 아닌 그의 모습, 즉 정장 차림으로 자신의 사무실에서 철저하게 나만을 위해 복무하는 그 모습 때문이었다.

그가 내 안을 핥는 동안 나는 기쁨으로 몸을 떨었다. 그의 사악하고도 노련한 혀가 내 안으로 얕게 돌진하자, 민감한 속살이 마구 진동했다. 결국, 그가 바지 앞섶을 열고 잔뜩 성이 난 페니스를 꺼내자 나는 부끄러운 줄도 모르고 절박한 마음이 되어 애원하듯 그를 향해 내 몸을 들이댔다.

기데온은 손으로 묵직한 자신의 성기를 붙잡고 내 갈라진 틈에 굵직한 귀두를 쳐대며 한 차례의 오르가슴으로 매끄러워진 물기를 자신의 페니스에 묻혔다. 필요한 부분만 빼고 우리 둘 다 옷을 입고 있다는 사실에 한층 더 후끈하게 달아올랐다.

"당신을 굴복시키고 싶어."

그가 음산하게 말했다.

"몸을 굽히고 더 넓게 벌려. 깊이 들어갈 거야."

생각만으로도 헐떡거리며 몸을 돌려 그의 말에 복종했다. 그의 남성이 얼마나 큰지 알기에 소파 옆으로 가서 팔걸이 위로 몸을 걸치고 뒤쪽으로 손을 뻗어 치마를 걷어올렸다.

그는 조금도 망설이지 않았다. 강력한 힘으로 엉덩이를 밀어붙여서 내 안 깊은 곳에 페니스를 찔러넣고 가득 채웠다.

"에바."

나는 숨을 헐떡이며 소파 쿠션을 붙잡았다. 그는 굵고 단단하며 몹시 길었다. 소파 팔걸이 굽은 부분에 배를 대고 있으려니 내 안에 들어와 있는 그의 남성이 딱딱해지는 게 느껴졌다.

그가 내 위에 몸을 포개고 양팔로 내 몸을 감싸 안고는 내 목에 이를 박았다. 원초적인 욕구에 내 여성이 바짝 조이며 그의 페니스를 쥐어짜듯 애무했다.

그는 으르렁거리며 입술로 내 몸을 마구 핥아댔다. 턱에 돋아난 짧은 수염이 내 몸을 가볍게 긁었다.

"이 느낌이 무척 좋아."

그가 거칠게 말했다.

"당신과 섹스하는 게 정말 좋아."

"기데온."

"손을 줘봐."

무엇 때문인지 모른 채 뒤로 양팔을 뻗자, 그가 내 손목을 잡고 내 허리 옆에 고정했다.

그리고 다시 나를 탐하기 시작했다. 내 여성을 향해 가차 없이 돌진해오면서 엉덩이를 밀어붙일 때마다 내 손을 잡아당겨 내 몸을 뒤로 젖혔다. 묵직한 음낭이 클리토리스에 부딪혔고 리드미컬한 마찰과 충격이 또 한 번의 오르가슴을 몰고 왔다. 그는 내 안으로 돌진할 때마다 나와 똑같이 낮은 신음을 뱉어냈다.

오르가슴을 향한 그의 질주는 거칠었고, 내 몸을 향한 완벽한 통제력도 뜨거웠다. 나는 그 자리에 엎드린 채 그의 애욕과 굶주림을 고스란히 받아들이며, 그가 나를 탐하는 동안 그를 위해 복무하는 것 말고는 달리 할 수 있는 일이 없었다. 그의 돌진이 안겨주는 마찰력은 황홀했고, 꾸준히 밀어붙이는 힘은 미칠 것 같은 욕망을 안겨주었다.

그를 볼 수만 있다면, 초점을 잃고 쾌락에 빠져든 그의 모습을, 고통스러운 희열로 잔뜩 찌푸린 그의 얼굴을 볼 수 있다면! 내가 그를 그렇게 만들 수 있다는 사실이, 그가 내 몸을 그토록 좋아한다는 게, 나와의 섹스가 그의 방어력을 산산조각낼 수 있다는 사실이 정말 좋았다.

그가 후드득 몸을 떨며 뭐라고 욕설을 내뱉었다. 그의 페니스가 더 길고 굵어졌고 음낭이 단단히 졸아들었다.

"에바……, 맙소사. 사랑해."

내 안에서 그의 정액이 마구 분출하며 뜨겁고 굵게 요동치는 것이 느껴졌다. 나는 비명을 억누르며 입술을 깨물었다. 무척 뜨거워서 금방이라도 절정에 이를 것 같았다.

그가 내 손목을 놓고 두 팔로 내 몸을 감싸 안더니 다리 사이로 손가락을 밀어 넣어 부풀어 오른 클리토리스를 문질렀다. 그가 정액을 분출하며 요동치는 동안 나도 절정에 이르렀다. 내 깊은 곳에서 그가 모든 것을 비울 때까지 그의 페니스를 쥐어짰다. 그의 입술이 내 뺨에 닿았다. 뜨겁고 축축한 숨결이 내 살갗에 쏟아지며 그의 가슴에서 우르르 울리는 소리가 새어나왔고, 곧이어 그는 길고 거세게 사정했다.

오르가슴이 잦아드는 동안 둘 다 헐떡이며 나른하게 서로의 몸에 기대고 있었다.

나는 힘겹게 마른침을 삼키고 헐떡이며 겨우 이렇게 말했다.

"반지가 마음에 들었군요."

거친 그의 웃음소리가 내 안을 기쁨으로 가득 채웠다.

오 분 뒤, 나는 충분한 만족감을 느끼며 소파 위에 축 늘어져서 움직일 수가 없었다.

기데온은 원래의 완벽한 모습으로 돌아가 충분히 섹스를 즐긴 만족스러운 남성의 건강미와 생기를 발산하며 책상에 앉아 있었다.

그는 거침없이 화상회의를 이끌어갔다. 주로 영어로 대화했지만, 시작과 마무리는 일본어로 했다. 그의 목소리는 깊고 부드러웠다. 가끔 내 쪽을 돌아보았는데, 희미한 미소에 도저히 숨길 수 없는 의기양양함이 묻어 있었다.

오르가슴 뒤에도 술에 취한 것처럼 붕 뜬 기분이 느껴질 만큼 엔도르핀을 분비시킨 걸 생각하면 의기양양할 만도 했다.

기데온이 화상회의를 마치고 자리에서 일어나 다시 재킷을 벗었다. 번들거리는 눈빛을 보면 그 이유를 알 수 있었다.

나는 힘을 겨우 짜내어 눈썹을 추켜세우며 말했다.

"그만 나가는 거 아니었어요?"

"물론 나가야지. 하지만 지금은 아니야."

"아무래도 그 비타민 끊어야겠어요, 에이스."

그가 조끼 단추를 풀며 씩 웃었다.

"그동안 소파에서 당신을 먹어치우는 환상을 얼마나 많이 그려봤는지 몰라. 아직 반도 못 채웠어."

몸을 일으키며 일부러 그를 도발했다.

"우린 결혼한 사이인데, 아직도 못된 짓을 하며 놀 수 있을까요?"

그 경이로운 눈동자에 빛이 반짝이는 것을 보고 그의 생각을 읽을 수 있었다.

기데온은 내 질문에 확실하게 대답하고, 9시가 다 돼서야 크로스파이어 빌딩을 나섰다.

21

기데온과 내 집 거실에 앉아 땀을 흘리며 피자를 먹고 있는데 10시 조금 넘어서 캐리가 들어왔다. 타티아나도 함께였다. 나는 기데온 앞으로 손을 뻗어 치즈 가루 포장을 집으면서 속삭였다.

"아기 엄마예요."

그가 흠칫 놀랐다.

"저 여자 골칫거리잖아. 불쌍한 친구."

키가 훤칠한 금발 미녀가 들어와서 피자를 보더니 무례하게 대놓고 코를 찡그리는 것을 보고, 나도 기데온의 말이 옳다고 생각했다. 그랬던 그녀가 기데온을 향해 도발적이고 유혹적으로 웃었다.

나는 깊은숨을 들이마시며 참아주기로 결심했다.

"안녕, 캐리."

기데온이 내 절친에게 인사하며 한쪽 팔로 내 어깨를 감싸고 내 목에 얼굴을 묻었다.

"안녕."

캐리가 말했다.

"무슨 영화 보고 있었어?"

"〈엔드 오브 왓치〉."

내가 대답했다.

"정말 재미있어. 두 사람도 같이 볼래?"

"좋지."

캐리가 타티아나의 손을 잡고 소파 쪽으로 이끌었다.

그러나 타이아나는 마음에 들지 않는다는 것을 감출 만큼 우아하지 않았다.

익숙한 자세인지, 두 사람은 소파에 앉자마자 서로 얽혔다. 기데온이 피자 상자를 밀어주었다.

"배고프면 먹어."

캐리는 한 조각을 집어들었지만, 타티아나는 캐리가 자기 몸을 밀어냈다고 불평을 터뜨렸다. 그녀가 함께 어울리기에 결코 편안한 사람이 못 된다는 사실에 적잖이 실망했다. 만약 타티아나가 아기를 낳는다면 그녀는 내 인생에도 끼어들 수밖에 없을 텐데, 관계가 거북해질까 봐 벌써부터 걱정이었다.

결국, 두 사람은 거실에 그리 오래 머물지 않았다. 그녀가 영화 화면이 마구 떨려서 속이 느글거린다고 불평하자, 캐리가 자기 방으로 데려갔다. 잠시 후, 깔깔대는 그녀의 웃음소리가 들려왔다. 그녀의 가장 큰 문제는 캐리를 혼자서 독점하려는 태도였다. 그런 불안감은 나도 이해할 수 있었다. 나 역시 그랬으니까.

"마음 편히 가져."

기데온이 자기 가슴 쪽으로 나를 끌어당기며 중얼거렸다.

"저 문제도 해결할 수 있을 거야. 시간을 두고 기다려."

그의 왼팔을 내 어깨에 두르게 하고 그의 반지를 만지작거렸다.

그는 내 관자놀이에 입을 맞추고 영화를 마저 보았다.

기데온은 자신의 아파트에서 잤지만, 내 드레스 지퍼를 올려주고 커피를 만들어주려고 아침 일찍 우리 집으로 건너왔다. 진주 귀걸이를 차고 막 복도로 나서는데, 타티아나가 양손에 물병 두 개를 들고 주방 쪽에서 오고 있었다.

실오라기 하나 걸치지 않은 알몸이었다.

화가 치밀어 올랐지만, 목소리를 차분하게 눌렀다. 겉으로 봐서는 임신한 게 드러나지 않았지만, 임신 사실을 알고서도 소리를 지르며 싸울 수는 없었다.

"미안하지만, 내 아파트에서 돌아다니려면 옷을 입어야 할 걸요."

"당신 아파트만이 아닐 텐데?"

그녀가 어깨 너머로 황갈색 머리채를 넘기며 맞받아치고는 나를 스쳐 지나가려고 했다.

한쪽 팔을 들어 그녀를 막았다.

"나랑 게임을 하려 들면 안 되죠, 타티아나."

"왜?"

"당신이 질 테니까."

그녀가 잠시 나를 뚫어져라 쳐다보았다.

"캐리는 날 고를걸."

"그럴 일이 생기면 캐리는 당신에게 화를 낼 테고, 그러면 어쨌든 지게 돼요."

나는 팔을 내렸다.

"곰곰이 생각해봐요."

뒤쪽에서 캐리의 방문이 열렸다.

"대체 거기에서 뭐 하는 거야, 타티아나?"

캐리가 사각 팬티만 걸친 채 문간에 서 있었다.

"타티아나에게 예쁜 가운 하나 사 주지 그래, 캐리?"

그가 턱을 완강히 다물며 손짓으로 나를 물리치고 문을 더 열어 조용히 타티아나에게 들어오라고 명령했다.

이를 갈며 다시 주방으로 갔는데, 기데온이 있는 걸 보고 기분이 더 나빠졌다. 그는 조리대에 기대서서 느긋하게 커피를 마시고 있었다. 검은 정장 차림에 연회색 타이를 맨 그는 참을 수 없을 정도로 잘생겼다.

"쇼는 즐거웠어요?"

나는 잔뜩 볼멘소리로 물었다. 그가 다른 여자의 벌거벗은 몸을 봤다는 사실이 싫었다. 그냥 아무 여자도 아니고, 그가 특히 좋아하는 것으로 알려진 가냘프고 호리호리한 체형의 모델이었다.

그가 상관없다는 듯 한쪽 어깨를 으쓱하며 말했다.

"특별할 것도 없었어."

"당신은 키가 크고 마른 여자를 좋아하잖아요."

조리대 위에 올려놓은 내 몫의 커피잔을 향해 손을 뻗었다.

그때 기데온이 내 손 위에 자신의 왼손을 포갰다. 결혼반지에 박힌 루비들이 주방의 밝은 조명을 받아 반짝거렸다.

"지난번에 확인해보니 내가 도저히 거부할 수 없는 내 아내는 몸집이 작고 쾌락에 능하던데? 그것도 몹시."

나는 질투심을 몰아내려고 애쓰며 눈을 감았다.

"내가 왜 이 반지를 골랐는지 알아요?"

"붉은빛은 우리의 색깔이니까."

그가 조용히 말했다.

"리무진에 탔을 때 당신은 붉은 드레스를 입고 있었어. 가든파티에서 날 미치게 만들었을 때에도 붉은색이었지. 우리 결혼식에서도 당신은 머리에 붉은 장미를 꽂았어."

그가 이해하고 있다는 사실이 마음에 위안을 주었다. 나는 몸을 돌려 그의 몸에 기댔다.

"음……."

그가 나를 가까이 끌어안으며 가르랑거렸다.

"당신은 부드럽고 맛있는 작은 골칫거리야, 앤젤."

분노가 짜증 정도로 녹아내리는 것을 느끼며 고개를 저었다.

그가 내 뺨에 코를 비볐다.

"사랑해."

"기데온."

나쁜 기분을 키스로 몰아내려고 고개를 젖혀 그를 향해 입을 내밀었다.

내 입술에 그의 입술이 닿을 때마다 내 발가락이 오그라들었다. 살짝 어지럼증이 느껴질 무렵 그가 물러나며 중얼거렸다.

"오늘 피터센 박사와 약속이 있어. 끝나면 전화할게. 저녁으로 뭘 먹을지 생각해둬."

"좋아요."

기쁨으로 가득한 짤막한 내 대답에 그가 웃었다.

"목요일에 함께 상담을 받을 수 있도록 약속을 잡아둘게."

"다음 주 화요일로 해줘요."

나는 정신을 차리고 말했다.

"치료를 빠지는 건 싫지만, 이번 주 목요일에는 엄마와 캐리와 함께 자선 파티에 가야 해요. 엄마가 벌써 드레스까지 사줬는걸요. 안 가면 엄마가 오해할지도 몰라요."

"함께 가자."

"예?"

턱시도를 입은 기데온은 내게 최음제와 같았다. 물론 그는 아무 옷이나 입어도, 혹은 옷을 전혀 입지 않아도 나를 흥분시켰지만, 턱시도를 갖춰 입은 모습은……. *오, 맙소사.* 기절할 만큼 섹시했다.

"우리의 재회를 알릴 좋은 기회야. 우리 약혼 사실도 발표할 수 있고."

나는 입술을 핥았다.

"당신 리무진도 활용할 수 있고요?"

그가 나를 보고 눈으로 웃었다.

"물론이지, 나의 앤젤."

출근길에 메구미가 자리에 보이지 않았다. 하지만 그것을 구실로 삼아 마틴에게 전화를 걸어 프라이멀 클럽에서 뜨거운 밤을 보낸 뒤로 그와 레이시가 어떻게 되어가고 있는지 물어볼 수 있을 것 같았다.

일정표를 보려고 휴대폰을 꺼내 들었는데, 전날 밤 엄마가 음성사서함에 메시지를 남긴 것이 보였다. 내 자리로 가는 길에 메시지를 들었다. 엄마는 목요일 저녁의 자선 파티에 가기 전에 머리와 화장을 어떻게 하겠느냐고 묻고 있었다. 그 말은 엄마가 미용팀을 직접 집으로 불러 함께 단장할 수 있다는 뜻이었다.

내 자리에 도착해서 좋은 생각이기는 하지만 5시나 되어야 퇴근할 수 있기 때문에 시간이 빠듯하겠다는 내용의 문자메시지를 보냈다.

업무를 시작할 준비를 하는데, 윌이 내 자리에 들렀다.

"점심 약속 있어요?"

그가 물었다. 편안해 보이는 격자무늬 셔츠에 진한 감색 타이를 맨 모습이 귀여웠다.

"탄수화물 파티는 사양이에요. 내 엉덩이가 감당 못해요."

"아니에요."

그가 씩 웃었다.

"나탈리가 그 야만적인 다이어트를 끝냈기 때문에 이제 견딜 만해요. 수프와 샐러드바 정도가 어떨까요?"

나는 웃었다.

"괜찮겠네요. 메구미도 같이 갈까요?"

"메구미는 오늘 출근 안 했어요."

"왜요? 어디 아프대요?"

"모르겠어요. 저도 임시 직원 알선 사무소에 전화해서 메구미의 대타를 찾으라는 지시를 받고서야 알았어요."

나는 얼굴을 찡그리며 의자 등받이에 몸을 기댔다.

"쉬는 시간에 전화를 걸어서 어떤지 물어봐야겠네."

"제 안부도 전해주세요."

그가 내 칸막이 위를 한 번 두드리고 떠났다.

그날 하루는 쏜살같이 지나갔다. 쉬는 시간에 메구미에게 메시지를 남겼고, 퇴근 후 클랜시가 모는 차를 타고 크라브 마가 도장에 가는 길에 또 한 번 연락을 시도했다. 메구미의 음성사서함에 메시지를 남겼다.

"많이 아픈 게 아니라면, 레이시에게 전화 좀 부탁한다고 전해줘요. 괜찮은지 알고 싶어요."

전화를 끊고 자동차 뒷좌석에 기대앉아 차창 너머로 브루클린 다리의 위용을 감상했다. 이스트 강 위로 높이 솟아오른 거대한 돌 아치를 지나갈 때면 언제나 다른 세상으로 들어가는 듯한 묘한 기분이 들었다. 다리 아래로 통근용 페리선이 점점이 지나갔고, 여객선 한 척이 분주하게 항구를 향하고 있었다.

일 분도 안 되어 길쭉한 경사로에 도착해서 다리를 빠져나왔고, 나는 다시 휴대폰을 꺼내들었다.

마틴에게 전화를 걸었다.

"에바."

전화번호부에 내 번호를 저장해두었는지 곧바로 내 이름을 부르며 활기차게 전화를 받았다.

"이렇게 목소리 들으니까 반갑다."

"잘 지냈어?"

"응. 넌?"

"잘 지내. 우리 언제 또 만나야지."

복잡하기 짝이 없는 브루클린 방향의 교차로 인터체인지에서 교통정리 중인 경찰관을 향해 미소를 지었다. 그녀는 호루라기를 물고 진지하고 유려한 손짓으로 교통정리를 하고 있었다.

"퇴근 후 한잔하든지, 아니면 저녁 먹으면서 더블데이트를 하면 되잖아."

"좋은 생각이네. 에바는 특별히 만나는 사람 있어?"

"응, 기데온과 다시 만나는 중이야."

"기데온 크로스? 흐음, 그와 엮일 수 있는 사람이라면 단연 에바지."

나는 웃으며 반지를 끼고 있다면 얼마나 좋을까 생각했다. 기데온처럼 나도 낮 동안에는 반지를 끼지 않았다. 그는 자신에게 만나는 사람이 있다는 걸 누가 알아채는 것에 별 신경을 쓰지 않았지만, 내 주변의 사람들에게는 계속해서 티를 냈다.

"자신 있는 한 표 고마워. 넌 어때? 만나는 사람 있어?"

"레이시랑 가볍게 만나고 있어. 그녀가 좋아. 엄청나게 재미있어."

"잘됐다. 혹시 오늘 레이시랑 통화할 일 있으면 메구미가 어떤지 좀 알려달라고 전해줄래? 오늘 아파서 결근했는데, 괜찮아졌는지, 필요한 건 없는지 궁금해서 말이야."

"알았어."

수화기 너머에서 갑자기 소음이 들려오는 걸 보니, 그가 어느새 밖으로 나간 모양이었다.

"레이시는 지금 뉴욕에 없는데 오늘 저녁에 전화할 거야."

"고마워. 정말 고마워. 이동 중인 거 같으니까 그만 전화 끊을게. 다음 주 함께 뭉칠 계획을 세우자. 자세한 이야기는 나중에 하고."

"좋아. 전화해줘서 고마워."

나는 웃었다.

"나도 반가웠어."

전화를 끊고 내친김에 쇼나와 브렛에게도 문자를 보냈다. 웃는 얼굴 이모티콘에 짤막하게 '안녕'이라고 보냈다.

고개를 들어보니 클랜시가 룸미러로 나를 보고 있었다.

"엄마는 좀 어떠세요?"

내가 물었다.

"괜찮아."

그가 평소처럼 정색한 채 말했다.

고개를 끄덕이며 창밖을 내다보았다. 반짝이는 금속으로 만든 버스정류장에 캐리의 광고가 크게 붙어 있었다.

"가족이란 때때로 정말 어려워요."

"알아."

"아저씨도 형제나 누이가 있어요?"

"하나씩."

그들은 어떤 사람들일까? 클랜시처럼 험악하고 거칠까? 아니면 클랜시 혼자만 돌연변이일까?

“이런 거 물어봐도 되는지 모르겠지만, 형제자매와 친해요?”

“가깝지. 누이동생은 외국에 살아서 자주 못 보지만 적어도 일주일에 한 번은 통화하니까. 남동생은 뉴욕에 사니까 더 자주 만나.”

“잘됐네요.”

느긋한 클랜시가 그와 닮은 사람들과 맥주잔을 부딪치는 모습을 떠올려보려 했지만 잘되지 않았다.

“남동생도 경호원이에요?”

“아니.”

그의 입술이 웃는 듯 살짝 실룩거렸다.

“FBI에서 일해.”

“누이동생은 경찰이고요?”

“해병대에 있어.”

“와우, 대단하네요.”

“그렇지.”

나는 짧게 자른 클랜시의 군인 머리를 살펴보았다.

“아저씨도 군인이었죠?”

“응.”

그리고 그 이상은 말하지 않았다.

뭔가를 더 물어보려고 입을 열었을 때 자동차가 모퉁이를 돌아서 파커의 크라브 마가 도장에 도착했다.

운동 가방을 들고 클랜시가 문을 열어주기 전에 내렸다.

"한 시간 후에 봐요!"

"신나게 때려눕히고 와."

클랜시는 내가 들어갈 때까지 지켜보았다.

등 뒤로 문이 닫히자마자 다시는 보고 싶지 않았던 낯익은 갈색 머리가 보였다. 정말 다시는 보고 싶지 않았는데. 그녀는 훈련용 매트 바로 옆에 팔짱을 낀 채로 서 있었다. 밝은 파란색 줄무늬가 옆으로 길게 들어간 검은색 운동복 바지에 몸에 꼭 들러붙는 긴소매 셔츠를 입고 갈색의 곱슬머리는 한 치도 흐트러지지 않게 뒤로 꼭 묶었다.

그녀가 몸을 돌려 차가운 파란색 눈동자로 머리부터 발끝까지 내 모습을 훑어보았다.

피할 수 없다면 맞서리라고 다짐하며 심호흡을 하고는 그녀에게 다가갔다.

"안녕하세요, 그레이브스 형사님."

"에바."

그녀가 짧게 고개를 끄덕였다.

"살갗이 멋지게 탔군요."

"고마워요."

"크로스랑 주말여행을 다녀왔나요?"

결코 평범한 질문이 아니었다. 나도 모르게 허리를 반듯이 폈다.

"그냥 어디에 좀 다녀왔어요."

그녀의 얇은 입술이 한쪽으로 비틀려 올라갔다.

"여전히 조심스럽군요. 좋아요. 아버지는 크로스를 어떻게 생각해요?"

"아빠는 내 판단을 믿어주실 거예요."

그레이브스가 고개를 끄덕였다.

"내가 당신이라면 계속 나단 베이커의 팔찌에 대해 생각했을 거예요. 미심쩍은 부분이 있어서 영 개운치가 않네요."

불안한 떨림이 등줄기를 타고 내려갔다. 나로선 전체적인 상황이 영 개운치가 않았지만, 이런 이야기를 털어놓을 수 있는 사람이 없었다. 기데온 말고는 아무도 없었고, 내가 너무도 잘 아는 그는 상당한 권력을 모두 동원해서 이 수수께끼를 풀기 위해 전력을 다하고 있으리라 굳게 믿었다.

"스파링 상대가 필요해요."

그레이브스 형사가 불쑥 말했다.

"해줘요."

"예?"

나는 그녀를 향해 눈을 깜박였다.

그녀가 먼저 매트 위로 올라가 몸을 풀기 시작했다.

"서둘러요. 시간 없어요."

그레이브스가 내 엉덩이를 걷어찼다. 마르고 가녀린 여자치고는 힘이 셌다. 그녀는 집중력이 대단했고 정확했으며 가차 없었다. 그녀와 한 시간 반 동안 대련하면서 많은 것을 배웠다. 특히 절대로 방어 자세를 풀지 않는 법을 배웠다. 그녀는 번개처럼 빨랐고 조금의 틈만 보이면 재빨리 이용했다.

8시가 조금 넘은 시각에 아파트로 돌아오자마자 욕조로 갔다. 바닐라향 물에 몸을 담그고 촛불을 켜놓고 완전히 뻗어버리기 전에 기데온이 나타나기를 빌었다.

몸에 목욕 수건을 두르고 있을 때 기데온이 욕실로 들어왔다. 젖은 머리카락에 청바지 차림인 걸 보니 그도 헬스클럽에서 운동을 마치고 샤워를 하고 온 모양이었다.

"안녕, 에이스."

"안녕, 아내."

그가 다가와 목욕 수건을 풀고 내 가슴을 향해 고개를 숙였다.

그가 젖꼭지를 빨며 단단해질 때까지 잡아당기자 입에서 신음이 새어나왔다.

그는 몸을 일으키고 자신의 작품을 찬탄의 표정으로 바라보았다.

"맙소사, 당신 정말 섹시해."

나는 까치발을 딛고 서서 그의 턱에 입을 맞추었다.

"오늘 저녁은 어땠어요?"

그가 짓궂은 미소를 띠며 나를 보았다.

"피터센 박사가 우리의 결혼을 축하해주었어. 그리고 커플 상담 치료의 중요성을 강조하더군."

"박사님은 우리가 너무 빨리 결혼했다고 생각하나 봐요."

기데온이 웃음을 터뜨렸다.

"박사는 우리가 섹스하는 것도 좋아하지 않아, 에바."

나는 코를 찡그리며 다시 목욕 수건을 여미고 젖은 머리를 빗으려고 빗을 집어들었다.

"내가 해줄게."

그가 빗을 가져가더니 나를 넓은 욕조 가장자리로 이끌어 그 위에 걸터앉게 했다.

그가 머리를 빗겨주는 사이, 크라브 마가 도장에서 그레이브스 형사를 만난 이야기를 들려주었다.

"그 사건은 종료되었다고 변호사가 알려줬어."

기데온이 말했다.

"기분이 어때요?"

"당신은 이제 안전해. 내겐 그것만이 중요해."

목소리에 높낮이 변화가 없는 것으로 미루어 내게 말한 것 이상으로 그에게도 중요한 일이었음을 짐작할 수 있었다. 언제부터인가 나단을 살해한 일이 그의 마음속 깊은 곳을 쫓아다니고 있었다. 나 역시 기데온이 날 위해 벌인 일을, 우리 두 사람이 영혼의 반쪽이라는 생각을 도저히 떨쳐내지 못했으니까.

그래서 기데온은 우리의 결혼을 그토록 서둘렀던 것이다. 그에게 나는 안전한 은신처였다. 나는 그가 품은 어둡고 괴로운 비밀을 낱낱이 알고 있었고, 그런데도 그를 간절하게 사랑하는 유일한 사람이었다. 그리고 그는 내가 만나본 그 어떤 사람보다도 사랑을 필요로 했다.

어깨에 진동이 느껴져서 깜짝 놀랐다.

"주머니에 새 장난감이 들었나요?"

"망할 휴대폰, 진작 껐어야 했는데."

그가 중얼거리며 휴대폰을 꺼내 들었다. 액정을 확인하고 짤막한 소리로 받았다.

"크로스입니다."

수화기 너머로 흥분한 여자의 목소리가 들렸지만 무슨 말인지는 알 수가 없었다.

"언제요?"

대답을 듣고 나서 그가 물었다.

"어디요? 알았어요. 갈게요."

그가 전화를 끊고 머리카락을 쓸어 넘겼다.

나는 자리에서 일어났다.

"무슨 일이에요?"

"코린이 병원에 있대. 어머니 말로는 상태가 안 좋대."

"옷 입을게요. 무슨 일이에요?"

기데온이 나를 보았다. 살갗에 소름이 돋았다. 이토록 당황해하는 그는 처음 보았다.

"수면제를."

그가 거칠게 갈라지는 목소리로 말했다.

"한 병이나 삼켰대."

우리는 DB9에 올라탔다. 직원이 자동차를 끌고 오는 동안, 기데온은 라울에게 전화를 걸어 병원으로 와서 DB9을 넘겨받으라고 지시했다.

기데온이 운전대를 잡고 맹렬한 집중력으로 차를 몰았다. 운전대를 돌리고 가속기를 밟을 때마다 노련하고 정확했다. 그와 함께 좁은 공간에 들어와 있으니 그의 마음이 닫혀 있음을 느낄 수 있었다. 감정적으로 그에게 닿을 수가 없었다. 위로의 마음을 전하려고 그의 무릎 위에 손을 올려놓았을 때도 그는 미동조차 없었다. 내 손길을 느끼기나 했는지 확신할 수도 없었다.

응급실 앞에 도착하자 라울이 기다리고 있었다. 그는 우리를 위해 문을 열어주고 기데온이 빠져나온 운전석에 곧바로 올라탔다. 우리가 자동문을 통과하기도 전에 번들거리는 자동차가 출구를 빠져나갔다.

기데온의 손을 잡았지만, 그것 역시 느끼고나 있는지 확신할 수 없었다. 그의 집중력은 온통 개인 전용 대기실에 서 있는 자신의 어머니를 향하고 있었다. 엘리자베스 비달은 내 쪽은 거들떠보지도 않고 곧장 자신의 아들에게 다가가 기데온을 끌어안았다.

그러나 그는 어머니를 마주 안지 않았다. 그렇다고 밀어내지도 않았다. 내 손을 잡은 그의 손에 힘이 들어갔다.

비달 부인은 나를 아는 척도 하지 않고 근처에 앉아 있는 어느 부부를 가리켰다. 코린의 부모가 틀림없었다. 두 사람은 우리가 들어설 때 엘리자베스 비달과 이야기를 나누고 있었는데, 창가에 혼자 서 있는 장 프랑수아 지로를 외면하고 기데온의 어머니와 함께 있는 모습이 영 이상해 보였다.

엘리자베스가 코린의 부모를 향해 기데온의 등을 떠밀자, 기데온이 내 손을 놓고 그쪽으로 갔다. 문간에 혼자 서 있으려니 어색하고도 거북해서 장 프랑수아에게 다가갔다.

나는 그에게 조용히 인사를 건넸다.

"정말 유감이에요."

그가 텅 빈 듯한 눈길로 나를 바라보았다. 몇 시간 전 와인 바에서 만난 후로 십 년은 더 늙어 보였다.

"여긴 어떻게 왔어요?"

"비달 부인이 기데온에게 연락했어요."

"당연히 그랬겠죠."

그는 대기실 쪽을 보았다.

"누가 보면 내가 아니라 크로스가 코린의 남편인 줄 알겠군요."

나도 그의 시선을 따라갔다. 기데온이 코린의 부모 앞에 웅크리고 앉아서 코린 어머니의 손을 잡고 있었다. 끔찍하고 메스꺼운 느낌이 온몸으로 퍼지면서 으스스 추워졌다.

"크로스 없이 사느니 차라리 죽는 게 낫겠다는 거죠."

그가 억양의 변화 없이 말했다.

순간, 상황이 이해되면서 다시 그를 쳐다보았다.

"우리가 약혼했다고 당신이 말했군요."

"내 아내가 그 소식을 어떻게 받아들였는지 한번 봐요."

맙소사. 떨리는 발걸음으로 벽을 향해 걸었다. 몸을 기댈 곳이 필요했다. 코린은 자살 기도가 기데온에게 어떤 영향을 끼칠지 정녕 몰랐단 말인가? 아무리 어리석어도 그렇게까지 맹목적일 수는 없었다. 아니면 그의 죄책감 어린 반응이 그녀가 노린 목적이었나? 그렇게까지 잔인한 계략을 세울 수 있다니 역겨웠다. 그 결과는 분명했다. 결국 기데온은 이렇게 그녀 곁으로 달려오지 않았나? 적어도 지금은 말이다.

의사가 방으로 들어왔다. 짧게 자른 은빛 금발에 연한 파란색 눈빛을 한, 친절해 보이는 여의사였다.

"지로 씨?"

"예."

장 프랑수아가 앞으로 나섰다.

"닥터 스타인버그입니다. 부인을 담당하고 있어요. 잠시 말씀 좀 나눌 수 있을까요?"

코린의 아버지가 일어섰다.

"우리가 그 애 가족이오."

스타인버그 박사가 부드럽게 웃었다.

"그렇군요. 하지만 저는 코린의 남편분과 할 이야기가 있습니다. 코린은 며칠만 안정을 취하면 회복될 겁니다."

의사와 지로는 방 밖으로 나갔다. 둘의 말소리는 들리지 않았지만, 유리벽을 통해 모습은 보였다. 키가 작은 의사 위로 지로가 우뚝 서 있는 형상이었지만, 의사가 뭐라고 말했는지 그는 눈에 띄게 허물어지고 있었다. 대기실의 긴장감이 터질 듯이 부풀어 올랐다. 기데온은 그의 어머니 옆에 서서 우리 앞에 펼쳐진 고통스러운 광경에 온통 집중하고 있었다.

스타인버그 박사가 손을 뻗어 장 프랑수아의 팔을 살며시 잡으며 말을 이어갔다. 잠시 후 그녀가 대화를 마치고 자리를 떠났다. 지로는 그 자리에 그대로 서서 바닥만 뚫어져라 바라보고 있었다. 엄청난 무게가 짓누르는 것처럼 그의 어깨가 축 늘어졌다.

그에게 가려는 순간 기데온이 먼저 움직였다. 그가 대기실 밖으로 나가자마자 지로가 기데온에게 달려들었다.

두 남자가 충돌하면서 엄청난 소리가 들렸다. 기데온이 두꺼운 유리 벽에 부딪치자 방 전체가 흔들리는 것 같았다.

누군가가 비명을 지르며 보안 요원을 불렀다.

기데온이 지로를 떼어내며 그의 주먹을 막아냈다. 그리고 몸을 푹 숙여 얼굴을 향한 주먹을 피했다. 장 프랑수아가 분노와 고통으로 일그러진 얼굴로 무슨 말인가를 큰 소리로 외쳤다.

보안 요원이 전기 충격기를 내밀며 도착하자, 코린의 아버지가 밖으로 뛰어나갔다. 기데온이 장 프랑수아를 다시 밀어내고 주먹 한 번 휘두르지 않고 고스란히 방어만 했다. 그의 얼굴은 돌처럼 굳어 있었고 서늘한 눈빛은 지로만큼이나 생기가 사라져 있었다.

지로가 기데온에게 마구 고함을 질렀다. 코린의 아버지가 나가며 문을 열어둔 상태라 무슨 말을 하는지 일부가 들려왔다. '*enfant*'이라는 말은 굳이 번역할 필요가 없었다. 순간 내 안의 모든 것이 죽은 듯 멈춰 섰고, 모든 소리가 귓속에서 웅웅거리기만 했다.

다들 대기실 밖으로 나갔고 기데온과 지로는 둘 다 신축성 수갑이 채워진 채 보안 요원들에게 끌려갔다. 문간에 앙구스가 나타났을 때는 환상인가 싶어서 눈을 깜박거렸다.

"크로스 부인."

앙구스가 모자를 손에 든 채로 조심스럽게 다가왔다.

내 모습이 어떨지 충분히 짐작할 수 있었다. 머릿속은 온통 '아기'라는 말과 그 말의 의미로 가득 차 있었다. 내가 기데온과 만나는 동안 코린은 뉴욕에 있었지만, 그녀의 남편은 뉴욕에 있지 않았다.

"집에 모셔다 드리려고 왔습니다."

나는 얼굴을 찌푸렸다.

"기데온은 어디에 있죠?"

"제게 문자를 보내 부인을 모셔 가라고 했습니다."

혼란이 날카로운 통증으로 바뀌었다.

"그에게는 내가 필요해요."

앙구스가 깊은숨을 들이켰다. 동정심처럼 보이는 뭔가가 그의 눈빛에 가득 차올랐다.

"저랑 같이 가요, 에바. 늦었어요."

"기데온은 내가 여기 있는 걸 원하지 않는군요."

나는 딱딱하게 말했다. 이제야 뭔가가 이해되기 시작했다.

"부인이 집에 가서 편안하게 쉬기를 원하십니다."

바닥에 붙은 듯 발이 떨어지지 않았다.

"문자로 그렇게 말했나요?"

"그렇게 생각하고 계실 겁니다."

"당신은 친절하군요."

자동 조종 장치로 움직이는 사람처럼 걸음을 옮기기 시작했다. 병원 잡역부들이 지로가 약품 카트에 부딪혔을 때 바닥으로 쏟아져버린 물품들을 줍고 있었다. 잡역부 하나가 나를 못 본 척 외면하는 모습이 혹독한 현실을 똑똑히 인식시켜주었다.

나는 철저히 외면당했다.

22

그날 밤, 기데온은 집에 오지 않았다. 출근길에 그의 아파트를 확인해보았을 때도 그의 침대는 깔끔하게 정리되어 있었다.

어디에서 밤을 보냈는지는 몰라도 적어도 내 곁은 아니었다. 코린의 임신 사실이 밝혀진 뒤로 나는 어떤 설명도 듣지 못하고 홀로 남았다. 마치 거대한 폭탄이 내 앞에서 터져버렸는데, 난리통 속에 나 혼자 어리둥절하게 서 있는 기분이었다.

밖으로 나가자 앙구스와 벤틀리가 기다리고 있었다. 짜증이 솟구쳤다. 기데온은 나를 외면할 때마다 대리인으로 앙구스를 보냈다.

"난 아무래도 당신과 결혼했어야 했나 봐요, 앙구스."

뒷좌석으로 들어가며 중얼거렸다.

"당신은 언제나 날 위해 달려오니까요."

"그것도 기데온의 뜻입니다."

앙구스가 문을 닫기 전 말했다.

언제나 충신이군. 씁쓸한 생각이 들었다.

회사에 도착해보니 메구미는 여전히 병가 중이었다. 한편으로는 걱정이 되고 한편으로는 안심이 되었다. 항상 일찍 출근하는 걸 보면 메구미는 절대로 게으름을 피울 사람은 아니었다. 그런 그녀가 이틀째 결근이라는 것은 뭔가 잘못되었다는 뜻이었다. 하지만 메구미가 자리를 비운 덕에 내 기분을 알아채고 꼬치꼬치 캐물을 사람이 없다는 사실은 다행이었다. 솔직히 말해서 누가 물어봐도 나는 대답할 수가 없었다. 내 남편이 지금 어디에서 무엇을 하고 있는지, 그리고 어떤 기분인지 알 수 없었으니까.

그 일로 화가 나고 상처를 입었다. 다만 한 가지, 두려움은 없었다. 결혼이 안정감을 준다는 기데온의 말은 옳았다. 헤어지려고 해도 뭔가를 하기는 해야 할 것이다. 영원히 사라지거나 나를 무시하는 것은 불가능했다. 내 문제를 해결하려면 어쨌든 뭔가를 해야 할 것이다. 유일하게 떠오르는 질문은 이것이다. *언제 할 것인가?*

업무에 집중하며 시간을 흘려보냈다. 5시에 퇴근할 때까지 기데온은 어떤 연락도 하지 않았고, 나 역시 그에게 연락하지 않았다. 우리 사이에 생긴 틈은 그가 만들었으니 그가 메워야 옳았다.

퇴근 후 크라브 마가 도장으로 향했고, 한 시간 동안 파커와

일대일로 대련했다.

"오늘 저녁은 아주 불이 붙었는데요?"

내가 여섯 번째 혹은 일곱 번째로 그를 매트에 집어던지자 그가 말했다.

파커를 기데온으로 여기고 있다는 말은 하지 않았다.

집에 도착해보니 거실에 캐리와 트레이가 있었다. 둘은 길쭉한 모양의 샌드위치를 먹으며 코미디 프로그램을 보고 있었다.

"우린 배불리 먹었어요."

트레이가 샌드위치를 내게 내밀었다.

"냉장고에 맥주도 있어요."

그는 성격도 좋은 멋진 남자였다. 게다가 그는 나의 절친을 사랑했다. 캐리가 내게 자신의 혼란과 고통을 고스란히 내비쳤다. 그리고 곧 밝고 매혹적인 미소로 고통을 감추었다. 캐리가 옆의 쿠션을 두드리며 말했다.

"어서 와 앉아, 자기야."

"응."

나는 그의 말을 따랐다. 미칠 것 같은 생각을 품고 방 안에 혼자 있고 싶지가 않았기 때문이었다.

"일단 샤워부터 하고."

몸을 씻고 편안하고 낡은 운동복을 입고는 두 남자와 나란히 소파에 앉았다. 기데온이 가르쳐준 대로 그의 휴대폰을 추적해보려 했지만 '발견되지 않음'이라는 에러 메시지만 계속 떴다.

결국, 거실에서 그대로 잠이 들었다. 사라져버린 내 남편의 냄새가 날지도 모르는 침대보다는 차라리 거실의 소파가 낫겠다고 생각하면서.

어쨌든 그의 냄새에 잠이 깨었다. 그가 나를 안아 올리는 느낌이 들었다. 나는 그의 가슴에 머리를 기대고 강력하고도 확고하게 뛰는 심장 박동을 들었다. 그가 나를 침실로 옮겼다.

"어디 다녀왔어요?"

나는 중얼거렸다.

"캘리포니아."

나는 깜짝 놀랐다.

"뭐요?"

그가 고개를 저었다.

"아침에 이야기하자."

"기데온……."

"아침에, 에바."

그가 단호하게 말하고 나를 침대에 눕히더니 내 이마에 거칠게 입을 맞추었다.

그가 일어서자, 나는 그의 손목을 잡았다.

"감히 날 떠날 생각 같은 건 하지도 마요."

"이틀 동안 잠을 못 잤어."

그의 날선 목소리에 경계심이 들었다.

윗몸을 일으키며 어두컴컴한 곳에서나마 그의 얼굴을 보려 했지만 잘 보이지 않았고 잠기운도 채 떨쳐내지 못했다. 청바지와 긴소매 셔츠를 입은 게 어렴풋이 보였지만 그것뿐이었다.

"그래요? 그럼 여기서 자요."

그가 짜증이 나고 지친 기색으로 숨을 들이켰다.

"누워. 나 약 먹어야 해."

그가 돌아간 지 얼마 되지 않아 내 방 화장실에 그가 약병을 가져다 두었다는 것을 기억해냈다. 그는 별 이유 없이 나를 떠난 것이다. 이불을 밀어내고 밖으로 나가 열쇠를 가지러 어두운 거실을 가로질렀다. 기데온의 아파트로 들어갔다가 현관문 옆에 아무렇게나 놔둔 서류가방에 발이 걸려 넘어질 뻔했다.

내게 오기 전에 이 가방을 집에 두고 갔다면 내 집에서 자고 갈 준비를 할 시간도 충분했을 것이다. 처음부터 내 침대에서 밤을 보내지 않을 생각이었다. 그런데 왜 나를 찾아왔을까? 잠든 내 모습을 보려고? 내 상태를 확인해보려고?

제기랄. 그의 마음을 이해할 수나 있을까?

그는 안방 침대에 엎드린 채 잠들어 있었다. 내 베개에 얼굴을 묻고 옷은 입은 채였다. 침대 끝에 그가 벗어둔 부츠가 몇 발자국 떨어진 채 아무렇게나 놓여 있었다. 서둘러 벗어던진 티가 났다. 휴대폰과 지갑은 침대 옆 탁자에 던져져 있었다.

휴대폰이 거부할 수 없이 나를 유혹했다.

그의 휴대폰을 집어들고 비밀번호에 '앤젤'을 입력한 뒤 부끄러운 줄도 모르고 화면을 스크롤했다. 그는 이런 내 모습을 본다고 해도 별로 신경 쓰지 않을 것이다. 그가 답을 알려주지 않으니 내가 스스로 찾을 수밖에.

그의 사진 앨범에 담긴 수많은 내 사진은 전혀 예상치 못한 것이었다. 파파라치에게 찍힌 우리 둘의 사진도 있었고, 그가 직접 나 모르게 찍은 사진도 있었다. 솔직한 사진들을 통해 그의 눈에 내가 어떻게 비치는지 짐작할 수 있었다.

그 순간, 걱정을 접어버렸다. 그는 나를 사랑했다. 나를 아꼈다. 오직 그만이 헝클어진 머리에 화장도 하지 않은 내 모습을, 뭔가를 읽고 있거나 냉장고 문을 열고 잠시 생각하는 내 모습을 찍을 수 있었다. 자는 모습, 먹는 모습, 집중하느라 얼굴을 찌푸린 모습……. 지루하고 일상적인 모습들.

통화 기록을 살펴보니 거의 앙구스, 라울, 스캇과의 통화였다. 듣기라도 하면 틀림없이 고문을 당하는 것처럼 괴로울 코린의 음성 메시지도 있었지만, 한동안 코린의 전화를 받지 않았고 걸지도 않았다는 것을 알 수 있었다. 그 밖에 아르놀도와 두 차례, 변호사들과 사업차 몇 차례 한 통화도 있었다.

그리고 디아나 존슨과의 통화가 세 건이었다.

나는 눈을 가름하게 뜨고 내역을 살폈다. 2, 3분짜리부터 15분짜리까지 있었다.

문자메시지함을 살피다가 그와 함께 병원에 갔을 때 앙구스에게 보낸 문자를 발견했다.

'그녀가 여기에서 나가야겠어.'

모퉁이에 있는 팔걸이의자에 무너지듯 앉아서 메시지를 물끄러미 바라보았다. '나갔으면 좋겠어'가 아니라 '나가야겠어'라니. 어떤 이유인지 그의 단어 선택이 내 마음을 바꿔버렸다. 기분이 썩 좋지 않았다. 옆으로 치워진 느낌이랄까.

아일랜드와 주고받은 문자도 있었는데, 그걸 보니 흐뭇했다. 내용을 읽지는 않았지만 마지막 문자가 월요일에 온 것이었다.

휴대폰을 제자리에 돌려놓고 완전히 지쳐 곯아떨어진 사랑하는 내 남자를 보았다. 옷을 입은 채 엎드려 있는 모습이 제 나이로 보였다. 그는 너무 많은 책임을 짊어지고 다녔지만 별로 어렵지 않게 해내는 것처럼 보였다. 천성이 자연스러워 보였기 때문에 그가 평소 과로에 시달리고 스트레스를 받는다는 사실을 간과하기 쉬웠다.

그가 그것을 감당할 수 있도록 돕는 게 아내로서 내가 할 일이었다. 그러나 그가 먼저 나를 밀어낸다면 나로서는 할 수 없었다. 내 걱정을 덜어주기 위해 그는 스스로 더 많은 걱정을 떠안았다.

목이 아파서 잠에서 깨어났다. 뭔가 어긋났다는 느낌이 들었다. 괜히 주변 물건을 건드리지 않도록 조심스럽게 움직이며 팔걸이의자에서 몸을 일으켰다. 어느새 새벽이 다가오고 있었다. 창밖으로 분홍빛이 감도는 주황색 여명이 밝아오고 있었다. 침대 옆의 시계를 보니 정말로 새벽이었다.

기데온의 신음 소리에 흠칫 멈추었다. 그 소리에 두려움이 몰려왔다. 몸과 마음 모두가 상처를 입은 짐승이 내는 것처럼 끔찍한 소리였다. 그가 다시 신음하자 등골이 서늘해졌다. 내 안의 모든 것이 그의 고통에 격렬하게 반응했다.

침대로 올라가 그의 어깨를 밀쳤다.

"기데온, 일어나요."

그가 움찔거리며 내게서 몸을 돌리더니 내 베개를 꼭 끌어안았다. 그의 몸이 경련을 일으키며 흐느낌을 토해냈다.

나는 그의 뒤에 누워서 한쪽 팔로 그의 허리를 감쌌다.

"쉿, 베이비."

나는 속삭였다.

"내가 왔어요."

나는 잠결에 우는 그를 가만히 흔들어주었다. 내 눈물이 그의 셔츠를 적셨다.

"일어나, 나의 앤젤."

기데온이 입술로 내 턱을 쓰다듬었다.

"당신이 필요해."

지난 이틀 동안의 고된 운동과 팔걸이의자에서 몇 시간을 쪼그리고 잔 탓에 온몸이 욱신거렸다. 통증을 느끼며 기지개를 쭉 켰다.

티셔츠가 딸려 올라가며 굶주림에 탐욕스러워진 그의 입 앞에 가슴이 드러났다. 그의 한 손이 바지 속을 파고들더니 곧이어 팬티 속으로 들어와 내 여성을 노련하게 유혹하며 나를 즉시 흥분시켰다.

"기데온……."

그의 손길에서 살갗보다 훨씬 깊은 곳에 있는 욕망을, 욕구를 느꼈다.

그가 내게 키스하며 속삭였다. 내 안에 손가락을 밀어 넣고 부드럽게 탐하자 내 허리가 활처럼 뒤로 휘었다. 그의 침묵 속 요구에 응하고 싶은 마음에 바지를 밀어 내리고 불안하게 버둥거리며 벗어버렸다.

그의 청바지 앞섶을 향해 손을 뻗어 거칠게 단추를 풀고 바지와 팬티를 한꺼번에 벗겨버렸다.

"당신 안에 들어가게 해줘."

그가 내 입술에 대고 속삭였다.

손으로 굵직한 그의 페니스를 돌리며 제 위치를 찾아 처음 몇 센티미터 정도가 내 안으로 들어올 수 있게 이끌었다.

그가 내 목에 얼굴을 묻고 내 안 깊은 곳을 향해 돌진해왔다. 아래를 꽉 조이자 그가 쾌락에 들뜬 신음을 토해냈다.

"맙소사, 에바. 당신이 정말 필요해."

나는 팔과 다리로 그를 단단히 끌어안았다.

세상 모든 것이, 모든 시간이 멈춰버렸다. 기데온은 카리브 해의 바닷가에서 내게 했던 모든 약속을 지켰고, 나는 그에게 또 하루를 맞는 데 필요한 힘을 주기를 바라며 그를 치유하려 노력했다.

화장을 하는 동안, 기데온이 욕실로 들어와 대리석 화장대 위에 크림을 넣은 달콤한 커피 한 잔을 올려놓았다. 파자마 차림인 걸 보면 오늘은 출근하지 않거나 지금 당장 출근하지는 않을 모양이었다.

거울 속의 그를 보며 그가 간밤의 꿈을 기억하는지 안색을 살폈다. 심장이 부서지는 사람처럼 그토록 괴로워하는 그의 모습을 처음 보았다.

그가 조용히 말했다.

"에바, 우리 이야기 좀 하자."

"나야말로 이야기 좀 해요."

그는 화장대에 기댄 채 양손으로 자신의 머그잔을 들고 있었다. 그가 한동안 커피만 바라보다가 불쑥 물었다.

"브렛 클라인과 섹스 비디오를 찍었어?"

"뭐라고요?"

화장 붓 손잡이를 꼭 쥔 채 그를 향해 돌아섰다.

"아뇨. 말도 안 돼요. 왜 그런 걸 물어보죠?"

그가 내 눈을 똑바로 바라보았다.

"어젯밤 병원에서 돌아왔을 때 디아나가 로비에서 기다리고 있었어. 코린한테 그런 일이 생겼는데 디아나를 함부로 쫓아 냈다간 큰 탈이 날 것 같았지."

"내 말이 그 말이에요."

"그래. 당신 말이 옳았어. 그래서 디아나를 길 건너 술집으로 데려가 와인 한 잔을 사주고 사과했어."

"술집으로 데려가 와인을 사주었다고요?"

그의 말을 그대로 반복했다.

"사과하려고 간 거지. 술집에 앉아 있으려니 어쩔 수 없이 와인을 사야 했던 거고."

그가 짜증스럽게 말했다.

"디아나를 아파트로 데려가는 것보다는 공공장소에 데려가는 것을 당신이 더 좋아하리라고 생각했어. 사실 아파트가 내게는 더 편하고 개인적일 수 있지만."

그의 말이 옳았다. 내 반응을 고려하고 배려했다는 사실이 고마웠지만, 그래도 디아나가 그와 데이트 비슷한 것을 했다고 생각하니 여전히 화가 났다.

그가 한쪽 입꼬리를 비틀어 올리며 웃는 걸 보면 기데온도 내 기분을 알아챈 게 분명했다.

"당신은 소유욕이 너무 강해, 앤젤. 그런데 내가 그걸 이렇게 좋아하니, 당신은 참 운도 좋지."

"닥쳐요. 그래서 디아나하고 섹스 비디오가 무슨 상관이 있죠? 그 여자가 그런 게 있다고 하던가요? 거짓말이에요. 그 여자가 거짓말을 하는 거라고요."

"거짓말이 아니야. 내가 사과 한 덕에 분위기가 한결 누그러들자, 그 여자가 나를 돕겠다고 나선 거야. 비디오 이야기를 꺼내면서 곧 경매에 나올 거라고 했어."

"분명히 말하는데, 그 여자는 심술 마녀예요."

내가 주장했다.

"혹시 샘 이마라라는 남자 알아?"

순간 모든 게 멈춰 섰다. 뱃속 가득 불안감이 차올랐다.

"알아요. 밴드의 전속 비디오 작가가 되기를 바랐던 사람이에요."

"맞아."

그가 커피를 한 모금 들이켰다. 머그잔 테두리 너머로 나를 바라보는 그의 시선이 꼿꼿했다.

"그자가 밴드의 무대 뒤 모습을 촬영하려고 밴드가 평소 자주 가는 곳에 몰래카메라를 설치했었나 봐. '골든Golden' 뮤직비디오를 만들 때도 실제 동영상을 참고했다고 해."

"오, 맙소사."

토할 것 같아서 입을 틀어막았다.

낯선 사람들이 브렛과 나의 정사 장면을 본다는 것도 충분히 끔찍했지만, 기데온이 그걸 본다고 생각하면 수백만 배 더 끔찍했다. 뮤직비디오를 봤을 때 그의 얼굴에 떠오른 복잡한 표정이 아직도 눈에 선했다. 그런데 실제 동영상을 본다면 그와 나의 관계는 결코 지금과 같지 않을 것이다. 나도 그와 다른 여자가 얽혀 있는 모습을 본다면 평생 머릿속에서 그 영상을 몰아내지 못할 것이고, 시간이 흐를수록 점점 나 자신을 갉아먹을 것이다.

"그래서 캘리포니아에 다녀왔군요."

공포심에 사로잡혀 속삭였다.

"디아나에게 정보를 입수하자마자 이마라가 그 비디오를 방영하거나 판매할 수 없도록 법원에 가처분 신청을 냈어."

몸짓만으로는 그의 생각이나 감정을 파악할 수 없었다. 그는 단단히 긴장해 있었고 엄격하게 자신을 통제하고 있었다. 그사이 나는 산산조각으로 부서져 내리는 느낌이었다.

"그렇다고 비디오 유출을 막을 수는 없어요."

내가 중얼거렸다.

"법적 절차를 통해 봉쇄할 수 있어."

"파일 공유 사이트 한 곳에만 올려도 전염병처럼 퍼져 나갈 걸요."

그가 고개를 저었다. 잉크빛 머리칼이 그의 어깨 위를 쓸었다.

"24시간 인터넷에서 그 비디오 파일만 찾는 IT 전담반을 꾸렸어. 이마라는 비디오만 내줘서는 어떤 돈도 받지 못할 거야. 수익을 내려면 독점권을 넘겨야 할걸. 일을 망치고 싶지 않으면 온갖 선택 사항을 꼼꼼히 살펴야 하는데, 그 중에는 나에게 독점권을 넘기는 것도 포함되어 있지."

"디아나가 말할 거예요. 그 여자 일은 비밀을 지키는 게 아니라 폭로하는 거라고요."

"디아나에게 우리 결혼식의 48시간 독점 촬영권을 줬어. 물론 이 일을 비밀에 부쳐준다면."

"그 여자가 순순히 허락하던가요?"

나는 미심쩍은 말투로 물었다.

"그 여자는 당신 때문에 한창 달아올라 있단 말이에요. 당신이 시장에서 영원히 사라진다는데, 좋아할 리가 없어요."

"더 이상 희망을 품을 수 없다고 판단하는 시점이 있잖아."

그가 무뚝뚝하게 말했다.

"내가 그 시점을 분명히 보여주었어. 나를 믿어. 그 여자는 결혼식 독점 촬영권만으로도 충분히 만족했으니까."

화장실로 가 변기 뚜껑을 내리고 그 위에 앉았다. 그에게 들은 이야기의 심각성이 드디어 실감이 났다.

"속이 울렁거려요, 기데온."

그가 커피를 내려놓고 내 앞에 웅크리고 앉았다.

"날 봐."

그의 말을 따랐지만 힘들었다.

"누구도 당신을 다치게 하지 않을 거야."

그가 말했다.

"알겠어? 이 일은 내가 해결해."

"미안해요."

나는 속삭였다.

"당신에게 이런 일을 맡기다니, 정말 미안해요. 당신이 앞으로 계속 안고 갈 모든 일이 미안해요."

기데온이 내 손을 잡았다.

"누군가 당신의 사생활을 침범한 거야, 에바. 당신이 사과할 일이 아니야. 이 문제를 해결하는 건……. 그건 나의 권리야. 나의 명예야. 내겐 당신이 항상 우선이니까."

"병원에서는 내가 우선이 아니었어요."

곪아 터지기 전에 스스로 분노를 밖으로 표출해야 한다고 생각했다. 게다가 그가 나를 보호하려 하면서 왜 항상 나를 밀어내는지 그 이유를 들어야 했다.

"당신이 지옥 속에 빠진 것 같았는데, 그럴 때일수록 당신 곁에 있어주고 싶었는데, 당신은 날 앙구스에게 떠밀었죠. 그리고 다른 주로 떠나버렸고 전화 한 통 없었어요. 아무 말도 없었다고요."

그가 턱을 완강히 다물었다.

"한숨도 못 잤어. 가처분 신청을 완료하기 위해 내게 주어진 시간을 모두 쏟아 부어야 했기에 다른 일은 생각조차 할 수 없었어. 당신은 날 믿어야 해, 에바. 내가 하는 일이 이해가 안 되더라도 내가 항상 당신을 생각하고 당신에게 최선인 일을 하고 있다고 믿어줘. 우리를 위해서."

그의 대답이 마음에 들지 않아서 고개를 돌렸다.

"코린이 임신했잖아요."

그가 모질게 한숨을 내쉬었다.

"임신했었지. 그래. 4개월이 되었다고 했어."

그 한마디에 등골이 서늘해졌다.

"했었다고요?"

"약물 과다 복용을 치료하는 중에 유산되었어. 난 코린이 임신 사실을 몰랐을 거라고 믿고 싶어."

그의 얼굴을 살피며 내 얼굴에 비참한 안도감이 드러나지 않도록 애썼다.

"4개월째였다고요? 그렇다면 지로의 아기였군요."

"그랬기를 바라고 있어."

그가 짤막하게 말했다.

"지로도 자기 아이라고 생각하는 것 같아. 아기를 잃은 것은 내 책임이라고 생각하고."

"맙소사."

기데온이 내 무릎에 얼굴을 묻었다. 그의 뺨이 내 허벅지에 닿았다.

"코린이 아무것도 몰랐기를 바라. 설마 그렇게 어리석은 일을 벌이겠다고 자기 아이를 위험에 빠뜨렸겠어?"

"이 일로 자신을 탓하지는 마요, 기데온."

나는 엄하게 말했다.

그가 양팔로 내 허리를 감싸 안았다.

"제기랄. 난 저주라도 받은 건가?"

순간, 코린을 향한 지독한 미움이 솟구쳤다. 그녀도 기데온의 아버지가 자살로 생을 마감한 것을 알고 있었다. 기데온을 잘 안다면 자신의 자살 기도가 그를 얼마나 피폐하게 만들지도 잘 알았을 것이다.

"당신은 이 일에 책임이 없어요."

그의 머리카락을 손가락으로 쓸어 넘겼다.

"알겠어요? 이 일에 책임이 있는 사람은 코린뿐이에요. 당신과 내가 아닌 그녀가 스스로 벌인 일을 감수하며 살아야 한다고요."

"에바."

그가 나를 꼭 끌어안았다. 실크 가운 너머로 그의 입김이 따뜻하게 전해졌다.

기데온이 라울의 전화를 받으러 나가고 십오 분이 지나도록 나는 여전히 세면대 앞에 멍하니 서 있었다.

"이러다가 지각하겠어."

그가 다시 내게로 돌아와 뒤에서 끌어안으며 부드럽게 속삭였다.

"사무실에 전화해서 결근할까 생각 중이에요."

한 번도 결근한 적이 없었지만, 오늘은 기진맥진해서 아무것도 할 수 없었다. 업무에 집중할 만큼 정신을 차릴 수가 없을 것 같았다.

"그래도 되지만 오늘 밤 파티에서 사진이 찍힌다면 별로 좋아 보이지는 않을 거야."

거울을 통해 그를 보았다.

"파티에 안 가요!"

"아니, 갈 거야."

"기데온, 나랑 브렛의 동영상이 유출될지도 모르는데 당신 이름과 내 이름이 연결되는 게 싫어요."

그의 몸이 뻣뻣하게 굳었다. 그가 내 몸을 돌려세우더니 내 얼굴을 똑바로 바라보았다.

"다시 말해봐."

"들었잖아요. 크로스라는 이름은 겪을 만큼 겪었어요."

"앤젤, 무릎 위에 엎어놓고 당신 엉덩이를 때려줄 만큼 우리는 지금 가까이 있어. 다행히 나는 화가 나면 그렇게 거칠게 굴지 않아."

그가 농담하는데도 나는 여전히 그가 부끄러운 내 과거를 지켜주기로 결심했다는 생각에서 벗어나지 못했다. 그는 나와 스캔들 사이에 서서 온 힘을 다해 나를 방어하고 나와 함께 뭇매를 맞을 준비를 하고 있었다.

지금보다 더 그를 사랑하는 것은 불가능하다고 생각했는데, 그는 내 생각이 틀렸음을 계속해서 증명하고 있었다.

그가 양손으로 내 뺨을 감싸 쥐었다.

"어떤 일이 닥쳐와도 우린 함께 맞설 거야. 그리고 당신은 내 이름을 걸고 그렇게 할 거야."

"기데온……."

"당신이 내 이름을 가지게 된 게 얼마나 자랑스러운지 당신은 모를 거야."

그가 입술로 내 이마를 쓰다듬었다.

"당신이 내 이름을 당신 것으로 받아들인 것이 내게 얼마나 큰 의미인지도."

"아, 기데온."

까치발을 딛고 그에게 달려들었다.

"당신을 정말로 사랑해요."

30분 늦게 출근했을 때, 메구미의 책상에 임시 직원이 앉아 있었다. 미소를 지으며 인사를 건넸지만, 속으로는 메구미에 대한 걱정이 스멀스멀 피어올랐다. 마크의 사무실에 고개만 들이밀고 지각한 것에 대해 거듭 사과했다. 내 자리에 도착해서 메구미의 휴대폰으로 전화를 해봤지만 받지 않았다. 다시 윌의 자리로 갔다.

"물어볼 게 있어요."

그에게 물었다.

"대답할 수 있는 질문이었으면 좋겠네요."

그가 의자를 돌려서 최신 유행하는 안경 너머로 나를 올려다보았다.

"메구미 결근 신청 전화를 누가 받았어요?"

"그런 건 모두 대프니에게 보고해요. 왜요?"

"그냥 걱정이 돼서요. 내 전화를 안 받아요. 혹시 나한테 화가 났나 해서요."

나는 자세를 바꿨다.

"무슨 일인지 모르는 것도, 도움을 줄 수 없는 것도 싫어요."

"그래서 말인데요. 대프니 말로는 메구미가 꽤 심각해 보였대요."

"아, 어떡해요. 아무튼 고마워요."

내 자리로 돌아가는 길에 마크가 사무실로 오라고 손짓했다.

"오늘 텅스텐 스카프 6단 현수막 광고가 걸리는 날이야."

"그래요?"

그가 씩 웃었다.

"가볼 테야?"

"정말요?"

기분은 어질어질했지만 시원한 사무실에 앉아 있는 것보다 후텁지근한 8월의 공기로 나가는 편이 좋았다.

"재밌겠어요!"

그가 의자 뒤에 걸어놓은 재킷을 집어들었다.

"그럼 출발하자고."

5시가 지나 집에 도착해보니, 흰색 가운으로 무장한 미용팀이 거실을 점령하고 있었다. 캐리와 트레이는 얼굴에 끈적거리는 초록색 물질을 바르고는 흰색 가구를 보호하기 위해 머리 밑에 수건을 깔고 소파에 기대어 앉아 있었다. 엄마는 머리에 웨이브와 컬을 말아놓고 계속 수다를 떨고 있었다.

서둘러 샤워를 마치고 미용팀에 합류했다. 그들은 한 시간 만에 나를 꼬질꼬질한 아이에서 글래머로 변신시켰다. 그동안 나는 하루 종일 억눌렀던 섹스 비디오, 코린, 지로, 디아나, 브렛을 생각했다.

누군가는 브렛에게 이 일을 이야기해야 할 것이다. 그리고 그 누군가는 바로 나였다.

미용사가 립 브러시를 들고 다가왔다.

"빨간색으로 해주세요."

미용사가 잠시 멈추고 고개를 살짝 기울이며 나를 살폈다.

"그래요. 아가씨 말이 맞아요."

마무리로 머리에 고정 스프레이를 뿌리는 동안 숨을 꾹 참고 있는데, 가운 주머니에서 휴대폰이 진동하는 게 느껴졌다. 화면에 기데온의 이름이 뜬 것을 보고 전화를 받았다.

"안녕, 에이스."

"어떤 색 옷을 입지?"

그가 인사도 생략하고 곧바로 물었다.

"은색이요."

"정말?"

그가 따뜻하게 가르랑거리자 내 발가락이 오그라들었다.

"그 옷을 입은 모습을 빨리 보고 싶군. 그리고 벗은 모습도."

"조금만 있으면 돼요."

내가 타이르듯 말했다.

"십 분 후에 그 예쁜 엉덩이를 이곳에 두는 게 좋을걸요."

"알겠습니다, 부인."

나는 갸름하게 눈을 떴다.

"서둘러요. 그렇지 않으면 리무진 타임은 없을 테니까."

"음……. 6시에 갈게."

그가 전화를 끊고 나서도 나는 한동안 미소를 지으며 휴대폰을 붙잡고 있었다.

"누구니?"

엄마가 옆으로 와서 물었다.

"기데온이요."

엄마의 눈빛이 밝아졌다.

"널 데리러 온다니?"

"네."

"오, 에바."

엄마가 나를 끌어안았다.

"엄만 정말 기쁘구나."

엄마를 두 팔로 끌어안으며 약혼 소식을 전할 절호의 기회라고 생각했다. 기데온은 우리의 결혼 소식을 세상에 알릴 때까지 오래 기다려주지 않을 것이다.

나는 조용히 말했다.

"기데온이 아빠한테 결혼을 허락해달라고 했대요."

"그래?"

엄마가 뒤로 물러나며 빙그레 웃었다.

"리처드에게도 물어봤다는구나. 정말 멋진 청년이야. 엄마는 벌써 계획에 들어갔어. 내년 6월쯤으로 생각하고 있단다. 물론 결혼식은 피에르에서 올려야겠지? 우린……."

"늦어도 12월이면 좋겠어요."

엄마가 깜짝 놀라서 눈을 크게 떴다.

"바보 같은 소리. 그렇게 앞당길 수는 없어. 말도 안 돼."

나는 어깨를 으쓱했다.

"기데온에게 내년 6월로 생각하고 있다고 말해보세요. 그가 뭐라고 말하는지."

"일단 정식으로 청혼할 때까지 기다려야지!"

"맞아요."

나는 엄마의 뺨에 입을 맞추었다.

"옷 입을게요."

23

방에 들어와 어깨끈 없는 브래지어 위로 끈 없는 드레스를 입고 있을 때 기데온이 들어왔다. 나는 말 그대로 숨을 멈추고 전신 거울에 비친 그의 모습을 빨아들일 듯 바라보았다. 맞춤복 턱시도에 내 드레스와 그럴듯하게 어울리는 사랑스러운 회색 타이를 매고 내 뒤에 서 있는 모습이 기절할 만큼 근사했다. 그토록 매력적인 모습을 본 적이 없었다.

"와."

황홀감에 젖어 속삭였다.

"오늘 밤 완전히 드러눕고 싶은데요?"

그가 한쪽 입꼬리를 올리며 씩 웃었다.

"그럼 당신 지퍼는 안 올려줘도 되겠군?"

"그럼 아예 파티에 안 가도 되겠네요."

"그럴 수야 없지. 나는 오늘 밤 내 아내를 만천하에 자랑해야 하니까."

"내가 당신 아내인지 아무도 몰라요."

"나는 알잖아."

그가 내 뒤로 다가와 지퍼를 단단히 채워주었다.

"그리고 곧, 정말로 곧, 온 세상이 알게 될 거야."

나는 그에게 몸을 기댔다. 두 사람이 함께 거울에 비친 모습이 보기 좋았다. 둘이서 근사한 풍경을 자아내고 있었다.

하지만 곧이어 다른 사진들이 생각나고 말았다.

"약속해줘요."

나는 말했다.

"그 비디오를 보지 않겠다고."

그가 대답하지 않자, 몸을 돌려서 그를 똑바로 바라보았다. 그의 얼굴에 떠오른 굳게 닫힌 표정을 보고 나는 경악했다.

"기데온, 벌써 봤어요?"

그가 턱을 완강히 다물었다.

"일 분 정도. 분명히 보지도 않았어. 비디오가 진짜인지 확인할 정도만 봤어."

"맙소사. 보지 않겠다고 약속해줘요."

공포가 온몸에 퍼져 나가며 목소리 톤이 높아지고 날카로워졌다.

"약속해요!"

그가 내 손목을 잡고 숨이 막힐 정도로 세게 쥐었다. 나는 눈을 크게 치켜뜨고 그를 보았다. 그의 갑작스러운 공격성이 당혹스러웠다.

"침착해."

그가 조용히 말했다.

그의 손이 닿은 부위부터 이상한 온기가 점점 밖을 향해 퍼져 나갔다. 심장은 더 빨리, 그러면서도 꾸준히 뛰었다. 나는 우리의 손을 내려다보았다. 그가 낀 루비 반지에 눈이 갔다. 붉은빛. 그가 날 위해 준비한 수갑과 같은 색. 그때처럼 그에게 사로잡혀 묶인 기분이었다. 그리고 웬일인지 그 기분이 내 마음을 달래주었다.

그러나 기데온은 분명히 이해하고 있었다.

그것 때문에 나는 그와 서둘러 결혼하는 것을 두려워하고 있었던 것이다. 그는 미지의 종착지를 향한 여행길에 나를 태웠고, 나는 맹목적으로 그를 따르겠다고 합의했다. 부부로서 우리가 어디로 가느냐는 중요한 문제가 아니었다. 아예 질문이 성립되지 않았다. 우리는 가차 없이 서로에게 중독되어 상대에게 집착하고 의존하고 있었다. 내가 결국 어디로 가게 될지, 마침내 어떤 사람이 될지는 알 수 없었다.

기데온의 변화는 폭력적이었다. 나 없이 살지 않겠다고, 살 수 없을 거라고 깨달은 그 명징한 순간에 그의 변화는 폭발적으로 일어났다. 나는 그보다는 점차적으로 변화했다. 변화가 너무 고통스러워서 전혀 변할 필요가 없다고 믿고 싶었다.

내가 틀렸다.

힘겹게 침을 삼키며 한결 차분해진 목소리로 말했다.

"기데온, 내 말 잘 들어요. 그 비디오에 어떤 내용이 담겨 있든, 지금 당신과 나 사이와 비교하면 아무것도 아니에요. 내 머릿속에 남기고 싶은 유일한 추억은 우리가 만든 추억이에요. 우리가 함께 해낸 일들……. 그게 유일한 현실이에요. 유일하게 의미 있는 일이라고요. 그러니 제발……, 약속해줘요."

그가 잠깐 눈을 감고 나서 고개를 끄덕였다.

"알았어. 약속할게."

나는 안도의 한숨을 내쉬었다.

"고마워요."

그가 내 손을 들어 입가로 가져가 입을 맞추었다.

"당신은 내 거야, 앤젤."

암묵적인 동의 아래 부부로서 처음 대중 앞에 서는 날, 리무진에서 점잖지 못한 짓은 삼가기로 했다. 신경이 곤두서 있는 만큼 한두 번의 오르가슴이 긴장을 다소 누그러뜨리는 데 도움은 되겠지만, 완벽하지 못하게 흐트러진 모습을 보인다면 상황을 악화시킬 수 있었다. 또 사람들도 정사의 기미를 알아챌 것이다. 내 은빛 드레스가 찬란하게 빛을 발하고 옷자락이 짧아서 눈길을 끌겠지만, 그보다는 내 남편이 도저히 대중의 눈길을 뿌리칠 수 없는 존재였으니까.

우리를 향해 사람들의 관심이 쏟아졌는데, 기데온은 일부러 관심을 계속 끌기로 결심한 것처럼 보였다. 5번 가와 센트럴 파크 남문에 도착하자 그가 리무진에서 내리는 나를 도와주면서 내 관자놀이에 입을 맞추었다.

"이 드레스, 내 침실 바닥에 떨어져 있으면 정말 아름다울 것 같아."

그의 느끼한 말에 웃음을 터뜨렸는데, 순간 눈앞이 보이지 않을 정도로 카메라 플래시가 여기저기에서 터지는 것을 보고 그가 의도한 것임을 알 수 있었다. 그가 내게서 몸을 돌렸을 때는 그 아름다운 얼굴에 온기가 사라지고 아무것도 드러나지 않는 닫힌 표정으로 돌아갔다. 그가 내 허리에 손을 얹고 레드카펫을 지나 치프리아니로 들어갔다.

일단 안으로 들어가자 적당한 장소를 찾아 사업 관계자들과 친지들에 둘러싸여 한 시간 정도 머물렀다. 그는 내가 옆에 있어주기를 원했고, 나 역시 그가 곁에 있기를 바랐다. 나중에 댄스 플로어를 향해 갈 때 그 사실을 똑똑히 알 수 있었다.

"나를 소개해."

그가 짤막하게 말했다. 그의 시선을 따라가보니 워터스 필드 앤 리먼의 크리스틴 필드와 월터 리먼이 무리에 섞여서 웃고 있었다. 크리스틴은 등이 깊이 패고 목부터 허리를 지나 발목까지 덮는 검은색 구슬 드레스 차림으로 우아한 절제미를 풍기고 있었고, 몸집이 큰 월터는 날렵하게 재단한 턱시도와

나비넥타이 차림으로 성공적이고 자신감에 찬 사업가처럼 보였다.

"둘 다 당신을 알잖아요."

내가 지적했다.

"내가 당신에게 어떤 사람인지도 알아?"

미혼 여성이었던 내 삶이 에바 크로스의 정체성에 눌려 극적으로 변화할 것을 예감하며 코끝을 살짝 찌푸렸다.

"이리 와요, 에이스."

흰색 리넨 테이블보를 덮고 방 안 가득 향기를 뿜어내는 꽃장식 촛대가 놓인 둥근 테이블을 지나 그들을 향해 다가갔다.

당연하게도 우리 회사 사장들은 기데온을 먼저 발견했다. 그들이 나를 알고나 있는지도 확신할 수 없는 상황에서 기데온이 먼저 말을 건넬 기회를 내게 양보했다.

"안녕하세요."

나는 크리스틴과 월터의 손을 흔들며 말했다.

"두 분 모두 기데온 크로스를 잘 아실 거예요. 제……."

순간, 머리가 멈춘 것처럼 말도 멈춰버렸다.

"약혼자입니다."

기데온이 악수를 하며 마무리했다.

축하의 말이 오갔고 미소들은 한층 더 화사해졌으며 눈들은 더욱 빛났다.

"설마 우리 회사가 에바를 잃는 건 아니겠죠?"

크리스틴이 물었다. 샹들리에의 부드러운 빛을 받아 다이아몬드 귀걸이가 반짝거렸다.

"아닙니다. 전 어디에도 안 가요."

그 말에 기데온이 내 엉덩이를 날카롭게 꼬집었다.

언젠가는 이 문제를 해결해야 하겠지만, 적어도 다음 결혼식 때까지는 유보할 수 있을 것 같았다.

우리는 잠시 킹스먼 보드카 광고 이야기를 나누었다. 주로 크로스 인더스트리의 광고를 더 많이 따낼 수 있도록, 워터스 필드 앤 리먼이 얼마나 광고를 잘했는지 강조하는 대화였다. 기데온 역시 상대방의 의도를 잘 알고 있었기에 아주 노련하게 대처했다. 예의를 차렸고 매력을 발산했지만 쉽게 넘어가지는 않았다.

잠시 후 이야깃거리가 바닥나자 기데온이 양해를 구하고 물러났다.

"춤추자."

그가 내 귀에 대고 속삭였다.

"당신을 안고 싶어."

댄스 플로어에 가보니 캐리가 굉장한 빨간 머리와 함께 남들의 이목을 끌고 있었다. 관능적으로 갈라진 에메랄드빛 드레스 틈으로 균형 잡힌 하얀 다리가 보였다. 캐리가 여자의 몸을 돌리다가 뒤로 확 젖혔다. 그 모습이 대단히 유쾌해 보였다.

트레이가 저녁에 수업이 있어서 파티에 오지 못한 것이 유감이었다. 캐리가 타티아나를 데려오지 않은 것은 미안하게도 다행이라는 생각이 들었다. 그렇게 생각하는 내가 못되고 심술 맞게 느껴졌지만, 나는 정말로 무례하고 건방진 여자들이 싫었다.

"날 봐."

기데온의 지시에 따라 고개를 들고 그의 눈을 똑바로 쳐다보았다.

"안녕, 에이스."

우리는 서로의 허리에 손을 얹고 편안하게 무대를 누볐다.

"크로스파이어."

그가 뜨거운 눈빛으로 내 얼굴을 바라보며 속삭였다.

나는 손끝으로 그의 뺨을 어루만졌다.

"실수하면서 조금씩 배워가는 거겠죠?"

"내 마음을 읽었군."

"기분이 좋아 보여요."

그가 웃었다. 지독히 푸른 눈과 미치도록 섹시한 머리칼을 보니 당장 손가락을 찔러 넣어 그 머리카락을 쓸어 넘기고 싶었다. 그가 나를 가까이 끌어당겼다.

"당신만큼은 아니야."

우리는 두 곡을 연달아 춤을 추었다. 음악이 끝나자 밴드 리더가 마이크를 잡고 저녁 식사가 준비되었다고 말했다. 우리 테이블에는 엄마와 스탠튼 아저씨, 캐리, 성형외과 의사와 그의 아내, 새로 방영될 방송 프로그램을 준비한다고 말한 한 남자가 앉았다.

음식은 아시아 퓨전 요리였고, 나는 내 몫의 음식을 다 먹었다. 맛이 있었고 양도 그리 많지 않았다. 기데온이 테이블 밑에서 내 허벅지에 손을 올리고 엄지로 가볍게 원을 그리며 내 몸을 움찔거리게 했다.

그가 몸을 숙이며 말했다.

"가만히 앉아 있어."

"그만해요."

나도 속삭였다.

"계속 꿈틀거리면 그곳에 손가락을 넣을 거야."

"그렇게만 해봐요."

그가 능글맞게 웃었다.

"어떻게 하나 볼까?"

그의 말을 농담으로만 넘길 수는 없었기 때문에 미칠 것 같았지만, 꾹 참았다.

"실례합니다."

캐리가 갑자기 말하고 테이블에서 일어났다.

캐리가 걸어가면서 근처 테이블을 살폈다. 잠시 후 에메랄드빛 드레스를 입은 빨간 머리가 캐리를 따라 밖으로 나가는 게 보였다. 그리 놀랍지는 않았지만, 몹시 실망스러웠다. 타티아나와의 일로 인한 압박감에 또 정신없이 섹스에 빠져드는 것이 캐리의 치유법이라는 사실은 알았지만, 캐리는 그런 행위를 통해 오히려 자존감을 망가뜨리고 문제를 더 키웠다.

이틀 후면 트래비스 박사님을 만날 수 있다는 게 다행이었다.

기데온에게 기대어 속삭였다.

"이번 주말에 캐리랑 샌디에이고에 가요."

그가 내 쪽으로 고개를 돌렸다.

"그걸 지금 이야기하는 거야?"

"뭐, 당신의 전 여자 친구들 문제에, 내 전 남자 친구 일에, 우리 부모님 일과 캐리 일까지 정신없었잖아요! 또 잊어버리기 전에 이야기해두는 게 좋을 것 같아서 지금 하는 거예요."

"앤젤……."

그가 고개를 절레절레 흔들었다.

"그만해요."

자리에서 일어났다. 마침 브렛이 샌디에이고에서 공연을 하게 되었다는 이야기도 해야 하는데, 우선 캐리부터 잡아야 했다.

그가 궁금한 얼굴로 나를 보며 자리에서 일어났다.

"금방 올게요."

그리고 아주 조용히 덧붙였다.

"거시기를 막을 일이 생겼거든요."

"에바……."

그의 말투에 경고의 기미가 묻어났지만 일단 무시하고 치맛자락을 들며 서둘러 캐리를 쫓아갔다. 연회장 입구를 막 지나려는데 익숙한 얼굴과 마주쳤다.

"막달레나."

깜짝 놀라서 멈춰 섰다.

"여기에서 만나게 될 줄은 몰랐어요."

"게이지가 프로젝트를 마무리하느라 조금 늦었지 뭐예요. 저녁 식사를 완전히 놓쳐버리는 줄 알았는데 디저트로 나온 초콜릿 무스 하나를 간신히 먹었어요."

"이런, 너무했다."

나는 유감을 표시했다.

"내 말이요."

막달레나가 웃으며 말했다.

그녀는 정말로 좋아 보였다. 더 부드러워졌고 다정해졌다. 한쪽 어깨를 드러낸 붉은 레이스 드레스에 섬세한 얼굴 주위로 검은 머리카락을 늘어뜨리고 선홍빛 립스틱을 바른 그녀는 여전히 아름답고 관능미가 넘쳤다. 크리스토퍼 비달과의 관계를 정리한 게 많은 도움이 되었을 것이다. 또 인생에 새 남자가 생긴 일도 분명히 도움이 되었을 것이다. 2주 전 막달레나가 사무실로 나를 찾아왔을 때, 게이지라는 이름의 남자와 만난다는 말을 했던 것이 떠올랐다.

"기데온과 함께 있는 거 봤어요."

그녀가 말했다.

"그리고 반지도 봤죠."

"와서 인사라도 하지 그랬어요."

"디저트 먹느라 바빴다니까요."

나는 웃음을 터뜨렸다.

"하긴 여자라면 마땅히 중요한 것부터 챙겨야죠."

막달레나가 손을 뻗어 내 팔을 살짝 어루만졌다.

"정말 잘됐어요, 에바. 기데온도요."

"고마워요. 우리 테이블에 들러 기데온에게 인사하고 가요."

"그럴게요. 나중에 봐요."

그녀가 멀어지고 나서도 한동안 그녀의 뒷모습을 바라보았다. 여전히 경계심은 남아 있었지만, 결국 그녀도 그렇게 나쁜 사람은 아니라고 생각했다.

막달레나랑 마주친 탓에 그만 캐리를 놓쳐버렸다. 다시 뒤를 쫓아갔을 때에는 이미 어디론가 몸을 숨긴 뒤였다.

머릿속으로 캐리에게 들려줄 잔소리를 떠올리며 다시 기데온에게로 가려는데, 엘리자베스 비달이 나를 잡아 세웠다.

"실례합니다."

엘리자베스와 부딪칠 뻔했는데 그녀가 내 팔을 잡더니 구석으로 끌어당겼다. 그리고 내 손을 붙잡고는 고혹적인 나의 애셔컷 다이아몬드 반지를 바라보았다.

"이건 내 반지야."

나는 손을 잡아 뺐다.

"한때는 어머니 반지였죠. 이제는 제 거예요. 어머니 아들이 제게 청혼하면서 줬어요."

그녀가 아들과 똑같은 파란 눈동자로 나를 노려보았다. 아일랜드의 눈과도 똑같았다. 그녀는 아름답고 우아하고 매혹적인 여자였다. 우리 엄마처럼 사람들의 시선을 끄는 미모였지만 기데온처럼 차가움이 깃들어 있었다.

"내가 우리 아들을 뺏길 것 같아?"

그녀가 눈부시게 하얀 이 사이로 내뱉듯이 말했다.

"완전히 오해하고 계시는군요. 전 어머니와 기데온이 함께하길 바라고 있어요. 그래야 모든 걸 공개할 수 있으니까요."

"넌 내 아들 머릿속을 온통 거짓말로 채우고 있어."

"맙소사. 진심이세요? 다음에 기데온에게 그동안 무슨 일이 있었는지 듣게 된다면, 그때는 기데온의 말을 믿게 되실 거예요. 그러면 어머니는 기데온에게 사과하고 그가 상처를 이겨낼 수 있도록 방법을 찾아내셔야 할걸요. 저는 그가 치유를 받아 건강하고 완전해지기를 바라니까요."

엘리자베스가 씩씩거리며 나를 노려보았다. 그녀는 내 생각에 동의하지 않는 게 분명했다.

"말씀 끝나셨어요?"

상황을 똑바로 대하려 하지 않는 그녀의 태도가 역겨웠다.

"절반도 못했어."

그녀가 씩씩대며 내 쪽으로 몸을 숙였다.

"난 너와 그 가수와의 일도 알고 있어. 날 속일 생각은 마.

네 속임수 따위 다 꿰뚫고 있으니까."

나는 고개를 흔들었다. 크리스토퍼가 말했나? 했다면 뭐라고 말했을까? 그가 막달레나에게 한 짓을 알고 있었기에 훨씬 더한 일도 할 수 있으리라 생각했다.

"믿을 수가 없군요. 그 거짓말들을 믿고 정작 진실을 외면하다니."

걸음을 옮겼다가 다시 멈춰 섰다.

"정말로 재미있는 게 뭔지 아세요? 지난번 제가 어머니에게 따져 물었을 때, 어머니는 그후로도 기데온에게 그 일을 전혀 묻지 않으셨더군요. 차라리 '아들아. 제정신이 아닌 네 여자친구라는 애가 나한테 이런 말도 안 되는 소리를 늘어놓더구나'라고 말하지 그러셨어요? 정말 이해가 안 돼요. 뭔가 설명하고 싶지 않아서 그랬나요?"

"꺼져."

"예, 안 그래도 꺼지려고요."

그녀가 또 입을 열어 나의 아름다운 밤을 망치기 전에 서둘러 자리를 떠났다.

내 자리로 돌아가려는데, 디아나 존슨이 내 자리를 차지하고 앉아 기데온과 이야기를 나누고 있었다.

"지금 장난해?"

이렇게 중얼거리며 눈을 갸름하게 뜨고는 그 기자라는 여자가 기데온의 팔에 손을 올리고 대화를 나누는 모습을 지켜보았다. 캐리는 해서는 안 되는 일을 하느라 자리를 비웠고 엄마와 스탠튼 아저씨는 춤을 추고 있었다. 그사이 디아나가 뱀처럼 몰래 기어들어온 것이다.

기데온은 어떻게 생각하는지 몰라도 내 눈에는 기데온을 향한 디아나의 관심이 그 어느 때보다 뜨거워 보였다. 그가 그녀의 말에 귀를 기울이는 것 말고 격려하고 부추기는 행동이 전혀 없다고 해도 관심을 보여주는 것 자체가 디아나에게는 가뭄에 단비 같을 것이다.

"저 여자, 침대에서 아주 끝내주겠는걸요? 그도 저 여자를 몹시 탐하겠어요."

흠칫 놀라 목소리의 주인공을 향해 몸을 돌렸다. 캐리와 함께 있던 빨간 머리였다. 여자는 방금 근사한 오르가슴을 경험한 사람답게 붉게 달아오른 눈빛을 하고 있었다. 하지만 멀리서 처음 봤을 때보다는 나이가 들어 보였다.

"저 남자 감시 잘해요."

그녀가 기데온을 보며 말했다.

"그는 여자들을 이용하죠. 내 눈으로 직접 목격했어요. 그것도 아주 많이."

"내 일은 내가 알아서 해요."

"다들 그렇게 말하죠."

그녀가 안쓰러운 미소로 나를 훑었다.

"저 남자 때문에 혹독한 우울증에 빠진 여자를 둘이나 알아요. 분명한 건 두 여자가 마지막이 아닐 거라는 사실이죠."

"가십 따위 믿지 마요."

내가 딱 잘라 말했다.

짜증스럽게도 여자는 차분한 미소를 띠고 내게서 멀어졌다. 손을 들어 천천히 자신의 머리카락을 매만지며 테이블 사이를 빙 돌아갔다.

그녀가 연회장 안을 반쯤 가로질렀을 때에야 비로소 누군지 떠올랐다.

"제기랄."

나는 서둘러 기데온에게 돌아갔다. 내가 도착하자, 그가 자리에서 벌떡 일어났다.

"급히 할 이야기가 있어요."

나는 다급하게 말하고 내 의자에 앉은 갈색 머리를 노려보았다.

"디아나, 만나서 정말 반가워요."

그녀는 내 빈정거림을 무시했다.

"안녕하세요, 에바. 안 그래도 일어나려던 참……."

하지만 나는 그녀를 외면하고 기데온의 손을 잡아당겼다.

"어서 와요."

"알았어, 잠깐만."

그가 디아나에게 뭐라고 말했지만 계속 그를 잡아끌었다.

"맙소사, 에바. 대체 왜 이렇게 서두르는 거야?"

나는 벽 옆에 서서 방 안을 훑어보며 초록색 드레스와 빨간 머리의 흔적을 찾았다. 기데온이라면 분명히 전 여자 친구를 알아봤을 것 같았다. 그녀가 일부러 기데온을 피하는 게 아니라면. 물론 그녀는 인터넷에서 본 짧은 커트 머리를 하고 있지 않아서 매우 달라 보였고 백발의 남편 역시 보이지 않았다. 만약 루카스가 옆에 있었다면 훨씬 빨리 알아볼 수 있었을 것이다.

"앤 루카스가 여기 온 거 알아요?"

그가 내 손을 꽉 쥐었다.

"못 봤어. 왜?"

"에메랄드빛 드레스를 입은 긴 빨간 머리 여자. 그런 여자 못 봤어요?"

"못 봤어."

"아까 캐리랑 춤을 추고 있었어요."

"관심 있게 보지 않았어."

나는 성이 나서 그를 바라보았다.

"맙소사, 기데온. 어떻게 그런 여자를 못 알아봐요?"

"오직 내 아내만 바라보느라 바빴으니 용서해."

그가 무뚝뚝하게 말했다.

나는 그의 손을 꼭 쥐었다.

"미안해요. 정말로 그 여자가 맞는지 확인하고 싶었어요."

"왜 그래? 그 여자가 당신을 찾아왔어?"

"네. 그러고는 아주 열받는 말을 던지고 갔어요. 아까 캐리가 그 여자를 데리고 밖으로 빠져나갔어요. 알잖아요. 잠깐 섹스하러."

기데온의 얼굴이 굳어졌다. 그가 다시 방 안으로 시선을 돌려서 한쪽 끝에서 반대편까지 천천히 살펴보았다.

"보이지 않아. 당신이 설명한 그런 여자도 없어."

"앤이 심리 상담사라고 했어요?"

"정신과 의사야."

불길한 예감이 솟구쳤다.

"지금 돌아가면 안 돼요?"

그가 나를 살폈다.

"그 여자가 뭐라고 말했어?"

"처음 듣는 이야기는 없었어요."

"다행이군."

그가 중얼거렸다.

"그럼, 가지."

자리로 돌아가 클러치 백을 챙겨들고 일행에게 작별 인사를 했다.

"나도 같이 타고 가면 안 돼?"

엄마를 끌어안고 작별 인사를 하자 캐리가 물었다.

기데온이 고개를 끄덕였다.

"같이 가지."

앙구스가 리무진 문을 닫았다.

캐리와 기데온과 나는 좌석에 기대어 앉았고, 잠시 후 치프리아니를 떠나 도로로 접어들었다.

캐리가 나를 쏘아보았다.

"아무 말 하지 마."

그는 나의 잔소리를 몹시 싫어했지만 그를 탓할 수는 없었다. 나는 그의 어머니가 아니니까. 하지만 그를 사랑하고 그가 잘되기를 바라는 사람이었다. 가만히 놔두면 그가 자신을 어디까지 망가뜨릴지 잘 알았다.

그러나 지금 당장은 그것이 일차적인 관심사가 아니었다.

"그 여자 이름이 뭐야?"

제발 그 빨간 머리의 정체를 알 수 있기를 바라며 캐리에게 물었다.

"알게 뭐야?"

"맙소사."

나는 불안하게 클리치 백을 만지작거렸다.

"아는 거야, 모르는 거야?"

"물어보지 않았어."

그가 맞받아쳤다.

"네가 알아서 뭐 하려고?"

"말조심해, 캐리."

기데온이 조용히 나무랐다.

"너한테 고민이 있는 건 알아. 하지만 널 걱정하는 에바에게 화풀이해서는 안 돼."

캐리가 턱을 꾹 다물고 창밖을 보았다.

뒤로 물러앉자, 기데온이 나를 끌어당기고 드러난 내 팔뚝을 위아래로 쓸어주었다.

집까지 가는 길에 아무도 말을 하지 않았다.

집으로 돌아와서 기데온은 곧장 주방으로 향하더니 물 한 병을 들고 휴대폰을 꺼내 들었다. 간이 식탁을 사이에 두고 그와 나의 시선이 만났다.

캐리가 자기 방으로 가다가 갑자기 방향을 틀더니 내 쪽으로 와서 나를 끌어안았다. 세게.

그가 내 어깨에 얼굴을 묻고 속삭였다.

"미안해, 자기야."

나도 그를 안아주었다.

"지금보다는 너 자신을 우대해봐. 넌 그럴 자격이 있잖아."

"나, 그 여자랑 안 했어."

그가 내게서 몸을 떼며 조용히 말했다.

"하려고 했어. 하고 싶었거든. 그런데 막상 하려니까 곧 아기가 생긴다는 생각이 퍼뜩 스쳤어. 아이 말이야, 에바. 난 그 애가 내가 우리 엄마를 보듯 날 떠올리게 하고 싶지는 않아. 정신 똑바로 차려야지."

나는 다시 그를 안았다.

"네가 자랑스러워."

"응."

그가 수줍어하며 뒤로 물러났다.

"그 여자를 계속 애무하기는 했어. 거기까지 끌고 간 건 나였으니까. 그래도 내 거시기는 바지 안에 곱게 모셔두었어."

"그만, 캐리."

내가 말했다.

"자세한 이야기는 사양할게."

"내일 샌디에이고 가는 거지?"

희망을 담은 그의 얼굴을 보니 가슴이 찢어지게 아팠다.

"당연하지. 고대하고 있어."

그의 미소에 안도감이 서렸다.

"잘됐다. 8시 반에 출발하자."

바로 그때 기데온이 합류했다. 그의 표정을 보니 이번 주말 여행에 대해 아직 못 다한 이야기가 있다는 생각이 들었다. 캐리가 복도를 지나 자기 방으로 돌아가자, 기데온을 붙잡고 격렬하게 키스를 퍼부으며 샌디에이고행 이야기를 잠시 뒤로 미루었다. 내가 바란 대로 그는 주저 없이 나를 끌어안고 풍성하고도 깊은 혀 놀림으로 나를 먹어치웠다.

나는 신음하며 그의 몸짓에 자신을 내맡겼다. 세상은 하룻밤 사이에 뒤집어질 수도 있었고, 눈 깜짝할 사이에 내일이 올

수도 있었다. 우리가 감당해야 할 모든 문제도 함께 찾아올 것이다.

그의 넥타이를 붙잡았다.

"오늘 밤, 당신은 내 거예요."

"나는 매일 밤, 당신 거야."

그의 따뜻하고도 안달난 목소리가 한없이 뜨거운 내 환상을 휘저어놓았다.

"지금 시작해요."

뒷걸음질을 치며 그를 내 방으로 잡아끌었다.

"멈추지 마요."

그는 멈추지 않았다. 아침이 밝아올 때까지.

『크로스파이어』 시리즈 4부로 이어집니다.

KI신서 5119

크로스파이어 집착 2

1판 1쇄 발행 2013년 8월 23일
1판 2쇄 발행 2013년 9월 23일

지은이 실비아 데이 **옮긴이** 이주혜
펴낸이 김영곤 **펴낸곳** (주)북이십일 19.0
부사장 임병주 **이사** 간자와 타카히로
미디어콘텐츠기획실장 윤군석 **DC개발팀장** 정지연
책임편집 이보람 **디자인** 정란 **해외기획팀** 조동신 김영희 송효진
마케팅영업본부장 이희영 **영업** 이경희 정경원 정병철
광고제휴 김현섭 강서영 **프로모션** 민안기 최혜령 이은혜 유선화
출판등록 2000년 5월 6일 제10-1965호
주소 (우 413-120) 경기도 파주시 회동길 201(문발동)
대표전화 031-955-2100 **팩스** 031-955-2151 **이메일** book21@book21.co.kr
홈페이지 www.book21.com **블로그** b.book21.com
트위터 @21cbook **페이스북** facebook.com/21cbooks

책 값은 뒤표지에 있습니다.
ISBN 978-89-509-5060-6 04840
978-89-509-5061-3 04840(SET)